가면산장
살인사건

KAMENSANSOU SATSUJIN JIKEN

ⓒ Keigo Higashino 1990

All rights reserved.

Original Japanese edition published by KODANSHA LTD.

Korean translation rights arranged with KODANSHA LTD.

through EntersKorea Co., Ltd.

가면 산장 살인 사건

초판 1쇄 펴낸 날 2014년 9월 26일 46쇄 펴낸 날 2024년 1월 10일

지은이 히가시노 게이고 **옮긴이** 김난주 **펴낸이** 박설림 **펴낸곳** 도서출판 재인 **디자인** 오필민디자인
등록 2003. 7. 2. 제300-2003-119 **주소** 서울시 강남구 도곡동 467-6 대림아크로텔 1812호
전화 02-571-6858 **팩스** 02-571-6857

ISBN 978-89-90982-57-5 03830 Copyright ⓒ 재인, 2014 Printed in Korea.

가면산장
살인사건

히가시노 게이고
仮面山荘殺人事件
HIGASHINO KEIGO

김난주 옮김

재인

차례

프롤로그 5

프롤로그

어렸을 때부터 꿈이었어, 하고 도모미는 말했다. 그 얘기를
할 때 그녀의 눈은 평소보다 한결 반짝거렸다.

"난 불만 없어. 도모미가 하고 싶은 대로 해도 돼."

처음 그녀의 얘기를 들었을 때 가시마 다카유키는 그렇게
대답했다. 도모미는 가슴에 두 손을 X자로 모으고 "아, 다행
이다." 하면서 기뻐했다.

결혼식 얘기였다.

두 사람의 결혼에 대해서는 이미 양가 부모의 허락을 받았
다. 예식에 대해서도 두 사람이 의논해서 결정하라고 했다.

도모미의 부모님은 시기에 대해 내년 가을쯤이 어떠냐는 의견
을 내놓았다. 다카유키도 그때쯤으로 생각하고 있었다. 1년 정
도는 여유가 있는 편이 좋다. 그런데 도모미의 생각은 달랐다.

"지금까지도 많이 기다렸는데……."

그리고 봄에 결혼식을 하겠다고 주장했다.

다카유키는 굳이 반대할 이유가 없었다.

"마땅한 식장을 잡을 수 있을까? 내년 봄이면 반년밖에 안 남았잖아. 적어도 1년 전에는 예약을 해야 한다고 친구들이 그러던데."

다카유키는 현실적인 문제를 내세웠다.

"다들 으리으리한 호텔만 찾으니까 그렇지."

도모미는 그렇게 대답했다.

"으리으리하지 않아도 마찬가지야. 그리고 어느 정도는 무대를 준비해야지, 안 그러면 하객들에게 실례가 되잖아. 우리 쪽은 몰라도 도모미 아버지는 사회적인 위치도 있으니까."

"사회적인 위치 같은 거 난 딱 질색이야."

그리고 도모미는 장난스럽게 웃으면서 눈을 살짝 위로 치켜 뜨더니 그 얘기를 꺼냈다. 실은 희망하는 곳이 있다고.

"아, 뭐야. 그럼 그렇다고 진작 말할 것이지."

다카유키는 쓴웃음을 지었다.

도모미의 희망이란 그녀 아버지 소유의 별장 근처에 있는 교회에서 결혼식을 올리는 것이었다. 꽃에 둘러싸인 하얗고 조그마한 교회가 있다고 했다.

"어렸을 때 그 교회에서 결혼식을 올리는 커플을 본 적이 있거든. 화려하진 않았지만 마치 동화 속 세계 같았어."

그래서 그때 결심했다고 한다. 자신은 반드시 거기서 결혼하겠다고.

다카유키가 승낙하자 도모미는 꿈에 부푼 소녀의 모습으로 그 교회에 어울리는 웨딩드레스에 대해 한참 얘기했다.

그런데 그 얘기가 마무리되어 갈 때쯤 그녀는 고개를 약간 숙이더니 가느다란 목소리로 이렇게 말하는 것이었다.

"이런 얘기를 할 수 있다니 꿈만 같네. 그 교회에서 결혼식을 올리기는커녕 결혼하는 일 자체도 없을 거라고 생각했는데."

"무슨 소리를 하는 거야."

다카유키는 웃었지만 도모미의 눈빛은 진지했다.

"정말이야. 내가 이렇게 살아 있는 것도 신기한데, 뭐. 지금까지 살아 있다니."

그리고 그녀는 "모두 다카유키 씨 덕분이야."라고 덧붙였다.

"그건 또 무슨 소리야."

이번에는 다카유키도 웃지 않았다.

그 이후, 일은 도모미의 소녀 시절 꿈이 무사히 이루어지는 방향으로 진전되었다. 교회가 작아서 본격적인 피로연을 할 수 없기 때문에 손님을 많이 부를 수는 없으므로 친척과 친하게 지내는 친구, 그리고 지인 몇 명만 초대하기로 했다. 얘기를 전해 들은 도모미의 아버지는 도쿄로 돌아와서 피로연만이라도 다시 할 수 있기를 바랐다. 도모미는 시큰둥했지만 다카유키가 그녀를 설득해 가까스로 대답을 얻어 냈다.

결혼식 준비는 처음부터 끝까지 당사자 둘이서 했다. 그 과정에서 다카유키는 도모미의 정열적인 모습에 눈이 휘둥그레졌다. 교회와의 협의와 각종 조사를 거의 그녀 혼자서 해냈다.

순식간에 시간이 흘러 결혼식을 일주일 앞둔 시점이 다가왔다.

모든 것이 순조로웠다. 머지않아 두 사람은 행복이라는 목적지에 도착할 터였다. 안전한 궤도에 완전히 올라타 있었다.

그런데.

그날 다카유키는 평소처럼 출근했다. 그는 규모는 작지만 비디오를 제작하는 회사를 경영하고 있었다. 처음에는 기업의 사내 연수용 비디오 교재를 만드는 것이 주된 업무였지만 최근에는 텔레비전이나 음악에 관련된 의뢰도 들어오고 있었다. 요컨대 이 업계에서 나름 성공을 거둔 부류였던 것이다.

그 전화는 다카유키가 스태프와 회의를 하는 도중에 걸려왔다. 수화기를 든 사람은 여자 아르바이트생이었다.

"사장님, 전화 왔는데요. 모리사키 씨…… 아, 도모미 씨의 어머니래요."

그러자 스태프 한 명이 "드디어 올 게 왔군."이라고 내뱉었다.

"신부 어머니가 한창 신경이 예민할 때잖아."

다카유키가 수화기를 받아 들었다.

"전화 바꿨습니다."

그런데 저쪽에서 대답을 하지 않았다. 그리고 무언가를 애써 억누르는 듯한 느낌이 전해졌다. 다카유키는 상대의 반응이 예사롭지 않음을 감지했다.

"여보세요? 어머니, 무슨 일 있으세요?"

다카유키가 묻자 참고 있던 것을 쏟아 내듯 도모미의 어머니가 와락 울음을 터뜨렸다. 그리고 한참 동안 말을 잇지 못했다.

"다카유키, 우리 도모미가…… 도모미가 죽었대. ……지금 경찰에서 연락이 왔는데…… 차를 타고 가다가 절벽에서 추락했대."

간신히 그렇게 말하고서 그녀는 다시 울기만 했다. 다카유키는 수화기를 든 채 그대로 얼어붙었다.

그날 도모미는 식장으로 예정된 교회에 간다고 했다. 마지막으로 얘기할 게 있다는 것이었다. 사고는 돌아오는 길에 발생했다고 한다. 교회에서 고속도로로 향하는 도중의 산길에서 핸들을 잘못 꺾어 가드레일과 충돌한 후 그대로 절벽으로 추락했다는 것이다.

다카유키는 스태프들에게 사정을 설명하고 사무실을 뛰쳐나갔다. 직원들은 아무 말도 할 수 없었다.

경찰서에는 사고 목격자가 와 있었다. 그의 말에 따르면, 도모미는 핸들을 잘못 꺾었다기보다 핸들을 꺾을 의사가 거의 없는 것처럼 보였다고 한다. 지역 경찰 교통과에서는 그 증언을 참고해 졸음운전을 했을 가능성이 크다고 판단했다. 자살 가능성도 고려했지만, 결혼식을 일주일 앞둔 도모미가 스스로 목숨을 끊을 만한 이유는 어디에도 없었다. 다카유키 또한 그녀가 자살했다고는 상상할 수 없었다.

빈소에서 다카유키는 도모미의 부모님에게 깊이 머리 숙여 사과했다. 자신이 모든 것을 그녀에게 맡긴 탓에 이런 일이 벌어지고 말았다고. 그녀가 너무 지친 나머지 사고를 일으킨 것 같다고. 도모미의 아버지는 다카유키의 어깨를 두드리며 침울한 목소리로 그렇게 생각하지 말라고 했다. 도모미의 어머니는 그저 울기만 했다.

검은 리본이 걸린 도모미의 영정을 보고서도 다카유키는 그녀의 죽음이 믿기지 않았다. 밤이 되면 그녀에게서 전화가 걸려 올 것만 같았다. 최근에는 매일 밤 전화가 걸려 왔기 때문이다.

영정 옆에는 나흘 후면 그녀가 입을 예정이었던 하얀 웨딩드레스가 놓여 있었다.

제1막

무대

1

핸들을 잡은 손에 힘이 들어갔다. 손바닥에 땀이 흥건했다. 속력을 충분히 늦추어 무사히 커브를 돌았다.

다카유키는 저도 모르게 한숨을 내쉬었다.

방금 지난 커브 길이 바로 문제의 지점이다. 그리 심한 커브는 아니지만 그런 사고가 있었던 만큼 긴장하지 않을 수 없었다.

도모미가 저세상으로 떠난 지 석 달이 지났다. 어느덧 장마철도 끝나 강렬한 햇살이 쏟아지는 날이 계속되고 있었다.

도모미의 아버지 모리사키 노부히코로부터 함께 별장에 가지 않겠느냐는 연락이 온 것은 지난주였다. 모리사키가에서는 해마다 여름이 오면 별장에서 며칠간 피서를 즐긴다. 다카유키도 올해는 도모미의 남편으로 참석할 예정이었다.

"올해는 가지 말자는 의견도 있었지만 도모미가 기다리고 있는 것만 같아서 말이야. 이렇게 말하면 웃을지도 모르겠지만."

모리사키가의 응접실에 마주 앉았을 때 도모미의 아버지는 쓸쓸해 보이면서도 다소 수줍은 듯한 미소를 보이며 말했다.

다카유키는 기꺼이 가겠다고 대답했다.

도모미는 세상을 떠났지만 다카유키와 모리사키가의 관계가 아주 끊어진 것은 아니었다. 저쪽에서 식사를 같이하자고 부르는 일도 많았고 다카유키도 무슨 일이 있을 때마다 도모미의 부모님을 찾아갔다. 도모미의 부모, 특히 어머니인 아쓰코는 지금도 여전히 그를 사윗감처럼 대했다.

다카유키 역시 그들과 계속 교류하는 것이 불편하지 않았다. 그리고 그렇게 하는 것이 사업상 유리하기도 했다. 모리사키 노부히코는 제약 회사를 경영하는 기업인이지만 연예계와 문화에도 관심이 크고 그 방면에 인맥도 많았다. 사실 다카유키의 회사가 최근 호조를 보이는 것도 노부히코의 지원이 있었기 때문이다. 그러니 만약 도모미가 그런 일을 당하지 않고 무사히 결혼했다면 다카유키의 미래는 한층 밝고 견고해졌을 것이다.

아니지.

다카유키는 앞 유리창 너머를 똑바로 쳐다보면서 고개를 살랑살랑 저었다. 그런 생각은 절대 하지 말자고 스스로 다짐했던 것이 떠올랐기 때문이다.

구불구불한 산길을 계속 달려 마지막으로 가장 긴 비탈길을 내려가자 눈앞에 호수가 나타났다. 다카유키는 핸들을 왼쪽으로 꺾고 호숫가를 달렸다. 결혼식을 이곳에서 올리기로 한 후 몇 번이나 이 길을 달렸는지 모른다. 조수석에는 언제나 도모미가 앉아 새로운 생활의 꿈을 조잘조잘 얘기했었다. 그러나 오늘은 혼자다.

도로 오른쪽으로 잔가지처럼 뻗어 있는 몇 갈래 길이 나타났다. 다카유키는 낯익은 레스토랑을 지난 지점에서 그중의 한 길로 들어섰다.

길가에 조그만 별장들이 조르르 들어서 있는데, 잠시 더 달리다 보면 정원이 넓은, 조금 더 크고 멋진 집들이 눈에 띄기 시작한다. 이런 곳에도 서열이 있는 것이다. 그리고 그 길이 끝나는 곳에 한층 규모가 크고 웅장한 서양식 건물이 있다.

차를 몰고 철책에 둘러싸인 정원으로 들어서자 벌써 차 두 대가 주차장에 서 있었다.

트렁크에서 짐을 내리고 있자니 머리 위에서 목소리가 들렸다.

"여, 왔나."

올려다보니 모리사키 도시아키가 창문 밖으로 몸을 내밀고 내려다보고 있었다. 도시아키는 다카유키의 처남이 될 뻔한 인물, 그러니까 도모미의 오빠다.

"안녕하십니까. 다른 사람들은요?"

"아버지는 산책하러 나갔고 다른 사람들은 아직이야."

"차가 두 대 있는데요?"

노부히코와 그의 아내 아쓰코는 운전을 하지 못하는 것으로 알고 있다. 운전기사를 데리고 온 것일까.

"아, 하나는 시모조 씨 차야."

둘 중 작은 차를 가리키면서 도시아키가 말했다.

"시모조 씨요?"

"아직 모르나 보군. 새로운 비서야. 아버지와 같이 산책하고 있어."

"아아……."

새로운 비서 얘기는 처음 듣는 것이었다.

"아무튼 거기 그러고 있지 말고 어서 들어오라고. 술친구가 없어서 따분하던 참이었어."

그 말에 다카유키는 가방을 들고서 서둘러 현관으로 향했다. 현관문은 묵직한 나무 문이다. 무심코 그 문 위쪽을 바라보던 다카유키는 어, 하며 조금 놀랐다. 문 위의 벽에 나무로 만든 가면이 걸려 있었기 때문이다. 거친 조각에 색도 칠하지 않은 단순한 것이지만 치켜뜬 눈과 옆으로 찢어진 입이 묘한 위엄을 지니고 있었다. 도모미의 부모님이 외국에 갔다가 기념품으로 사 온 부적 같은 것이겠거니 생각했다. 아버지가 가끔 이상한 물건을 사들인다고 도모미가 투덜거렸던 적이 있었기 때문이다.

마치 가면이 내려다보는 것 같은 느낌을 받으며 다카유키는 문을 열었다. 그 순간 무언가 모를 불길한 예감이 그의 가슴을 스쳤다. 물론 그것은 아무 근거도 없는 예감이었다.

현관에서 구두를 벗고 들어가면 유리문이 또 하나 있다. 이렇게 현관이 이중인 것은 겨울 추위를 고려한 것이라고 한다.

유리문을 열고 들어서면 바로 오른쪽이 2층까지 뚫려 있는 라운지다. 라운지 앞으로는 베란다가 있고, 그 너머로 호수가 보인다. 베란다에 서면 이 별장이 호수 바로 옆에 있다는 것을 알 수 있었다. 호숫가 길에서 안쪽으로 많이 들어오기 때문에 호수에서 멀리 떨어진 것처럼 착각하는 것이다.

그런 생각을 하고 있는데 도시아키가 바로 옆 계단으로 내려왔다. 폴로셔츠에 반바지 차림이었다.

"일단 술부터 한잔하자고. 도쿄에서 여기까지 혼자 운전해 오느라고 피곤할 텐데."

그리고 그는 식당으로 들어가 양손에 캔 맥주를 두 개씩 들고 나왔다.

둘은 호수가 보이는 베란다로 나갔다. 거기에는 하얀 나무 테이블과 의자가 놓여 있다. 도시아키가 앉자 다카유키도 그와 마주 보고 앉았다.

도시아키는 노부히코의 회사에 다닌다. 당연히 간부 후보다. 이제 겨우 서른 살인데 부장 자리를 꿰차고 있었다.

"가족 외에 누가 오는데요?"

다카유키가 묻자 도시아키는 맥주를 한 모금 꿀꺽 들이켜고
서 대답했다.

"우선 시노 씨 부녀가 올 거야. 그 사람들은 알지?"

"네, 알죠. 도모미 씨가 소개해 준 후로 몇 번 만난 적이 있
습니다. 시노 가즈마사 씨가 도모미 씨의 삼촌이죠?"

"그래, 우리 어머니의 동생이지. 자네도 맥주 들지."

도시아키가 그렇게 말하자 다카유키는 "그럼." 하며 캔을
들었다. 손가락이 시릴 정도로 차가웠다.

"그 부인도 따님도 꽤 미인이시던데요."

"흠, 뭐, 그렇지. 그런데 숙모는 오늘 못 올 거야. 친정에 급
한 볼일이 있는 모양이야."

"아쉽군요."

다카유키가 그렇게 말하자 도시아키는 캔 맥주에서 입을 떼
고 입술을 비틀며 웃었다.

"아름다움을 감상하는 거라면 딸만으로 충분하겠지. 유키
에가 굉장히 예뻐졌어."

"네, 정말 예쁘더군요."

시노 유키에의 얼굴을 떠올리면서 다카유키는 솔직하게 대
답했다.

"숙모 대신은 아니지만, 시노 부녀와 함께 기도라는 남자가
따라올 거야. 삼촌의 주치의지. 우리 아버지도 간혹 신세를

지고 있고."

"주치의?"

"삼촌은 심장이 좋지 않아. 뭐, 꼭 그래서만은 아니고, 그 남자의 아버지가 우리 어머니의 삼촌과 사촌이거든. 그러니까 내게는 육촌인 셈이지."

"그렇군요. 그렇다면 와도 이상할 게 없겠네요."

다카유키가 그렇게 말하자 도시아키는 또 히죽 웃었다.

"게다가 기도에게는 꼭 참석하고 싶은 이유가 있지."

"그게 뭡니까?"

다카유키가 맥주 캔에서 입을 뗐다.

"곧 알게 돼."

그리고 도시아키는 맥주를 단숨에 쭉 들이켜더니 캔을 찌그러뜨려 버리고 두 개째 캔을 땄다.

"그 외에도 도모미의 친구인 게이코가 참석할 거야. 자네도 알지?"

다카유키는 고개를 끄덕였다. 아가와 게이코라면 도모미가 소개해 준 적이 있었다. 고등학교를 같이 다닌 가장 친한 친구라고 했다. 상당히 머리가 좋게 생긴 여자였다.

"거기에 우리 둘까지 합하면 이번 모임의 참석자는 전부 아홉 명."

그때 현관에서 사람 소리가 들리면서 유리문이 열리고 모리사키 부부가 들어왔다. 다카유키를 본 아쓰코는 그 온화한 얼굴에 미소를 띠고 그에게 다가왔다.

"아이고, 벌써부터 도시아키를 상대하고 있네. 가여워라."

"아닙니다. 운전하고 오느라 목이 말라서요."

"그걸 알고 같이 마시자고 한 거지. 그리고 오늘 모이는 사람들에 대해서 예비 지식도 줄 겸."

도시아키는 씩 웃었다.

"그럴 필요가 뭐 있어. 모두 다카유키 군이 잘 아는 사람들인데."

그렇게 말하며 노부히코도 다가왔다. 그 뒤로 짧은 머리를 보이시하게 손질한 키 큰 여자가 따라왔다. 연극을 하면 남자역을 맡아도 되겠다 싶은 타입이었다. 다카유키는 잠시 그녀를 바라보았다.

"두 사람은 초면이지?"

다카유키의 표정을 보고 눈치를 챈 듯 노부히코가 말했다.

"시모조 레이코 양이네. 지금 내 비서로 있지."

잘 부탁드립니다, 라며 그녀가 머리 숙여 인사했다. 다카유키도 허둥지둥 머리를 숙였다. 도시아키에게 비서가 새로 왔다는 말을 들었을 때는 당연히 남자인 줄 알았던 것이다.

"다카유키 씨는 동쪽 맨 끝 방을 사용하면 돼요."

아쓰코가 2층을 가리키며 말했다. 복도를 따라 난간이 있고 그 너머로 방문이 보였다.

"도모미가 쓰던 방이지."

그녀는 조금 가라앉은 목소리로 그렇게 덧붙였다. 다카유키는 잠자코 고개를 끄덕였다.

"처남이 많이 늦는군. 12시 조금 넘어서 도착하겠다던 사람이."

분위기가 가라앉는 걸 느꼈는지 노부히코가 라운지 벽에 걸려 있는 시계를 올려다보면서 말했다. 시곗바늘이 3시를 지나 있었다.

"오랜만에 하는 드라이브니까 느긋하게 오고 있는 거겠죠. 나는 슬슬 저녁 준비를 해야겠네."

"저도 거들게요."

아쓰코가 주방으로 향하자 시모조 레이코도 그녀를 따라갔다.

"그럼 우리는 한판 겨뤄 볼까."

그러면서 노부히코가 라운지 한가운데에 있는 조그만 테이블에 앉았다. 그 테이블에는 체스보드가 그려져 있고 서랍에는 말이 들어 있다.

"아니, 저는 옷을 좀 갈아입어야겠습니다."

다카유키가 그렇게 말하며 사양했다. 체스를 못하는 건 아니지만 노부히코를 상대하는 건 아무래도 어색했다.

"제가 상대해 드리죠."

도시아키가 캔을 들고 일어섰다.

"단, 물리기랑 속임수는 쓰지 않깁니다."

"너를 상대로 그런 짓을 할 필요는 없지."

"그럼 다른 사람을 상대로는 한다는 말인가요?"

"전략의 하나야."

부자의 대화를 들으면서 다카유키는 가방을 들고 계단을 올라가 라운지를 내려다보면서 복도를 걸었다. 맨 끝 방이 그가 오늘 묵을 방이다.

혹시 도모미를 떠올리게 하는 물건들이 그대로 있으면 어쩌나 했는데 방은 깔끔하게 정리돼 있었다. 방문을 열고 들어서면 바로 왼쪽에 샤워실이 있고, 방 안쪽 창문가에 침대와 조그만 책상이 놓여 있다. 다카유키는 다소 맥이 빠지는 걸 느끼면서도 동시에 안도했다. 도모미의 추억에 둘러싸여 있으면 도저히 잠이 올 것 같지 않다.

창문을 열자 방금 자신이 달려온 길이 내려다보였다. 좁고 구불구불한 길이 마치 숲 속에 몸을 누인 거대한 뱀 같았다.

그 길을 달리는 차 한 대가 보였다. 많이 본 듯한 하얀 승용차였다.

다카유키는 얼른 청바지와 티셔츠로 옷을 갈아입고 샤워실에서 세수를 한 후에 방에서 나왔다. 아까부터 얼굴이 끈적거려 신경이 쓰였다.

복도로 나가자 라운지에서 말소리가 들렸다. 시노 유키에가 도시아키와 아쓰코 부인과 얘기를 나누고 있었다. 하얀 블라우스를 입은 어깨 위로 갈색 머리가 너울거린다.

계단을 내려가는데 유키에가 발소리를 듣고서 이쪽으로 고개를 돌렸다. 그리고 어머, 하는 입 모양을 짓는다.

"안녕하세요."

다카유키가 인사를 건넸다.

"네, 안녕하세요. 언제 도착하셨어요?"

"조금 전에요. 지금 막 옷을 갈아입고 나오는 길입니다."

다카유키는 주위를 돌아보았다.

"아버님은 화장실에 가셨나요?"

"아니, 그게요……."

그러자 앞치마를 두른 아쓰코가 얼굴을 찡그렸다.

"급한 일이 생겨서 못 왔다네. 무슨 일인지는 몰라도 이럴 때는 다른 사람을 시키면 좀 좋아."

"그럴 수 없으니 급한 일이라는 게지. 정리되는 대로 온다고 했으니 됐잖소."

노부히코가 아내를 달래듯이 말했다.

"그럼 여기까지 혼자서 온 겁니까?"

다카유키가 묻자 유키에는 살며시 고개를 저었다.

"아니에요. 기도 씨가 운전해 주셨어요."

그녀가 그렇게 말하는데 다카유키의 등 뒤에서 유리문이 열렸다 닫히는 소리가 났다. 돌아보니 한여름인데도 답답하게 양복을 차려입은 남자가 서 있었다. 몸집에 비해서 얼굴이 유난히 크고 피부가 하얗다. 또 코는 큰데 눈과 입은 작아서 옛날 그림 속의 광대 같은 인상이었다. 나이는 삼십 대 중반쯤일까.

조금 전에 도시아키가 설명해 주기는 했지만 다카유키는 다시 정식으로 기도 노부오를 소개받았다. 아버지가 병원을 운영하고 있다고 한다.

"다카유키 씨는 도모미 씨 장례식 때 멀리서 뵈었습니다. 인사를 드리려고 했는데 몹시 바쁘신 듯해서."

기도의 말투는 정중했지만, 다카유키는 그 눈이 상대의 값을 매기듯 위아래로 움직이는 것을 놓치지 않았다.

"유키에의 방은 계단 올라가서 맨 오른쪽 끝이야. 어딘지 알지?"

아쓰코의 말에 유키에는 고개를 끄덕였다. 그리고 그녀가 가방을 들자 기도가 다급히 손을 내밀었다.

"내가 들지."

"괜찮아요. 가벼워요."

유키에는 매정한 말투로 말하더니 가벼운 걸음으로 계단을 올라갔다.

"노부오 씨는 왼쪽에서 세 번째 방을 쓰세요."

민망해서 어쩔 줄 모르는 노부오를 구제하려는 듯 아쓰코가 말했다.

"아, 네."

그렇게 대답하고 그도 자기 가방을 들었다.

유키에와 노부오의 모습이 사라지자 아쓰코는 다시 주방으로 돌아갔다. 다카유키는 의자를 가지고, 체스 테이블 앞에 앉아 있는 노부히코와 도시아키 옆에 가서 앉았다.

"이제 아가와만 오면 되나……."

노부히코가 눈길을 체스보드에 둔 채 말했다.

"그 아이는 전철로 온다고 했지. 역에서는 버스를 타고 올 생각인가?"

"전화하면 데리러 나가겠다고 했습니다."

도시아키가 말하는데 낮은 벨소리가 울렸다. 무슨 소린가 하고 다카유키는 실내를 두리번거렸다.

"현관 벨소리군. 호랑이도 제 말 하면 온다더니 아가와가 온 모양이야."

노부히코가 말했다.

"제가 나가 보겠습니다."

다카유키가 엉덩이를 들었다.

그가 중간 유리문을 연 후 나무로 된 현관문을 여는데 밖에
서 있는 사람은 아가와 게이코가 아니었다. 제복 차림의 경찰
둘이 수상쩍다는 눈빛으로 두리번거리며 별장을 바라보고 있
었다.

"무슨 일로……?"

"이 별장 분이십니까?"

나이가 들어 보이는 쪽이 물었다.

"주인은 아니지만 묵고 있는 사람입니다."

"그렇군요."

경찰이 고개를 끄덕거렸다.

"실은 좀 여쭤 보고 싶은 일이 있는데요."

"뭐죠?"

"이 부근에서 수상한 사람 못 봤습니까?"

"수상한 사람요? 남자인가요?"

"네, 남자입니다."

이번에는 젊은 경찰 쪽이 대답했다.

"글쎄요."

다카유키는 두 경찰의 얼굴을 번갈아 보며 고개를 저었다.

"전 조금 전에 도착해서 잘 모르겠습니다만."

"그럼 별장에 현재 묵고 있는 사람은?"

"저 외에 여섯 명이 있습니다."

"그분들도 모두 오늘 도착했습니까?"

"네."

다카유키가 대답하자 경찰은 입을 오므리고서 턱을 만지작거렸다.

"죄송하지만 그분들에게도 물어볼 수 있을까요?"

"그거야 어려울 건 없지만……."

그러면서 뒤를 돌아보는데, 어느새 노부히코와 도시아키가 와서 서 있었다.

"무슨 일이 있는 거요?"

노부히코가 물었다.

"아닙니다. 별일은 아닙니다만…… 혹시 이 부근에서 거동이 수상한 남자를 보지 못하셨나 하고요."

중년의 경찰이 다시 똑같은 질문을 했다.

"거동이 수상한 남자? 조금 전에 아내와 산책을 다녀왔는데, 그런 사람은 못 보았소."

"다른 사람들은 이 별장에 좀 전에 도착했습니다. 도착한 후로 밖에는 한 발짝도 나가지 않았고요."

도시아키가 그렇게 덧붙였다. 경찰은 실망한 기색이었다.

"그럼 혹시 그런 사람을 보는 즉시 연락해 주십시오. 저희는 이 길을 되돌아간 지점에 있는 파출소에 있습니다. 여러분께 폐를 끼치는 일은 없도록 하겠습니다."

"알겠소. 그럼 수고들 하시오."

노부히코가 말하자 경찰들은 집 앞 길을 도로 걸어 나갔다.

라운지로 돌아오니 유키에가 내려와 있었다. 그녀가 무슨 일이냐고 묻자 다카유키는 경찰이 왔었다고 얘기해 주었다.

"무슨 사건이라도 있었나요?"

유키에가 불안한 표정으로 물었다.

"아마 상습적인 치한이나 뭐, 그런 거겠지."

별일 아니라는 듯이 말하고 도시아키는 다시 체스 테이블 앞에 앉았다.

"신경이 쓰이는군요. 밤에는 문단속을 잘해야겠습니다."

어느새 옷을 갈아입고 온 기도 노부오가 유키에의 옆얼굴을 힐끔거리며 말했다.

"이 부근은 그런 염려가 없는 곳이었는데, 아무래도 이제는 많이 노출된 모양이야."

한탄하는 말투로 그렇게 말하면서 노부히코는 체스 말을 움직였다.

"그런데 그런 인간들이 어슬렁거리고 있다면 게이코가 걱정이로군. 역에서 전화를 걸면 좋을 텐데."

"그녀는 걱정 없습니다."

도시아키가 이상하리만치 자신감 있게 말했다.

그의 말대로 30분쯤 지나자 아가와 게이코가 도착했다. 역에서 버스를 타고 여기까지 왔다고 했다.

"늦어서 죄송해요."

게이코가 꾸벅 고개를 숙였다. 청바지 위에 여름 스웨터를 입은 가벼운 차림에 화장기도 거의 없었다. 덕분에 다소 인상이 차갑던 얼굴이 부드러워져 다카유키가 전에 만났을 때보다 훨씬 여성스러워 보였다.

"그래, 기다리고 있었다. 이봐, 게이코가 왔어."

노부히코가 주방 쪽에 대고 소리치자 주방에서 여자들이 나왔다. 유키에도 주방에서 아쓰코를 거들고 있었던 모양이었다.

"어서 와. 피곤하지?"

아쓰코가 미소를 지어 보였다.

"아니에요. 그보다 다들 건강해 보이셔서 다행이에요."

그리고 게이코는 거기 모인 사람들을 쓱 훑어보다가 유키에에게서 눈길을 멈췄다.

"유키에 씨는 오늘따라 유난히 예뻐 보이네."

"아……."

예기치 못한 말을 갑자기 들어서인지 유키에가 두 볼을 붉히며 고개를 숙였다. 게이코는 그런 그녀를 일순 날카로운 시선으로 바라보다가 아쓰코에게 고개를 돌렸다.

"식사 준비를 하고 계시죠? 저도 도울게요."

"아니, 안 그래도 돼. 천천히 쉬고 있어."

아쓰코가 손을 내저었다.

"아니에요. 돕게 해 주세요."

게이코가 진지한 표정으로 말했다.

"도모미도 언제나 어머니 일을 거들었잖아요. 오늘은 도모미를 대신하겠다는 마음으로 왔어요."

"게이코……."

"그래, 그렇게 하도록 해. 게이코도 여기서 남자들 상대해 봐야 무슨 재미가 있겠어."

노부히코가 끼어들었다.

"그래…… 그럼. 내가 앞치마 가져올게."

"아니에요. 제가 가져왔어요."

게이코는 가방을 열더니 귀여운 그림이 그려진 앞치마를 꺼냈다.

그녀가 주방으로 가는 것을 확인한 후 남자들은 다시 체스 테이블에 앉았다.

"자, 이렇게 해서 오늘의 배우들이 다 모인 것 같군."

그러면서 노부히코가 무릎을 탁 쳤다.

2

식사는 오드볼로 시작되었다. 각자의 잔에 와인이 채워졌다. 아쓰코는 요리 솜씨가 좋다. 그 덕분에 도모미도 곱게 자란 여자치고는 요리를 제법 잘했다. 다카유키는 몇 번 맛본 적이 있는 도모미의 요리를 떠올렸다. 지금 먹고 있는 것이 그녀가 만든 요리 맛과 똑같기 때문일 것이다.

며칠 전에 아가와 게이코가 발표한 소설이 화제에 올랐다. 그녀는 작년에 스물두 살의 젊은 나이로 모 문예지의 신인상을 수상했다. 그 후 그녀는 갓 취직한 직장을 그만두고 창작 활동에 전념하고 있다.

"게이코의 소설을 읽다 보면 연애에 대해서 참 잘 알고 있다는 느낌이 드는데 말이야, 그게 대체 어디서 나오는 거지?"

벌써부터 위스키 칵테일로 주종을 바꾼 노부히코가 신통하다는 표정으로 물었다.

"물론 거의 다 상상이에요. 이런 연애도 있지 않을까, 하고 머릿속으로 만들어 내는 거죠."

상당히 겸손한 말투로 게이코가 대답했다.

"거의라면, 개중에는 자신의 체험이 바탕이 된 내용도 있다는 뜻인가요?"

다카유키는 놀리는 투가 아니라 진지하게 물었다.

"완전히 똑같을 수는 없지만 더러 소재로 삼은 것도 있죠. 그래도 거의 없어요, 정말로."

"게이코의 연애 실화도 읽어 보고 싶은데 말이야."

노부히코가 말하자 몇 사람이 웃었다.

"그래도 정말 대단하잖아요, 게이코가 소설가가 되다니. 옛날에는 도모미와 같이 발레를 배웠었는데. 역시 대학에 가길 잘했나 봐."

"발레에 재능이 없다는 걸 저 자신도 알았으니까요. 그렇다고 딱히 하고 싶은 게 있는 것은 아니었어요. 대학도 별생각 없이 간 거고요."

게이코가 그렇게 말하자 아쓰코는 포크와 나이프를 내려놓고 테이블 위에 놓인 꽃병의 아래쪽으로 눈길을 주었다.

"도모미도 마찬가지야. 발레에 재능이 있었는지 없었는지는 알 수 없지. 도중에 그만두게 했으면 많은 게 달라졌을지도 모르는데……."

그녀의 말은 그 자리의 모두를 침묵시키기에 충분했다.

"그만해요, 이런 자리에서. 눈물 짜는 얘기는 안 하기로 약속했잖아. 다카유키 군도 있는데."

노부히코가 나무라자 아쓰코는 고개를 숙인 채 허탈한 미소를 지었다. 그리고 얼굴을 들더니 다카유키에게 사과했다.

"미안해, 마음 상하게 해서."

"아닙니다. 무슨 말씀을요."

그러자 무거워진 분위기를 바꾸기 위해서인지 노부히코가 내일 탈 모터보트가 준비돼 있다고 발표했다. 그걸 타고 호수를 유람할 작정인 듯했다.

"수상 스키도 탈 수 있습니까?"

조금 전까지 옆에 앉은 유키에게 열심히 말을 걸던 기도 노부오가 처음으로 모두에게 들리는 목소리로 말했다.

"가끔 친구 보트를 빌려서 수상 스키를 타곤 하거든요."

"그건 준비가 안 돼 있는데, 원한다면 어떻게든 해 보지. 시모조 양, 가능하겠나?"

"네, 문제없을 거예요."

시모조 레이코가 거침없이 대답하는 모습을 보고 다카유키는 조금 놀랐다. 이렇게 갑자기 수상 스키 도구를 준비하라고 하면 자신은 도저히 대처할 수 없을 것이라고 생각하기 때문이었다. 아마도 그래서 노부히코가 그녀를 비서로 고용한 모양이다.

"요즘은 아버님 일 돕기가 어떤가요? 전에 들었을 때는 여러 가지로 힘들다고 하던데."

다카유키가 테이블 모서리를 끼고 바로 옆 자리에 앉은 유키에게 말을 건넸다. 지금까지는 기도가 그녀에게 계속 말을 걸어 그럴 기회가 없었다.

"일은 많이 익숙해졌어요. 제가 하는 일이래야 간단한 사무 정도인걸요."

유키에는 와인 잔을 든 채로 약간 수줍은 듯 대답했다. 하얀 피부에 붉은 기운이 도는 것은 와인 때문일 것이다. 색깔이 옅은 눈동자가 살짝 촉촉해 보였다.

"경영 쪽은 여전히 힘든 것 같아요. 요즘 들어 경쟁이 부쩍 치열해져서."

"그런 얘기는 많이 들었어요."

유키에의 아버지 시노 가즈마사는 학원을 운영하고 있었다. 대상은 초등학생과 중학생으로, 예전에는 멀리서도 학생들이 찾아올 만큼 인기가 좋았는데 요즘 들어 학생 수가 급격히 줄 었다고 한다. 그렇다고 강의의 질이 떨어진 것은 아니다. 컴 퓨터와 인터넷을 활용한 학원이 두각을 나타내면서 옛날 방 식대로 운영되는 학원의 흡인력이 떨어진 것이다.

지금이라면 매형인 노부히코가 언제든 지원해 주겠다고 하 는데 가즈마사는 고맙다고 하면서도 늘 정중하게 거절한다고 들었다.

대학을 졸업한 유키에가 취직하지 않고 학원 일을 거들기 로 결심한 것도 조금이나마 아버지에게 힘이 되고 싶어서인 듯했다.

"게다가 아이들의 숫자 자체가 줄어든 것도 한 요인이라고 하더라고요, 아버지가."

"그런 것 같더군요. 출생률이 해마다 줄어든다는 기사를 신문에서 봤습니다."

"학원 얘기입니까?"

노부히코와 레저에 관한 얘기를 나누던 기도가 몸집에 맞지 않게 커다란 얼굴을 유키에 쪽으로 불쑥 들이밀었다.

"네."

유키에는 그쪽을 보지도 않은 채 고개를 끄덕이며 대답했다.

"학원이라……."

기도는 허풍스럽게 얼굴을 찡그렸다.

"제 입으로 말하기는 좀 그렇지만, 아버님도 이제 슬슬 포기하는 편이 좋지 않을까 싶습니다. 어떻게든 계속하고 싶다면 규모를 키워야죠. 지금 같은 방식으로는 경영이 점점 어려워지기만 할 텐데."

"그래도 아버지는 우리 같은 학원도 필요하다고 하세요. 입버릇처럼."

그녀는 여전히 기도 쪽으로는 눈길도 주지 않고 말했다.

"입시 기술보다는 인성 교육이 중요하다는 말씀이군요. 하지만 그런 말로는 세상의 어머니들이 납득하지 않을 텐데요."

그가 점점 더 유키에 쪽으로 다가왔다. 너무 가까이 다가오는 바람에 말할 때마다 입에서 튀는 침이 그녀의 음식 속으로 떨어지지는 않을까 싶어 다카유키는 얘기의 내용보다 그쪽에 더 신경이 쓰였다.

"게다가."

기도가 물을 한 모금 마시더니 등을 살짝 펴고 다시 말을 시작했다.

"유키에 씨가 취직하지 않고 아버님 일을 거드는 것에도 찬성할 수 없고 말이죠. 전에도 말했지만, 일을 하는 이상은 미지의 세계에 도전해야 마땅하지 않을까요."

"그렇게 느껴질 수도 있겠지만……."

"그렇죠? 지금부터라도 늦지 않았어요. 예를 들어서 하는 말인데요, 우리 병원에서 일해도 괜찮습니다."

기도는 그 커다란 코의 한쪽 콧구멍을 벌렁거렸다. 이 남자는 바로 그 말이 하고 싶었던 것이다.

"네, 그래도 당분간은 아버지 일을 거들고 싶어요."

유키에는 미소를 지어 보이고는 의자를 뒤로 밀며 일어섰다. 아쓰코가 요리를 가지러 주방으로 가는 것을 보고 그녀를 도우러 가는 듯했다. 기도는 그렇게 오래 공들여 복선을 깔았는데도 여지없이 퇴짜를 맞는 바람에 얼빠진 표정을 짓고 있었다.

도시아키가 기도에 대해 설명하면서, 이번 모임에 꼭 참석하고 싶어 하는 이유가 따로 있다고 했는데 그게 이런 것이었구나, 하고 다카유키는 매부리코를 옆에서 바라보면서 깨달았다.

다카유키 역시 유키에를 멋진 여자라고 느꼈다. 그녀를 처음 만난 것은 작년 크리스마스 날 밤이었다. 도모미와 둘이서 도쿄에 있는 레스토랑에서 파티를 할 예정이었는데 그녀가 자기 사촌 동생을 초대해도 괜찮겠느냐고 물었다.

"한 살 아래지만 어렸을 때부터 쌍둥이처럼 자랐어. 별장에 가서도 언제나 둘이 놀았고. 그 애랑 전에 한 약속이 있거든. 어느 쪽이든 애인이 생기면 크리스마스 날 밤에 소개하기로."

그렇게 말하면서 도모미는 어린애 같은 미소를 머금었다.

"나야 상관없지. 그런데 갑자기 불러내도 괜찮겠어?"

"물론이지. 바로 저기에서 기다리고 있으니까. 불러올게."

도모미는 윙크를 하고서 자리에서 일어났다.

그리고 나타난 유키에(雪繪)는 그 이름처럼 하얀 여자였다. 검은색 옷을 입고 있어서 하얀 피부색이 더욱 도드라졌다. 키는 도모미와 비슷하지만 얼굴과 몸의 세부적인 곡선이 조금씩 달랐다. 그리고 이 집안 핏줄이 그런지 그녀 역시 도모미처럼 소녀 같은 순수함을 풍겼다. 도모미 같은 활달함은 없는 대신 차분한 몸짓을 보니 성격이 온순할 것 같았다.

유키에는 발레도 음악도 하지 않지만 감상하는 것은 좋아하는 듯했다.

"왠지 내가 방해한 것 같아서 미안하네."

유키에가 그렇게 말하자 도모미는 이렇게 대꾸했다.

"하룻밤쯤은 단둘이 있지 않아도 돼."

그 만남을 계기로 다카유키는 유키에의 아버지 시노 가즈마사와도 일과 관련해 인연을 맺게 되었다. 학원 자체적으로 비디오 교재를 만들어 사용하고 싶은데 제작해 줄 수 있겠느냐는 의뢰를 받은 것이다. 결과적으로는 실현되지 않았지만 협의하는 자리에 유키에가 참석한 적도 있었다.

'이런 남자가 있다는 얘기는 못 들었는데.'

다카유키는 기도의 옆얼굴을 유심히 보았다. 먼 친척이긴 하지만 그래도 친척은 친척이니 옛날부터 교류가 있었을 것이다. 두 사람의 나이 차를 생각하면 기도가 이십 대 시절에 유키에는 겨우 초등학생이거나 중학생이었을 것이다. 그런데 이 남자는 그사이에 연애도 하지 않고 그녀를 향한 마음만 키워 왔다는 말인가. 설마 그럴 리 없다고 생각하면서도, 왠지 모르게 편집광적인 느낌이 드는 인상이라 혹시 그럴 수도 있겠다는 생각이 들었다. 그러한 상황을 상상하자 다카유키는 기분이 약간 상했다.

식사가 끝나자 남자들이 먼저 라운지에서 술을 마시기 시작했다. 뒷정리를 끝내고 아쓰코와 유키에, 게이코도 술자리에 끼었다. 노부히코는 상대를 시모조 레이코로 바꿔 체스보드에 다시 말을 늘어놓았다. 다카유키는 도시아키의 제안으로 유키에, 게이코와 함께 포커를 하게 되었다. 아쓰코는 모두를 위해 술심부름을 했다. 기도는 뭘 하나 싶어 주위를 살펴보니, 아니나 다를까 유키에 옆에 의자를 갖다 놓고 앉아 훈수를 두기 시작했다. 유키에는 때로 불쾌한 표정을 지었지만 그걸 말로 표현하지는 않았다. 기도는 거기에 안도했는지 '유키에 기도 합동 팀' 어쩌고 하며 주절거렸다.

예상했던 일이지만, 게이코는 포커에 매우 강했다. 좋은 카드를 잘 집어 가는 것은 아닌데, 신중함과 대담함의 균형이 발군이었다. 단박에 그녀 앞에만 칩이 수북하게 쌓였다.

"대단한 패가 있는 것도 아닌데 태연하게 승부를 걸기도 하고……, 이건 그저 포커를 잘하는 수준이 아니라 도박에 상당히 재주가 있는 거야."

칩을 상당량 빼앗긴 도시아키가 포기한 듯이 말했다.

"정말 그러네요. 난 표정에 다 드러나서…… 역시 겁이 많은가 봐요."

그렇게 말하면서 유키에도 카드를 덮었다.

"유키에 씨가 겁이 많은 사람은 아니지."

게이코가 자신의 카드를 가슴 앞에 든 채로 말했다.

"때가 닥치면 과감해질 수 있는 사람이야. 난 알아."

"……그런가요."

유키에가 약간 쑥스러운 표정으로 다카유키와 도시아키를 보았다.

"의외로 그럴지도 모르지."

도시아키가 중얼거렸다.

"도모미는 행동파, 유키에는 얌전하다는 이미지가 있었지만, 어쩌면 도모미 쪽이 오히려 마음이 약했는지도 모르겠어. 발레만 해서 세상 물정도 전혀 모르고 말이야."

"도모미는 겁이 많았어. 말 그대로 겁쟁이였지."

잔을 바꾸러 온 아쓰코가 오가는 대화를 들었는지 도시아키의 말을 거들었다.

"어렸을 때는 어두운 데서 자는 것을 싫어했고, 외출을 하면 내 손을 꼭 잡고 놓지 않았어."

"말괄량이라서 기가 센 것처럼 보였던 것뿐이야. 놀이공원에 가면 청룡열차를 엄청 좋아하고 그러니까."

그래, 그랬지, 라며 아쓰코가 눈을 가늘게 떴다.

"그래서 운전을 시작했을 때는 몹시 걱정스러웠어. 속력을 너무 내면 어쩌나 하고 말이야. ……그랬더니 역시나……."

그녀는 사고의 기억이 떠올라 목이 메는 것 같았다.

"이봐, 여보."

아쓰코가 또 죽은 딸 얘기로 분위기를 침울하게 만들까 봐 걱정이 됐는지 노부히코가 나무라듯이 그녀를 불렀다.

"네, 알아요. 미안해요."

아쓰코는 힘겨운 표정으로 입을 다물더니 자리를 뜨려고 했다. 그런데 그런 그녀를 게이코가 막았다.

"도모미 말이에요, 운전에는 충분히 주의를 기울였을 거라고 생각해요."

게이코의 말투가 바늘로 찌르는 듯 날카로웠다. 포커를 치던 사람들은 물론 노부히코와 기도 노부오까지 그녀를 주목했다.

침묵 가운데서 그녀가 말을 이었다.

"과속을 하는 일은 절대 없었을 거예요. 전에 그런 사고를 겪은 적이 있어서 그게 얼마나 위험한 일인지 뼈저리게 느꼈을 테니까요."

"그래서 어쨌다는 말이지?"

도시아키가 테이블에 놓인 카드로 눈길을 떨어뜨린 채 말했다.

"아무리 그래 봐야 도모미가 사고를 냈다는 사실은 변하지 않아. 또한,"

그는 잠시 말을 끊었다가 다시 이었다.

"그 사고 때문에 죽었다는 사실도."

"그래서,"

게이코가 전원에게 일일이 눈길을 준 다음 감정을 억누른 목소리로 말했다.

"전 그 사고가 이상하다고 생각하는 거예요. 납득할 수 없는 일이 한두 가지가 아니거든요."

그녀의 말에 모두가 마른침을 삼키며 다른 사람들의 표정을 살폈다. 다카유키도 마찬가지였다. 분명한 것은 그녀가 엉뚱한 말을 꺼냈다고 생각하는 사람이 이 중에는 아무도 없다는 사실이었다. 그것이 언제가 됐든, 누군가에 의해 제기될 문제였다.

"그럼 게이코 씨는 어떤 가능성을 생각하고 있는 거죠?"

사람들을 대표하는 심정으로 다카유키가 물었다. 도모미의 죽음에 대해서는 그 자신도 몇 가지 의문을 품고 있었다. 단순한 사고라고는 생각되지 않았다.

"전 도모미가 누군가에게 살해당했다고 생각합니다."

게이코는 긴장한 얼굴로 단숨에 핵심을 찔렀다. 그녀의 기백에 압도당한 듯 모두가 일순 침묵했다.

끝내 이 말이 나왔군, 하는 분위기였다. 모두가 마음에 품고는 있었지만 지금까지 아무도 입 밖에 낸 적 없는 말이었던 것이다.

"살해당했……다고?"

맨 먼저 입을 연 사람은 도시아키였다.

"대체 무슨 근거로 그렇게 단언할 수 있지?"

"그야 여러 가지죠."

게이코의 목소리는 상당히 자신감에 차 있었다.

"동기에 대해서는 저도 아직 확실하게 알지 못해요. 그러나 도모미가 누군가에게 살해당한 것만은 틀림없다고 생각해요."

"하지만."

유키에가 무거워진 분위기를 어떻게든 해 보려는 듯 입을 열었다.

"사고에 대해서는 경찰도 여러 가지로 조사하지 않았나요? 그 결과 사고로밖에 생각할 수 없다고 결론 내린 거고요."

"경찰에서 뭘 어디까지 조사했는지도 의문이에요. 그들이 일을 얼마나 대충대충 해치우는지 아는 사람에게 들은 적이 있거든요."

"아니지, 그건 지나친 생각이야."

어떻게든 이 화제를 피해 보려고 했던 노부히코가 이쪽을 향해 돌아앉으며 말했다. 얘기가 이렇게까지 진전되었으니 어쩔 수 없다고 생각한 모양이다.

"그 사고는 우리에게도 상당한 충격이었어. 의심할 수 있는 것은 다 의심해 봤지. 자동차에 결함이 있지는 않았는지, 위험하게 주행하는 차를 피하려다 핸들을 잘못 꺾은 것은 아닌지 말이야. 그러나 그럴 가능성은 없는 것으로 판명됐다네."

하지만 게이코는 전혀 수긍하지 않는 듯했다.

"아버님, 저는 도모미가 살해당했다고 말씀드리는 거예요. 자동차 결함과는 아무 관계 없어요."

"내 말을 좀 들어 봐."

노부히코는 게이코의 흥분을 가라앉히려는 듯이 손바닥을 펴 보였다.

"자동차에 결함이 없었다는 건 손댄 흔적, 그러니까 뭔가 이상한 장치를 한 흔적도 없었다는 뜻이야. 또, 목격자가 있었으니 옆 차가 위험한 짓을 하지 않았다는 것도 분명하고. 목격자는 도모미의 차가 속력을 늦추지 않은 채 그대로 가드레일을 들이받았다고 했어. 그 증언을 뒷받침하듯이 현장에는 브레이크 자국이 없었고 말이야."

"그래서 경찰은 졸음운전일 거라고…… 그 가능성밖에 생각할 수 없다고……."

아쓰코가 말하면서 앞치마 끝을 두 손으로 부여잡았다.

"그 무렵에 그녀가 몹시 피곤했거든요."

다카유키는 사고가 자기 탓이라는 것을 재확인하듯 말했다.

"커브가 이어지는 산길을 달리는데 아무리 피곤하다고 해도 졸았을 리는 없죠."

게이코가 고개를 저으면서 말했다.

"오히려 긴장하지 않았을까요?"

"그거야 모르지."

도시아키가 말을 받았다.

"계속 긴장하다 보면 신경이 지칠 수도 있잖아. 나도 러시아 위에 운전하다가 나도 모르게 졸았던 적이 있으니까."

"도모미가 지난번 사고를 일으킨 후로 얼마나 조심했는지 모르시는 건가요?"

게이코가 발끈한 목소리로 물었다.

"사고는 정말 싫다, 앞으로는 절대 차를 타지 않겠다, 그렇게까지 말했다고요. 대개는 아무리 반성해도 그 마음이 얼마 못 가지만 그녀는 달랐어요. 그건 여기 있는 여러분이 더 잘 아시잖아요."

"그래, 알지. 내가 제일 잘 알지."

아쓰코가 말했다.

"그런데도 차를 타게 된 건 꼭 필요해서였어. 운전을 하지 않으면 다카유키 씨에게 폐를 끼치게 된다고 말이지. 그래도 속으로는 무척 겁이 났을 거야."

그녀의 말은 모두가 아니라 다카유키 한 사람을 향한 듯했다.

"도모미가 예전과 다르게 운전했다는 건 나도 잘 알아. 몇 번 도모미 차를 탄 적이 있으니까 말이야. 하지만 상황은 명백한 졸음운전이었다는 사실을 보여 주고 있어. 그걸 어떻게 설명할 텐가?"

노부히코가 다그치는 듯한 눈빛으로 게이코를 바라보았다. 그녀는 그 눈을 똑바로 쳐다보며 대답했다.

"수면제죠."

"뭐라고?"

"수면제요. 누군가 도모미에게 수면제를 먹인 게 틀림없어요."

"어떻게 먹였다는 거지?"

노부히코는 끈질기게 자신의 의견을 주장하는 게이코를 어이없다는 표정으로 보았다.

"도모미가 복용하는 약에 섞든지 바꿔 놓으면 되죠. 간단해요."

그때, 지금까지 방관으로 일관했던 기도 노부오가 "수면제를 먹게 하는 거야 가능하지만 그건 상당히 불확실한 방법인데요."라며 끼어들었다.

"수면제의 효과는 개인차가 있어서 말이죠. 언제 그 효과가 나타날지 예측할 수가 없습니다. 게다가 도모미 씨는 신중한 성격이었던 만큼 졸음이 왔을 때 운전을 잠시 중단하고 잠을 잤을 겁니다. 효과가 극적인 약이라면 운전을 하기도 전에 잠이 들었을 수도 있고요."

기도는 그 문제에 관해서는 자신이 전문가라는 듯 코를 벌렁거리며 말하더니 뭐라고 대꾸해 주기를 바라는 표정으로 유키에를 보았다. 그러나 유키에는 고개를 숙이고 있을 뿐이었다.

"지금 기도 씨가 한 말에 대해서는 어떻게 생각합니까?"

다카유키가 게이코에게 물었다. 그러면서 속으로는, 그토록 머리가 잘 돌아가는 여자이니 이 정도 지적을 반박하지 못하고 당황하는 일은 없을 거라고 생각했다.

역시 게이코는 다카유키의 예상대로 기도의 말을 가볍게 반박했다. 잠시 호흡을 가다듬은 후 이렇게 말한 것이다.

"미필적 고의라고 생각할 수 있죠."

역시, 하고 다카유키도 마음속으로 고개를 끄덕거렸다.

"즉, 범인은 계획이 성공하지 않아도 상관없다고 생각했던 거예요. 도모미는 이미 약을 먹었지만 범행이 발각될 일은 없으니 다음 기회를 노리면 되는 거죠. 만일 범인이 노리는 바대로 죽어 주면 행운이고. 범인의 심리는 그렇지 않았을까요."

"아하, 듣고 보니 그렇군. 작가라서 그런지 과연 깊이가 달라."

기도가 당사자와는 다소 거리가 먼 입장이라 부담감이 없어서인지 감탄스럽다는 듯 말했다. 다른 사람들은 모두 쓴 약이라도 삼킨 듯한 표정을 지었다.

"그렇게 생각할 수도 있겠지만,"

유키에가 사람들의 눈치를 살피듯 조심스럽게 말을 꺼냈다.

"그게 그렇게 쉬울까요? 도모미 모르게 약을 섞든지 바꿔놓든지 하는 게 말이죠."

그 질문에 게이코가 뭐라고 대답할 듯하다가 도로 입을 닫았다. 그 이유를 다카유키는 알 것 같았다. 그녀는 이렇게 말하고 싶었던 것이다. 도모미와 친한 사람이라면 그런 일도 가능하지 않겠느냐고. 그 말을 하지 않은 것은 옳은 선택이었다. 이 자리에 모인 사람들 모두가 거기에 해당되므로.

"자, 그만들 하지."

게이코의 침묵을 계기로 노부히코가 선언하듯 말했다.

"그리 유쾌한 얘기도 아닌데 말이야. 도모미가 죽었다는 사실을 지금도 믿을 수가 없지만, 누가 그 아이에게 살의를 품었다는 건 더욱 믿기 어려운 얘기야. 별로 생각하고 싶지도 않고."

그리고 게이코가 다시 뭐라고 말하려 하자 노부히코가 그녀의 말을 막듯이 덧붙였다.

"오늘은 편히 쉬다 가라고 여러분을 초대한 거예요. 여러분은 마음껏 마시고 노세요. 여기는 도시와 달라서 이웃에 폐가되는 일도 없으니. 그럼 난 목욕이나 좀 해야겠군."

그가 그렇게 말하고 자리를 뜨자 아쓰코도 "목욕물 받아야겠네요."라며 일어섰다.

얘기가 억지로 끊긴 꼴이라 게이코는 한참을 그 자리에 멀

뚱하게 있었다. 그 모습이 왠지 딱해서 아무도 말을 걸지 못하고 있었다. 도시아키는 술을 더 가지러 주방으로 가고 기도는 자기 방으로 올라갔다.

잠시 후 게이코가 쾅당 소리 나게 의자에서 일어서더니 기분이 상한 표정으로 계단을 올라갔다. 이어 문이 거칠게 열렸다 닫히는 소리가 들렸다.

다카유키는 베란다로 나가려고 자리에서 일어났다. 조금 전까지의 갑론을박을 듣느라 머리가 뜨거워졌기 때문이다. 그런데 체스 테이블을 향해 앉은 채 고개를 숙이고 무언가를 하고 있는 시모조 레이코를 보자 걸음을 멈췄다. 그녀는 시스템 노트에 뭔가를 열심히 적고 있었다.

"여기까지 와서도 일입니까?"

다카유키가 묻자 레이코가 얼굴을 들고서 장난을 치다 들킨 어린애 같은 표정을 지으며 노트를 덮었다.

"일이랄 것까지는 없어요. 하지만 사장님이 늘 그렇게 하라고 하시니까 버릇이 돼서."

"버릇?"

"대화를 메모하는 거예요. 이런저런 사람과 만날 때마다 오간 대화의 내용을 최대한 자세하게 기록하라고 하셨거든요. 녹음을 했다가 다시 들으면서 적으려면 시간이 더 오래 걸리니까요."

"그럼 아까 우리가 나눴던 대화도 전부 메모한 겁니까?"

다카유키는 놀라서 눈을 껌벅거렸다.

"그러니까 버릇이라는 거죠. 무의식적으로 손이 움직이고 마니까."

시모조 레이코는 쓴웃음을 지었다. 그때 도시아키가 스카치 위스키가 담긴 잔을 한 손에 들고 다가왔다.

"바람직한 버릇이군. 하지만 아까 나눈 얘기까지 기록했다고 하니까 왠지 찜찜하네. 모리사키 가문으로서는 별로 체면이 서지 않는 일이니 말이야."

"그래도 상당히 흥미로운 대화였어요. 도모미 아가씨가 얼마나 사랑을 많이 받았는지도 잘 알겠고요. 하지만 만약 기분을 상하시게 했다면 메모는 처분하겠습니다."

레이코는 시스템 노트를 손에 들었다.

"굳이 그럴 것까지야 없지. 나중에 기념이 될지도 모르잖아. 게다가 언젠가 아버지가 그때 대화 내용이 뭐였느냐고 레이코 씨에게 물을지도 모르고 말이야. 아무튼 체스나 마저 두자고. 내가 자네의 퀸을 잡고 중단되었던가?"

그러고서 도시아키는 체스 테이블 건너에 다시 앉았다.

"아니죠. 제가 도시아키 씨 나이트를 잡고 체크를 부르는 데서부터 다시 시작이죠."

시모조 레이코는 그의 농담을 태연히 받아넘겼다. 다카유키는 레이코가 눈에 잘 띄지는 않아도 좀 별난 구석이 있는 여자라는 인상을 받았다.

베란다로 나가니 나무 냄새가 났다. 호수 위로 부는 바람이 화끈해진 볼에 닿아 느낌이 상쾌했다. 구름이 별로 없는 덕분에 도시에서는 상상도 할 수 없을 만큼 별이 또렷하게 보였다.

난간에 양 팔꿈치를 대고 잠시 하늘을 올려다보는데 뒤에서 말소리가 들렸다.

"커피 드실래요?"

돌아보니 유키에가 머그 컵 두 개를 담은 쟁반을 들고 미소 짓고 있었다.

"네, 감사합니다."

"저도 여기서 마셔도 될까요?"

"아, 그럼요."

다카유키와 유키에는 호수를 향해 나란히 앉았다.

"원래대로라면 도모미 언니가 여기 앉아 있어야 하는데
……."

유키에는 눈을 살짝 치켜뜨고 다카유키를 보았다. 다카유키가 움찔 놀라자 그녀가 입에 손을 대고 "미안해요, 공연한 소리를 해서."라며 당황한 표정을 지었다. 그 볼에서 목덜미로 이어지는 피부가 소녀처럼 곱다. 게다가 눈이 커서 프랑스 인형처럼 사랑스러웠다.

"신경 쓰시지 않아도 됩니다. 이제 괜찮아요."

다카유키가 그녀를 위로하듯이 말했다.

"집은 어떻게 하셨나요?"

"그럭저럭 정리가 됐습니다. 가구와 가전제품은 결국 모리사키 씨 댁으로 전부 돌려보냈죠. 도모미 부모님은 그대로 사용하라고 하셨지만 그러고 싶지 않아서요."

"그렇겠죠."

도모미가 죽기 얼마 전에 이사가 끝나 다카유키의 집에 새가구와 가전제품이 들어와 있었다. 도모미의 혼수품이었다. 집 역시 결혼이 결정된 후에 얻은 것이었다. 도모미의 부모님은 돈을 보태 줄 테니 이 기회에 아파트를 사면 어떻겠느냐고 했지만 다카유키로서는 그렇게까지 신세 지고 싶지 않았다.

도모미의 짐을 돌려보낸 탓에 지금은 휑뎅그렁한 집에 다카유키 혼자 살고 있다.

"아까 하던 얘기 말인데요."

유키에가 머그 컵에 찍혀 있는 문양을 손가락으로 더듬으면서 머뭇머뭇 말을 꺼냈다.

"게이코 씨가 갑자기 그런 말을 꺼내서 좀 놀랐어요. 전 지금까지 그런 식으로는 한 번도 생각해 본 적이 없거든요."

"그런 식이란 게…… 도모미가 살해됐을지도 모른다는 걸 얘기하는 겁니까?"

"네."

다카유키는 고개를 끄덕였다.

"보통은 그렇겠죠. 그렇게 생각하고 싶지도 않고."

"보통이라면,"

유키에가 그의 말꼬리를 잡았다.

"다카유키 씨도 게이코 씨와 같은 생각이라는 건가요?"

"그녀만큼 명확한 건 아니지만, 어느 정도는……."

그렇게 말하고 다카유키는 커피를 마셨다. 바람에 몸이 서늘해져 따끈한 커피가 아주 맛있게 느껴졌다.

"사람은 남 얘기에는 냉정할 수 있지만, 자신과 밀접한 관련이 있는 일에 대해서는 이성적으로 대응하기가 쉽지 않죠. 도모미가 교통사고라는 흔한 이유로 죽었다는 사실을 인정하고 싶지 않은 마음도 있고 말입니다. 아마 게이코 씨도 그런 심정 아닐까요."

유키에는 양손으로 쥔 자신의 머그 컵을 내려다보았다.

"하지만…… 누군가 도모미 언니를 죽이려 했다는 건 도무지 믿어지지 않아요. 게이코 씨는 동기에 대해서 분명하게 말하지 않았는데, 다카유키 씨는 혹시 짐작 가는 게 있나요?"

"아니요, 저 역시 전혀."

"만약…… 이건 정말 만약인데, 게이코 씨 말처럼 누군가가 도모미 언니의 죽음을 바라고 어떤 수를 썼다면, 다카유키 씨는 그 누군가를 당연히 원망하겠죠?"

유키에는 진지한 눈길로 다카유키를 바라보았다. 대답하기에 앞서 다카유키는 왜 그녀가 그런 질문을 하는지 생각해 보았지만 이렇다 할 이유는 떠오르지 않았다.

"물론 그렇죠. 도모미의 죽음이 누군가 의도한 것이라면요. 하지만 그런 일은 아마 없을 겁니다. 그렇게 의도된 장치는 없었다고 저는 믿고 싶습니다."

"……그렇죠? 저도 그래요."

유키에는 진지하게 물었던 것이 겸연쩍은 듯 살짝 미소를 지었다.

"제가 일기를 쓰거든요. 여기에도 가져왔는데, 오늘 밤 일을 어떻게 쓰면 좋을지 난감할 것 같네요."

"있는 그대로 쓰면 되지 않을까요."

다카유키가 그렇게 말하자 그녀도 고개를 끄덕였다.

"그래야겠지요."

"도모미 얘기는 이제 그만하고, 유키에 씨 얘기 좀 해 보죠. 좋은 남자를 찾았나요?"

유키에는 말없이, 조금 전과는 다른 종류의 미소만 머금었다.

"기도 씨와 꽤 친해 보이던데……."

그는 아까부터 조금 마음에 걸렸던 얘기를 꺼내 보았다. 유키에의 표정에 뭐라 말할 수 없이 우울한 빛이 어렸다.

"전에 아버지들끼리의 술자리에서 그 사람 상대로 제가 어떻겠느냐는 얘기가 있었나 봐요. 우리 아버지는 농담으로 한 얘기라고 하시는데 그쪽은 그렇지가 않았는지, 그 후부터 기도 씨가 같이 영화를 보러 가자는 둥 식사를 하자는 둥 하는 일이 종종 있어요. 전 늘 시간이 안 된다고 피하고 있지만."

"옆에서 보기에 기도 씨는 유키에 씨에게 홀딱 반한 것 같던데요."

그러자 유키에는 테이블에 팔꿈치를 대고 고개를 약간 기울였다.

"근본적으로 받아들일 수 없는 게 있다고 할까…… 연애나 결혼 상대로 생각하기 어려운 사람이에요."

요컨대 생리적으로 받아들일 수 없는 타입이다, 그렇게 말하고 싶은 것이리라. 하지만 그렇게 노골적으로 말하는 것은 결례라고 여기는 것 같았다.

"그렇게 본인의 생각이 확실하다면 분명하게 말하는 편이 좋지 않을까요. 유키에 씨를 보는 그 사람 눈이 마치 자기만의 보물을 보는 듯했습니다."

"그러려고 하기는 하는데, 여러 가지로 친절하게 대해 주니까 좀처럼 입이 안 떨어지네요. 게다가 정식으로 프러포즈를 받은 것도 아니고."

기도로서는 이미 약혼한 기분일 테니까 그럴 필요를 느끼지 않는지도 몰랐다. 그렇게 생각하자 왠지 답답했지만 다카유키는 굳이 그 말을 하지는 않았다.

다카유키가 커피를 다 마셨을 때 뒤에서 유리문 열리는 소리가 났다. 몸을 틀어 돌아보니 양반은 못 되는지 기도 노부오가 의심스럽다는 표정으로 서 있었다. 샤워를 했는지 잠옷 바람에 머리 위에서 김이 모락모락 오르고 있었다. 그것이 다카유키에게는 질투 때문에 머리가 뜨거워져서 나는 김처럼 보였다.

그는 다카유키와 유키에를 번갈아 보더니 비난조로 물었다.

"뭐하고 있었습니까?"

"도모미 언니 얘기를 하고 있었어요. 그렇죠?"

유키에가 동의를 구하자 다카유키는 고개를 끄덕였다. 그러나 기도는 다카유키 따위는 안중에도 없었다.

"내가 자리에서 일어나기 전에 나중에 방으로 와 달라고 했는데 못 들었습니까? 계속 기다리고 있었는데."

웬일로 얌전히 2층으로 올라가나 했더니 그런 거였구나 싶었다. 그러고서 그는 유키에가 오기 전에 서둘러 샤워를 한 것이다.

"미안해요. 그런데 오늘은 좀 피곤해서."

유키에가 그렇게 말하자 기도는 입을 비죽거리며 허리에 손을 얹고 먼 풍경을 바라보는 듯한 몸짓을 했다.

"내내 여기 있었습니까? 호오, 시원하니 경치도 좋군요."

빈정거림이 담긴 말투였다.

"여기 앉으세요. 전 이제 방으로 돌아갈 테니까."

유키에는 머그 컵 두 개를 쟁반에 담아 들더니 냉큼 베란다에서 물러갔다. 기도와 다카유키의 어색한 분위기만 뒤에 남았다.

"이제…… 저도 샤워를 하고 자야겠군요."

다카유키도 의자에서 엉덩이를 들었다. 기도와 단둘이 할 만한 얘기는 아무것도 없었다.

"저, 잠깐만요, 가시마 씨."

기도의 말이 다카유키를 막았다. 기도는 다카유키 옆으로 다가와 그를 올려다보며 말했다.

"그쪽의 딱한 처지는 동정이 갑니다. 슬픈 마음도 충분히 이해합니다. 하지만,"

기도는 콧잔등을 씰룩거리더니 다시 말을 이었다.

"유키에 씨에게서 위로를 얻으려 하는 것은 좀 뭐하지 않나 싶습니다."

그녀에게 바람맞은 분풀이를 하는 듯했다.

"그럴 마음 없습니다."

"그런가요? 그렇다면 좋습니다만, 이상한 기대는 품지 않는 편이 신상에 좋을 겁니다."

그 말은 내가 하고 싶은 말이라고 하고 싶은 것을 꾹 참고서 다카유키는 그 자리를 떠났다.

3

침대로 들어간 후에도 다카유키는 좀처럼 잠을 이루지 못했다. 역시 도모미가 사용하던 방, 도모미가 잤던 침대라는 의식이 있는 탓인지도 몰랐다. 그녀를 떠올리지 말자고 하는 것이 오히려 억지다.

잠시 선잠이 들었던 것 같은데 한밤중에 다시 잠이 깼다. 흥분이 식지 않았다. 너무 조용한 것도 그리 바람직하지 않은 듯했다.

다카유키는 두 손으로 머리를 감싸며 눈을 떴다. 바람이 심하게 부는지 창밖에서 나뭇가지들이 사락사락 흔들리는 소리가 들린다.

도모미의 죽음에 대해서 생각해 본다. 저녁을 먹은 후에 게이코가 했던 얘기도.

다카유키는 그녀의 의문이 타당하다고 생각했다. 그녀도 말했듯이 예의 사고 후로 운전을 할 때면 도모미는 마치 다른 사람 같았다. 그 전까지는 젊은 여자답게 스피드에 열을 올렸지만 그 사고가 있고부터는 제한 속도에서 10킬로미터를 넘은 적이 없었다. 그렇게 운전하는 사람은 현재 이 나라의 운전자들 중에는 흔치 않다.

예의 사고란 2년 전에 발생한 자동차 사고를 말한다. 그 사고가 있었던 탓에 도모미의 인생은 크게 바뀌었고 다카유키의 운명 또한 바뀌었다.

그때 일을 다카유키는 지금도 또렷하게 떠올릴 수 있었다. 비 내리는 고슈 가도를 서쪽을 향해 달리고 있었다. 그날은 촬영 스케줄이 있어 봉고차 뒤에 기자재가 실려 있었다. 모 식품 회사가 채용 광고용으로 발주한 일이었다. 회사의 휴양소와 오락 시설을 촬영해서, 각 대학을 찾아다니며 채용 활동을 할 때 학생들에게 보여 주려는 것이었다.

다른 스태프들은 먼저 가 있고 다카유키 혼자 봉고차에 타고 있었다.

자신이 과속하고 있다는 의식은 없었다. 충격에 약한 기자재가 있어서 평소보다 신중하게 운전했을 정도니까. 앞 차를 추월하지도 않고 계속 왼쪽 차선으로 달렸다.

어느 정도 달렸을까. 느닷없이 엔진 굉음이 들렸다. 다카유키는 백미러를 힐끔 보았다. 오른쪽 뒤에서 빨갛고 납작한 스포츠카가 전속력으로 달려오고 있었다.

마침 그때 다카유키의 차에서 20미터 정도 앞에 있던 차가 오른쪽 깜빡이를 켜고서 오른쪽 차선으로 옮겨 갔다. 그리고 깜빡이를 켠 채 속력을 늦추더니 도로 위에서 그대로 정지했다. 우회전할 기회를 엿보고 있는 것이었다. 뒤쪽의 빨간 스포츠카는 오른쪽 차선으로 돌진하고 싶었던 모양인데 장애물이 성가셨는지 왼쪽 차선, 즉 다카유키의 차 뒤에 붙었다. 게다가 그런 차들이 흔히 그러듯 상대에게 빨리 꺼지라는 식으로 차 간 거리를 좁혔다.

'귀찮은 차가 따라붙었군.'

다카유키는 순간적으로 생각했다.

그런데 그가 우회전을 기다리는 차 옆을 지나가려 할 때였다. 보도에서 무언가가 굴러왔다. 조그만 축구공이었다. 그런데 그것이 공이라는 것을 인식하기 전에 다카유키는 브레이크를 먼저 밟았다. 타이어가 비명을 질렀다. 차체가 미처 멈추지 못하고 앞으로 미끄러지면서 뒤에 실린 기자재가 와르르 무너져 내렸다.

그리고 바로 충격이 있었다. 무언가에 쿵 들이받힌 것이다. 다카유키는 뒤에서 달려오던 빨간 차가 자신의 차를 받았다는 것을 이내 알아챘다.

그런데 빨간 차가 똑바로 달려와 충돌한 것은 아닌 듯했다. 운전자가 핸들을 꺾어 왼쪽으로 피하려 한 듯, 다카유키의 차 왼쪽 뒤에 접촉한 후에도 그 차는 속력을 줄이지 못하고 보도 위에 설치된 전화 부스를 들이받고 말았다.

다카유키는 잠시 숨이 막혀 움직일 수가 없었다. 가까스로 정신을 차리고 문을 연 뒤 천천히 밖으로 나갔다.

"괜찮아요?"

옆으로 지나가던 차 운전자가 소리를 질렀다. 그는 괜찮다는 것을 보여 주기 위해 가볍게 손을 들었다.

빨간 차는 전화 부스를 받은 후 다시 전신주에 부딪쳐 앞쪽 4분의 1 정도가 짜부라져 있었다. 앞 유리창도 전화 부스도 박살이 나서 사방에 크고 작은 유리 조각이 흩어져 있었다.

차는 핸들이 왼쪽에 있는 외제 차였고 타고 있는 사람은 운전자 한 명뿐이었다. 핸들을 꽉 잡은 두 손 사이에 파묻듯이 머리를 숙이고 있었다. 긴 머리로 봐서 여자인 듯했다. 누가 신고했는지 얼마 있자 구조대가 출동했다.

구조대는 상당히 오래 걸려 찌그러진 차체에서 그녀를 끌어냈다. 그녀는 의식이 없는 것 같지는 않았지만 들것에 실려 갈 때 몸을 꼼짝하지 않았다.

다카유키 역시 구조대의 지시를 따라 구급차에 올라탔다. 병원에서 일단 검사를 받은 후 각처로 연락을 하고 있는데 사고를 낸 여자의 부모인 듯한 사람들이 나타났다. 아버지가 모리사키 제약 회사의 사장이라는 것은 나중에 교통과 경찰이 알려 주었다.

사고에 대해서 다카유키도 참고인으로 조사를 받았지만, 그에게 아무 잘못이 없다는 것은 경찰도 알고 있는 듯했다. 오히려 추돌을 당했으니 피해자 입장이었다. 모리사키 측에서 파견한 변호사는 다카유키가 입은 손실을 무조건 배상하겠다는 쪽으로 얘기를 끌고 갔다. 하지만 그가 입은 피해는 별것 없었다. 눈에 띄는 손실이래야 그날 촬영을 하지 못해 고객이 발주를 취소한 정도였다.

얘기가 그 정도로 마무리된 후 다카유키는 사고를 낸 여자를 면회하러 갔다. 책임 소재와는 상관없이 한번 면회를 가보는 게 어떻겠느냐고 담당 경찰이 일러 주었기 때문이다. 그러면서 그 경찰은, 요즘은 자기 잘못이 명백한데도 면회조차 가지 않는 사람이 대부분이라며 한탄했다.

나름 성의를 발휘해 꽃다발까지 사 들고 그녀의 병실을 찾아갔다. 당연히 면회는 이번 한 번으로 끝낼 생각이었다.

심호흡을 하고서 문을 노크했다. 문 옆에 '모리사키 도모미'라고 적힌 팻말이 걸려 있었다.

잠시 기다렸는데 반응이 없었다. 잠들었는지도 모르겠다는 생각에 꽃다발을 간호사에게 맡기고 갈까 생각했다. 그러면 얼굴을 마주하지 않아도 되고 면회를 다녀왔다는 체면도 설 것이라고.

다카유키가 돌아서려는 순간 병실 안에서 뭐가 툭 떨어지는 소리가 난 것 같았다. 그녀가 잠이 깼나 싶어서 다시 한 번 노크를 해 보았지만 여전히 반응이 없었다.

다카유키는 손잡이를 잡고서 상대가 놀라지 않도록 조심조심 문을 당겨 보았다. 소리가 왠지 마음에 걸렸고, 상대가 지금 어떤 상태인지도 확인하고 싶어서였다.

문을 20센티미터 정도 열자 창가에 있는 침대가 보였다. 그것을 보는 것과 동시에 그의 눈이 휘둥그레졌다. 침대 위가 피로 뻘겋게 물들어 있었기 때문이다.

안으로 후다닥 뛰어 들어가 보니 침대에 누운 여자는 얼굴에 핏기 없이 축 늘어져 있고, 담요 밖으로 나와 있는 왼 손목에는 칼자국이 나 있었다. 그리고 거기서 엄청난 양의 피가 흘러나오고 있었다. 침대 밑에는 과일칼이 떨어져 있었다. 병실에서 뛰쳐나온 다카유키는 간호사를 찾아 이리저리 뛰어다녔다.

그의 재빠른 행동 덕분에 도모미는 목숨을 건졌다. 10분만 늦었어도 위험한 상태였다고 했다.

응급 처치를 받은 도모미가 잠들어 있는 동안 다카유키는 병원 밖에서 그녀의 부모를 만났다. 두 사람은 딸의 목숨을 구해 준 것에 대해 감사의 뜻을 표한 후, 이번 사고로 피해를 끼친 것에 대해서도 사과했다.

괜찮다는 뜻을 전한 후 다카유키는 조심스레 물었다.

"그보다, 따님은 왜 자살을……?"

어머니인 아쓰코는 눈물만 닦고 있었고 아버지 노부히코가 입을 열었다.

그의 얘기에 따르면, 도모미는 어렸을 때부터 발레리나가 되는 것이 꿈이었다고 한다. 최근 들어 도모미는 자신이 소속된 발레단에서 두각을 나타내기 시작했고, 다음 공연에서는 드디어 솔로를 맡을 수 있지 않을까 기대하는 참이었다는 것이다. 그런데 사고가 나는 바람에 절망한 나머지 죽으려고 했던 모양이라고 노부히코는 말했다.

"발레는 상처가 나으면 다시 할 수 있는 거 아닌가요?"

다카유키의 말에 아쓰코가 오열을 터뜨렸다. 그리고 노부히코는 맥없이 고개를 저었다.

"딸은 발레는커녕 제대로 걸을 수도 없답니다."

"네?"

다카유키는 상대의 얼굴을 다시 보았다.

"부서진 차체에 끼여 왼쪽 다리를 잃고 말았어요. 지금 그 아이의 왼쪽 다리는 발목 아래가 없습니다. 발레도 발레지만, 평범한 여자로서의 인생조차 바랄 수 없게 되었다는 생각에 충동적으로 손목을 그은 것이겠죠."

아쓰코는 하염없이 울고 있었다. 다카유키는 뭐라고 할 말이 생각나지 않았다. 자신이 그들에게 사과할 입장이 아닌 게 정말 다행이라고 마음속으로 생각했다.

도모미의 의식이 돌아온 날로부터 일주일 후 다카유키는 다시 그녀를 찾았다. 그대로 모르는 척하고 있자니 마음에 걸렸고, 그 후로 어떻게 되었는지 신경이 쓰였다.

아직도 마음 정리가 안 되었는지, 다카유키가 찾아갔을 때도 도모미의 눈은 빨갛게 부어 있었다. 그리고 딸이 또 이상한 마음을 먹지 않을까 걱정스러운 아쓰코가 곁을 지키고 있었다.

도모미는 스물한 살이라는 나이보다 한참 어려 보였다. 얼굴이 조그맣고, 발레를 해서 그런지 몸도 가녀렸다.

대화가 잘될 리 없었지만 다카유키는 자신이 하는 일에 대해서 이런저런 얘기를 늘어놓으면서 분위기가 무거워지지 않도록 애썼다. 물론 발레와 교통사고와 신체 장애에 관한 화제는 철저하게 피했다. 도모미는 굳은 표정으로 대꾸도 별로 하지 않은 채 그가 하는 얘기를 듣고만 있었다. 그래도 때로 농담을 하면 비구름 사이로 언뜻언뜻 파란 하늘이 비치는 것처럼 그녀의 눈가에 미소가 떠올랐다. 그 눈이 겁이 날 정도로 맑아 다카유키는 그녀에게 빨려 들어갈 것 같았다.

그날 병원을 뒤로했을 때 다카유키는 이제 두 번 다시 그녀를 만나는 일이 없을 것이라고 생각했다. 그런데 그로부터 이틀 후에 아쓰코에게서 전화가 걸려 왔다. 와 줄 수 있겠냐는 것이었다. 무슨 일이 있느냐고 묻자 그녀가 말을 꺼내기 민망하다는 듯이 머뭇거렸다.

"딸이 가시마 씨에게 마음을 쓰고 있는 것 같아요. 얼굴이라도 한번 보여 줄 수 있을까 해서⋯⋯."

마음을 쓴다는 것은 호감을 품고 있다는 뜻일 것이다. 다카유키는 가슴이 설렜다. 그 역시 다시 한 번 도모미를 보고 싶었다.

꽃다발을 들고 병실을 찾아가니 며칠 전보다 한결 빛나는 얼굴로 그녀가 맞아 주었다. 그리고 며칠 전보다 말수도 조금 늘었다. 또 오죠, 하고서 다카유키가 돌아설 때 그녀는 "다음에는 언제?"라고 물었다. 그는 내일이라도, 하고 대답했다.

결국 그날부터 그녀가 퇴원할 때까지 다카유키는 이삼 일에한 번은 꼭 면회를 갔다. 그런데 딱 한 번 병실에 들어갈 수 없었던 적이 있었다. 의족이 완성되어 그걸 끼워 맞추는 작업을할 때였다. 아쓰코가 병실에서 나와 미안하다는 듯이 말했다.

"가시마 씨에게는 보이고 싶지 않다고 하네요."

퇴원하고 얼마 지나지 않아 도모미는 비록 지팡이는 짚어야했지만 걷는 데는 거의 지장이 없게 되었다. 정교한 의족과 재활 치료 덕분이었지만 발레로 다져진 강인한 몸이기에 가능한 일이기도 했다.

재활 치료 센터에는 매일 다녀야 했다. 주말에는 다카유키가 데리고 갔다. 그녀가 치료사에게 일대일로 치료를 받는 동안 다카유키는 가만히 그녀를 지켜보면서 기다렸다. 담당 여의사가 "모리사키 씨가 의욕이 대단하네요."라고 말했을 때 도모미는 얼굴을 살짝 붉혔다.

다카유키는 그녀가 열심히 훈련하는 모습이 아름답다고 생각했다. 남녀 불문하고 이런 표정을 보여 주는 사람을 지금까지 만난 적이 없었다. 사람들은 대부분 고통을 견뎌 가면서까지 무언가를 성취하려 하지 않는다. 힘든 상황에 처하면 우선 책임을 전가하고, 그다음에는 포기를 하든지 무기력해질 뿐이다. 그리고 비극의 주인공인 양한다.

도모미의 힘이 되어 주고 싶다, 그녀가 입술을 깨물고 도전하는 모습을 볼 때마다 다카유키는 그렇게 생각했다.

"가시마 씨는 누구에게나 이렇게 친절해요?"

센터에서 돌아오는 길, 차 속에서 그녀가 물었다. 머뭇거리는 말투로 보아 그녀로서는 용기를 내어 던진 질문이라는 것을 알 수 있었다.

"기본적으로 사람을 친절하게 대하고 싶은 마음은 있죠. 하지만 내가 이러는 건 그 때문만은 아닙니다."

"그 때문만은 아니란 건 무슨 뜻이죠?"

다카유키는 차를 도로 옆에 세우고 앞을 바라본 채 말했다.

"즐겁기 때문이죠. 도모미 씨와 함께 있고 싶다, 그런 뜻입니다."

그녀는 다소 놀란 듯했다. 이런 고백을 기대는 했지만 실제로 들을 수 있으리라고는 생각지 못했던 것이다. 다카유키로서도 한껏 용기를 쥐어 짜낸 것이라 온몸이 뜨거워졌다.

"제 다리가 이런데…… 괜찮아요?"

도모미의 물음에 다카유키는 그녀의 얼굴을 바라보며 뭔가 말을 하려다 그만 웃음을 터뜨리고 말았다.

"왜 웃어요?"

그녀가 의아하다는 표정을 지으며 물었다.

"내가 이렇게 말하려고 했거든요. 나야말로 코가 이렇게 생겼는데 괜찮겠느냐고. 그런데 너무 오그라드는 말이라 진지한 얼굴로는 얘기할 수 없어서."

도모미는 눈물을 글썽거리며 다카유키의 팔에 얼굴을 묻었다.

그 후로 두 사람의 교제는 계속되었고, 반년 후 다카유키는 프러포즈를 했다. 도모미의 부모님도 결혼을 승낙했다. 노부히코는 그의 손을 잡고서 "고맙네."라고 말했다.

도모미의 나이가 아직 어리다는 이유로 일단 약혼식을 먼저 치렀다. 도모미가 스물두 살이 되면 결혼식 준비를 시작한다는 약속이 암암리에 정해졌다. 도모미는 불만스러워했지만, 나이보다 어려 보이는 탓에 신중을 기하려는 부모님 마음도 이해가 갔다.

그 후로는 날마다 즐거운 일만 계속되었다. 다카유키는 일주일에 한두 번은 꼭 도모미를 만나서 신부 수업 얘기를 들었다. 그리고 작년 가을에 스물두 살이 된 그녀는 드디어 결혼식 준비를 시작했다.

　도모미에게는 장밋빛 나날이었을 것이다. 어렸을 때부터 꿈꿔 온, 호숫가 옆에 있는 교회에서 결혼식을 올린다는 소망도 이루어질 참이었다.

　도모미가 운전을 다시 시작한 것은 다리가 불편한 그녀가 기동력을 발휘하려면 차를 사용하지 않을 수 없어서였다.

　대신 그녀는 놀라우리만큼 조심스럽게 운전했다. 그래서 아무리 서두르는 경우라도 지나치게 속력을 내거나 핸들을 잘못 조작하는 일은 없었을 것이다.

　'수면제……란 말이지.'

　게이코의 추리가 뇌리를 스쳤다. 그렇게 생각할 수도 있다.

　'하지만 누가 도모미를 죽이려 했다는 말인가. 그런 일이 있을 수 있을까.'

　아까 시모조 레이코가 한 말이 옳다. 도모미는 모두에게 사랑받는 사람이었다.

　언제였나. 다카유키가 불단에 세워진 도모미의 영정 앞에서 두 손을 모으고 있을 때, 아쓰코가 옆으로 다가와 말한 적이 있다. 원하는 대로 좀 더 일찍 결혼식을 올렸더라면 일이 이렇게 되지 않았을 텐데, 하고.

　그때 다카유키는 잠자코 고개를 끄덕였다.

4

도모미를 생각하고 있으려니 점점 눈이 말똥거렸다. 다카유키는 몇 번이나 몸을 뒤척이고 베개의 위치도 바꿔 보았다. 그래도 잠이 오지 않자 가방에 넣어 온 위스키라도 마셔 볼까 싶어 일어나려는데 문을 두드리는 소리가 들렸다.

일어나 스탠드를 켜고 시계를 보니 새벽 4시가 조금 지난 시각이었다.

그는 문으로 다가가 "네." 하고 대답했다.

"저예요, 유키에."

문을 열었다. 잠옷 위에 카디건을 걸친 유키에가 긴장한 얼굴로 서 있었다. 그 얼굴이 매우 창백해 보였다.

"무슨 일입니까?"

"네, 저…… 목이 말라서 주스나 마실까 하고 부엌으로 내려갔는데……."

그녀는 한기가 드는지 카디건 앞자락을 여몄다.

"그런데 무슨 일이 있었나요?"

"그게…… 누군가 사람이 있었어요."

마음을 굳혔다는 듯이 유키에가 말했다. 다카유키는 심장이 뛰는 것을 느꼈다.

"그게 누군데요?"

유키에가 고개를 저었다.

"모르겠어요. 하지만 말소리가 들렸어요."

그는 등이 서늘해졌다.

"아쓰코 부인 아닙니까?"

"아니에요. 남자 목소리였어요. 그것도 전혀 들어 본 적 없는 목소리요."

"남자……."

도둑인가, 하고 다카유키는 생각했다. 별장을 전문적으로 노리는 도둑이 있다는 얘기를 들은 적이 있었다. 보석이나 그림을 훔쳐 간다고 했다.

"알겠습니다. 가 보죠."

방에서 나온 다카유키는 유키에 옆을 지나 계단으로 향했다. 그녀도 뒤따라왔다.

살금살금 계단을 내려갔지만 아무 소리도 들리지 않았다. 부엌으로 다가가 보았지만 역시 말소리 같은 건 들리지 않았다. 다카유키는 유키에의 얼굴을 보았다. 그럴 리 없다는 듯 그녀가 고개를 저었다.

부엌문에 귀를 대 보았다. 사람이 있는 기척은 없었다. 다카유키는 문손잡이를 잡고 소리 나지 않게 조심하면서 잡아당겼다. 주방 안에는 형광등이 환하게 켜져 있었지만 사람의 모습은 없었다.

"아무도 없는데요."

"이상하네. 조금 전까지 틀림없이……."

부엌 안쪽에는 뒷문이 있었다. 다카유키는 그 문도 살펴보았지만 잠겨 있었다.

이상하다면 이상할 수도 있는 일이었다. 왜 여기에만 불이 켜져 있는 것일까. 마지막으로 주방에서 나온 사람은 아쓰코일 텐데, 그녀가 깜박 잊은 건가.

"왠지 으스스하네요."

유키에가 오싹하다는 듯이 팔을 비볐다.

"그래도 도둑이 들어왔다면 흔적이 있을 텐데요."

다카유키는 유키에의 손을 잡고 벽에 있는 스위치를 눌렀다. 형광등이 일제히 꺼지면서 사방이 완전한 어둠에 갇혔다.

그 순간이었다. 누군가가 그의 왼팔을 잡았다.

놀란 다카유키는 소리를 지르려 했지만 "소리 내지 마." 하는 남자의 목소리에 움찔하면서 소리를 삼켰다. 유키에도 조그맣게 비명을 질렀다.

"소리 내지 말라니까. 조용히 해."

남자가 다시 말했다. 다카유키는 몸이 뻣뻣하게 굳어 오는 것을 느꼈다.

제2막

침입자

1

갑자기 얼굴에 강한 빛이 비쳤다. 눈이 부셔 얼굴을 찡그리
며 가까스로 상대를 보았다. 깡마르고 몸집이 작은 남자와 눈
이 마주쳤다. 순수한 일본인이 아닌지 얼굴의 윤곽이 뚜렷하
고 깊다. 남자는 한 손에는 손전등을 들고 한 손에는 권총을
쥐고 있었다.

"뭐하는 놈이야, 뭐하러 온 거야?"

다카유키가 물었다.

그러나 상대는 질문에 대답하지 않았다.

"이 별장에 지금 몇 명이 묵고 있나?"

반대로 상대가 질문했다. 다카유키는 대답하지 않았다. 옆
에서 유키에의 신음 소리가 들렸다. 고개를 돌려 보니 다른 남
자가 그녀의 팔을 잡고 있었다. 그쪽은 상당히 덩치가 컸다.

"허튼짓하지 마."

다카유키가 말했다.

"우리를 포함해서 여덟 명이 묵고 있다."

"남자는 몇 명이지?"

"네 명."

작은 남자가 잠시 생각하더니 "좋아."라고 혼잣말처럼 중얼거렸다.

"이대로 걷는다."

다카유키와 유키에는 두 남자의 지시에 따라 라운지의 소파로 가서 나란히 앉았다. 작은 남자가 스탠드를 켠 후 덩치 큰 남자와 함께 다카유키와 유키에 앞에 섰다. 그리고 둘 다 총을 겨눴다. 덩치가 겨누고 있는 총은 라이플인 듯했다. 다카유키는 총에 대해서 잘 모르지만 권총이나 라이플이 가짜 같지는 않았다.

"다구, 여자를 감시해."

작은 남자가 덩치에게 지시하고는 다카유키에게 일어서라는 듯이 손가락을 까딱 움직였다.

남자에게 등을 떠밀려 다카유키는 계단을 올라갔다. 나란히 있는 방들에서는 아무 소리도 들리지 않았다. 모두들 별장에서의 밤을 평온하게 지내고 있을 거라고 다카유키는 생각했다.

"사람들이 묵고 있는 방이 어디지?"

남자가 물었다.

"방을 전부 사용하고 있는데."

"좋아. 모두 밖으로 나오라고 해. 오른쪽에서부터 차례로."

"오른쪽에서 첫 번째 방은 저 여자의 방이야."

다카유키가 아래층에 있는 유키에를 가리키며 말했다.

"그럼 두 번째 방부터."

남자가 말했다.

오른쪽에서 두 번째 방은 게이코의 방이다. 문을 세 번 노크하자 반응이 있었다.

"누구세요?"

"가시마입니다. 잠시 할 얘기가……."

안에서 잠금 쇠를 푸는 소리가 나더니 게이코가 문틈으로 얼굴을 내밀었다. 그녀는 낯선 남자가 있는 것을 보고는 잠시 어리둥절해하다가 눈을 부릅떴다. 권총을 알아본 듯했다.

"밖으로 나와."

남자가 말했다.

이게 무슨 일이냐는 듯이 게이코가 다카유키를 보았다. 다카유키는 말없이 고개만 저었다.

"빨리 나와. 얌전히 있으면 해는 입히지 않을 테니까."

"옷을 갈아입게 해 줘요."

게이코가 말했다. 그녀는 위아래로 트레이닝복 차림이었다.

"그대로 나와. 꾸밀 필요는 없으니까."

남자가 권총을 겨눴다. 그녀는 포기하고 방에서 나왔다.

같은 식으로 시모조 레이코도 깨웠다. 레이코는 상황을 이내 간파하고는 "다친 사람은?" 하고 다카유키에게 물었다. 그는 지금까지는 없다고 대답했다.

남자는 게이코와 레이코에게 밑으로 내려가라고 했다. 1층에서는 다구라고 불린 남자가 라이플을 든 채로 기다리고 있다가 그녀들을 유키에 옆에 나란히 앉게 했다.

그다음 문에서 얼굴을 내민 사람은 아쓰코였다. 그녀는 남자를 보더니 비명에 가까운 소리로 외쳤다.

"당신 누구야, 무슨 짓이야!"

"시끄럽게 굴지 마. 입 다물어."

"강도야? 돈은 얼마든지 줄 테니까 해치지 말아요."

"그 입 다물라고."

남자는 권총을 그녀의 코끝에 들이댔다.

"조용히 있으면 살 수 있어. 해칠 마음은 없으니까. 순순히 방에서 나와."

아쓰코는 마치 스위치를 끈 것처럼 입을 다물었다. 하지만 문을 절반만 연 채 밖으로 나오려 하지는 않았다. 다카유키가 의아하게 생각하고 있는데 남자 역시 그녀의 행동을 수상쩍게 여기는 듯했다. 그리고 갑자기 안색이 바뀌더니 문을 벌컥 열어젖혔다.

노부히코가 수화기를 드는 참이었다. 버튼을 누르려던 그의 손가락이 남자가 뛰어드는 바람에 동작을 멈췄다.

"내려놔, 수화기!"

남자가 말했다.

"남편이 같이 있는 줄은 몰랐군. 큰일 날 뻔했잖아."

노부히코는 남자를 쳐다보면서 천천히 수화기를 내려놓았다.

"누구지?"

"누구든 무슨 상관이야. 나와!"

몸을 떠는 아쓰코의 어깨를 껴안고서 노부히코가 밖으로 나왔다. 그들이 계단으로 향하려고 하는데 남자가 "잠깐, 기다려."라고 명령했다.

"선수를 교체한다. 부인은 여기 남아."

그리고 그는 다카유키의 등을 밀었다.

"당신이 밑으로 내려가."

아쓰코가 겁에 질려 노부히코의 가운 자락을 부여잡았다. 남자가 짜증을 부렸다.

"빨리빨리 해!"

아쓰코가 바들바들 떨면서 남자 옆으로 다가갔다. 남자가 그녀 팔을 잡자 조그맣게 소리를 질렀다.

걱정스럽게 아내를 돌아보는 노부히코와 함께 다카유키는 계단을 내려갔다. 라운지에서는 덩치 큰 남자가 인질들에게 라이플을 겨눈 채 두 남자를 바라보고 있었다.

"앉아."

덩치가 말했다. 짐승이 웅얼거리는 듯한 목소리였다. 다카유키와 노부히코는 소파에 이미 앉아 있는 세 여자 옆에 가서 바닥에 앉았다.

"이게 어떻게 된 일인가?"

노부히코가 다카유키의 귀에 대고 속삭였다. 다카유키는 유키에가 부르러 온 후의 일을 간단하게 설명했다.

그다음 도시아키와 기도 노부오가 작은 남자의 위협을 받으면서 계단을 내려왔다. 도시아키는 아직도 사태가 파악되지 않는 듯한 표정이었고, 기도 쪽은 비루하게 보일 정도로 겁에 질려 있었다. 두 남자도 다카유키 옆에 앉았다. 마지막으로 아쓰코가 작은 남자의 손에서 빠져나와 노부히코에게로 왔다.

"대체 뭐하는 놈들인가?"

노부히코가 다시 물었다.

"왜 이런 짓을 하는 거지? 우리에게 원한이라도 있는 건가?"

그러나 작은 남자는 그의 질문을 무시하고서 실내를 오락가락했다.

"커튼은 닫혀 있군. 하기야 한밤중이니……. 외딴곳이라 밖에서 누가 엿볼 염려는 없겠지만."

그가 낮은 소리로 혼자 중얼거렸다.

이쪽저쪽을 돌아보고는 남자가 돌아와서 다시 노부히코의 얼굴에 권총을 들이댔다.

"당신이 이 별장 주인인 모양이군. 모리사키 노부히코. 제약 회사 사장."

"내게 원한이 있는 거라면 다른 사람들까지 끌어들이지는 않았으면 좋겠군."

과연 사장다웠다. 일이 닥치면 오히려 배짱이 두둑해지는 지, 노부히코의 목소리에는 낭패한 기색이나 두려움이 담겨 있지 않았다. 많은 사람의 머리 위에 서 있는 입장이니 누군 가에게 원한을 살 가능성도 있다는 점을 평소부터 각오하고 있었는지도 몰랐다.

그런데 작은 남자는 코웃음을 쳤다.

"당신들에게는 원한이 없어. 우리가 필요한 건 이 별장이다. 오늘 밤 이곳에 오기로 한 건 2주일 전에 벌써 결정된 일이야. 그러니 소유자인 당신에 대해서도 조사를 했지. 그리고 예정 대로 온 거야. 그런데 어쩌다 당신들과 마주치게 된 거지. 당 신들도 운이 없지만 우리 역시 마찬가지라고."

"왜 이 별장이 필요한 거지?"

"숨기에 딱 좋잖아."

"무슨 짓을 저질렀는데?"

다카유키 옆에 앉은 도시아키가 물었다.

"그런 것까지 당신들에게 설명할 필요는 없겠지."

"만약 도망치는 중이라면,"

이번에는 다카유키가 나섰다.

"여기도 안전하지는 않을 텐데. 낮에 경찰이 찾아왔었으니까. 거동이 수상한 남자를 보지 못했냐고 하면서 말이야. 혹시 당신들 두 사람을 말하는 거 아닐까."

그러자 작은 남자의 표정이 달라졌다.

"경찰이 왔다고?"

다카유키가 고개를 끄덕였다. 그러면서 그는 그때 좀 더 상황을 정확하게 물어볼 걸 그랬다고 속으로 후회했다. 총기를 소지한 범인이 이 부근에 숨어들었다는 걸 알았더라면 문단속을 더 철저히 했을 것이다.

"진!"

덩치 큰 남자가 불안한 얼굴로 파트너를 보았다.

"겁먹을 거 없어. 한 번 왔으니까 두 번 다시 안 올 수도 있다고. 오히려 안전할 수도 있지."

진이라고 불린 남자의 말에 덩치의 표정이 다소 누그러졌다.

"자네들이 여기 왔다는 소리는 아무에게도 하지 않겠네. 그러니 나가 주면 안 되겠나? 조금 전에 내 아내도 말했지만 돈이 필요하다면 최대한 협조하겠네."

노부히코가 열기 띤 목소리로 말했지만 작은 남자는 피식 웃을 뿐이었다.

"그런 말을 우리가 믿을 줄 알아? 게다가 돈은 필요 없어.

우리가 해야 할 일은 이 별장에 그냥 있는 것뿐이야. 동료가 올 때까지."

"동료가 또 온다는 말인가?"

다카유키가 물었다.

"이 별장에서 합류하기로 했어. 그게 우리의 계획이야. 2주일 전에 이 별장을 사전 답사하면서 그렇게 결정했지. 뒷문 열쇠까지 만들어서 말이야."

그리고 그는 주머니에서 열쇠를 꺼내 얼굴 앞에 올리고 흔들어 보였다.

그 말을 들으니 다카유키는 납득이 갔다. 아무리 문단속을 단단히 했어도 이들은 들어왔을 것이다.

"동료는 언제 오나?"

노부히코가 물었다.

"이르면 내일 밤."

진의 말에 여자들 사이에서 절망적인 한숨이 흘러나왔다. 적어도 내일 밤까지는 이런 상황이 계속된다는 얘기다. 그런 그들의 표정을 본 남자가 음흉한 미소를 지었다.

"그렇게 절망적인 표정들 짓지 말라고. 인연이 있어서 이렇게 만난 것일 수도 있잖아."

그리고 진이라는 남자는 여자들을 죽 훑어보다가 시모조 레이코의 볼을 권총으로 쓰다듬었다. 레이코는 안색 하나 바꾸지 않고 남자의 얼굴을 노려보았다. 진이 약간 움찔하는 듯했다.

"다구, 잘 지켜보고 있어."

여자들 옆을 떠나면서 진이 말했다. 덩치는 여전히 불안한 표정이었다.

"어디 가는 거야?"

"화장실."

그러면서 진이 복도로 가려는데 아쓰코가 호소하는 듯한 목소리로 "나도 가고 싶은데."라고 말했다. 진이 얼굴을 찡그렸다. 그때였다.

"나도 아까부터 참고 있었어."

기도가 떨리는 목소리로 말했다. 아마도 먼저 말을 꺼낼 용기가 없었을 것이다.

"나부터 갔다 온 다음에."

진이 내뱉었다.

"지금은 우리가 이 별장의 주인이니까."

2

화장실에 가고 싶다는 사람들을 한 명씩 데리고 갔다 온 후

86

진은 로프나 끈을 찾아온다면서 다시 라운지에서 나갔다. 인질을 포박하려는 목적일 것이다. 그런데 잠시 후 그는 짜증스럽다는 표정으로 돌아왔다.

"쓸 만한 끈이 하나도 안 보이는군. 뭐, 됐어. 이렇게 지키고 있으면 되니까."

진은 권총을 다카유키에게 겨눈 채 체스 테이블 옆에 앉았다. 나 같으면 시트를 벗겨 와서 끈 대신 사용할 텐데, 하고 다카유키는 생각했지만 물론 입 밖으로 내지는 않았다. 그들 역시 생각이야 했을 테지만 그렇게까지 할 마음은 없었는지도 모른다.

"진, 언제까지 이러고 있을 거야?"

선 채로 라이플을 겨누고 있기가 힘들어졌는지 다구가 의자에 앉으며 물었다. 엉덩이가 얼마나 큰지 마치 레스토랑에 있는 어린이용 의자에 앉은 모양새였다.

"후지가 올 때까지 이러고 있을 거야?"

후지는 아마도 다른 동료의 이름인 듯했다.

"그래야겠지. 아, 그런데 다구는 체스 할 줄 모르지?"

진이 테이블 밑을 더듬었다.

"어, 카드가 있네. 이걸로 심심풀이나 하면 되겠어."

그는 카드를 꺼냈다.

"잠깐이면 몰라도 하루 이상 이렇게 있기는 싫은데."

다구가 낮은 목소리로 말했다.

"이 사람들이 여기 이렇게 있으니 누가 찾아올지도 모르잖아. 게다가 계속 지켜보기도 힘들고."

"그의 말이 맞네."

노부히코가 말했다.

"이 근처 별장에는 내 지인이 많지. 우리가 와 있다는 사실을 아니까 불쑥 찾아올지도 모르네."

그로서는 어떻게든 두 사람을 별장에서 내쫓아야겠다는 생각에 한 말이었을 것이다. 그렇지만 그 대사가 연극조라는 것은 가엾을 정도로 뻔히 보였다.

진이 히죽 웃으면서 카드를 섞었다.

"그런 거짓말에 걸려들 줄 알아? 이 근처 별장이 전부 법인 소유라는 것쯤은 이미 다 조사해서 알고 있어. 기업의 휴양소라더군. 그러니 가령 묵고 있는 사람이 있다 해도 그 회사 사람들이겠지. 발이 얼마나 넓은지는 모르겠지만, 설마 그 기업의 사원 전부가 지인은 아니겠지."

그의 말에 노부히코가 침묵했다. 진은 흥, 콧방귀를 뀌었다.

"우린 여기서 나갈 수 없어. 처음부터 여기에서 합류하기로 계획했으니까."

"아무도 없다고 했단 말이야."

다구가 불쾌하다는 듯이 말했다.

"그런데 이건 얘기가 다르잖아. 어떻게 된 거냐 말이야."

"이 별장을 선택한 사람은 후지야. 내가 아니라."

진은 카드를 자신과 다구 앞에 차례로 나눴다. 카드의 숫자로 봐서 포커를 칠 모양이라고 다카유키는 짐작했다.

"후지에게 전화해서 장소를 바꾸자고 해. 별장은 다른 데도 얼마든지 있잖아."

"어떻게 연락하라는 거야, 이미 늦었다고. 게다가 여기서 나가면 이자들이 경찰에 신고할 게 뻔하잖아."

"안 할게요. 약속해요."

아쓰코가 간청했지만 진은 무시한 채 자신의 카드를 보았다.

"오호, 이거 잘 들어왔는데. 보나 마나 내가 이겼군."

그가 카드 두 장을 바꾸는 것을 보면서 노부히코가 신중하게 물었다.

"아까 자네가 우리에게 해를 끼치지 않겠다고 했는데 그 말은 믿어도 되겠나?"

진은 카드를 바꾸는 다구를 노려보면서 대답했다.

"그야 당연하지. 날 믿으라고."

"그러니까 자네들이 나갈 때에도 우리에게는 손을 대지 않는다 그 말인가?"

"그렇다니까."

"그럼 자네들이 나간 후에 우리가 경찰에 신고할 거라는 생각은 하지 않나?"

"당연히 하겠지. 단, 우리가 멀리 도망친 후가 될 거야. 그때까지는 할 수 없어."

"그건 왜지?"

"왜 그런데?"

다구도 파트너에게 똑같이 물었다.

"우선 전원의 손발을 묶고 방에 처넣을 거야."

진이 다구에게 설명했다.

"하지만 한 사람은 우리가 데리고 갈 거야. 그리고 우리가 안전한 장소에 도착한 다음에 풀어 주면 되겠지."

그가 노부히코에게 눈길을 돌렸다.

"만약 그 전에 당신들이 경찰에 신고할 경우 인질의 목숨은 없어. 그 한 사람의 목숨이 아깝지 않으면 얼마든지 신고하라고. 우리는 죽어 버리면 그만이니까. 이건 단순한 협박이 아니야."

그렇게 말하고서 진은 모두의 얼굴을 핥듯이 죽 돌아보았다. 누구를 인질로 데리고 갈 것인지 물색하는 듯한 눈빛이었다.

조잡하고 야비하지만 배짱은 두둑한 작자군, 다카유키는 작은 남자에 대해 그렇게 생각했다. 그들 역시 계획이 뒤틀려서 당황했을 것이다. 실제로 덩치는 처음부터 계속 불안해하는 기색이었다. 그런 상황에서도 진이라는 남자는 앞일을 생각하고 있다. 인질을 데리고 도망간다는 것은 위험 부담이 따르지만 괜찮은 아이디어일지도 모른다. 그렇게 되면 끌려간 사람의 안전이 확인되기 전에는 신고할 수 없을 게 분명하다.

어쨌든 후지라는 작자가 오지 않는 한 그들이 나가는 것을 기대하기 어렵겠다며 다카유키는 각오를 다졌다.

날이 밝을 때까지 진과 다구는 포커를 쳤다. 다구는 말수도 적고 머리도 그다지 좋아 보이지 않지만 승부에는 강했다. 칩이 대부분 그의 앞으로 옮겨 갔다.

"여전히 못 당하겠군."

진은 주머니에서 천 엔짜리 지폐를 몇 장 꺼내더니 체스 테이블에 올려놓았다. 다구의 투박한 손이 그것을 움켜쥐고 바지 주머니에 쑤셔 넣었다.

인질들은 축 늘어져 있었다. 수면 부족에다 계속 긴장하고 있으니 그럴 만도 했다. 특히 다카유키는 거의 눈을 붙이지 못했다.

"배가 고픈데."

커튼 사이로 밖을 기웃거리던 진이 배를 문지르면서 말했다. 아침 햇살이 가느다랗게 새어 들고 있었다.

"나도. 뭘 좀 먹어야겠어."

다구가 라이플을 테이블에 내려놓더니 어디선가 배낭을 들고 와 안에서 샌드위치와 주먹밥 등을 꺼냈다. 편의점에서 사

온 것인 듯했다.

다카유키는 테이블에 놓여 있는 라이플에 신경이 쓰였다. 지금 다구는 먹는 데 열중하고 있고 진도 거기에만 정신이 팔려 있다. 그 틈을 노려 어떻게든 빼앗을 수 없을까.

"이렇게 허접한 것은 이제 그만 먹자고."

진이 쓴웃음을 지었다.

"먹을 게 전혀 없을 줄 알았는데 지금 보니 넘쳐 나잖아. 게다가 요리사도 있고 웨이트리스도 있고 말이야."

그의 말에 다구가 유키에 쪽을 보았다.

"음식에 이상한 거 섞지는 않겠지?"

"독? 그런 게 있을 리 있겠어. 그리고 옆에서 지켜보면 되지, 뭐. 그래도 불안하면 누구든 먹어 보라고 하면 될 일이고. 어젯밤에 식품 창고 봤지? 야, 우리는 구경도 못한 식품들이 잔뜩 쌓여 있던데."

"그랬지."

진의 제안에 수긍이 가는지 다구는 혀를 날름거리면서 샌드위치와 주먹밥을 배낭 안에 도로 집어넣었다. 덩치 쪽도 비교적 안정을 되찾은 듯했다.

"자, 그럼 이제 요리 솜씨나 구경해 볼까. 당신이 주방장인가?"

진이 아쓰코에게 권총을 겨눴다. 그녀는 노부히코의 팔에 매

달려 부들부들 떨었다.

"당신을 먹겠다는 것도 아닌데 그렇게 겁낼 거 없잖아. 도와 줄 사람이 필요하면 몇 명 고르고."

"고모, 제가 도울게요."

유키에가 말했다. 이어서 게이코와 시모조 레이코도 "저도 도울게요."라고 말했다.

"거참, 구분하기 쉬워서 좋군. 여자들 전원이 주방으로 집합이라."

일어서, 하고 진이 여자들에게 명령했다. 유키에에 이어 게이코와 레이코가 주방으로 향했다. 마지막으로 아쓰코가 비틀거리는 걸음으로 걸어갔다.

"간은 심심하게 하라고. 염분을 피하고 있으니까."

진의 농담에 혼자 웃던 다구가 배낭을 들고 체스 테이블에서 일어섰다. 라이플은 그대로 놓은 채였다. 진이 빨리 가라는 식으로 아쓰코의 등을 떠밀면서 부엌 쪽을 바라보았다.

지금이다, 하고 다카유키가 엉덩이를 들려는데 한발 앞서 도시아키가 움직였다. 온몸을 던지듯 테이블을 향해 몇 걸음 뛰어가 라이플을 집어 들었다.

"총 버려!"

도시아키의 목소리를 듣고서도 진은 무슨 일인지 모르는 표정이었다. 그러다 겨우 사태를 파악했는지 입술을 일그러뜨렸다.

"뭐하는 짓이야?"

"안 들려?"

도시아키가 다시 소리를 질렀다.

"총 버리라잖아!"

그런데도 진은 총을 버리지 않았다. 대신 다구 쪽을 보면서 턱짓을 했다. 그러자 다구가 도시아키 쪽으로 한 걸음 다가 왔다.

"움직이지 마."

도시아키가 다구에게 총을 겨눴다.

"총을 버려. 그러지 않으면 이자를 쏘겠어."

그러자 진이 냉소를 머금었다.

"쏘고 싶으면 쏘지 그래."

"진⋯⋯."

다구가 중얼거렸다.

"걱정 마. 못 쏠 테니까."

"못 쏘기는!"

도시아키가 상대를 노려보았다.

"당신 먼저 쏴 버리는 수도 있어."

그러나 진은 키들키들 웃을 뿐이었다.

"당신, 총을 쏴 보기나 하고서 그런 소릴 하는 거야?"

"방아쇠를 당기면 그만이지."

"그럴 줄 알았다니까. 그런 데서 쐈다가는 이 부인이 맞을지도 모르는데."

그러면서 그는 옆에 있던 아쓰코의 팔을 잡더니 자기 앞으로 확 잡아당겼다.

"이래도 쏘겠나?"

도시아키의 눈에 망설임이 어렸다. 그가 대답하지 못하자 자신감을 얻은 진은 권총을 아쓰코의 목에 들이댔다.

"라이플을 다구에게 돌려준다."

도시아키는 한 걸음 뒤로 물러나 새삼 다구를 조준했다. 진이 고개를 저었다.

"쏘고 싶으면 쏘라고 했잖아. 대신 부인의 목숨은 없는 거야."

몇 초 동안 움직이지 않던 도시아키는 결국 포기했다. 그가 라이플을 테이블에 내려놓자 다구가 재빨리 손을 뻗어 집어 들었다. 그러고는 도시아키의 배를 걷어찼다. 도시아키가 벽 앞까지 튕겨 나가자 기도가 자지러지는 소리로 비명을 질렀다.

"욕실에 수건이 몇 장 있었지? 그걸로 그놈의 손발을 묶어."

진이 명령하자 다구는 욕실에서 화려한 스포츠 타월 두 장을 가져왔다. 그리고 한 장으로는 도시아키의 두 발목을, 다른 한 장으로는 두 손을 등으로 돌리게 해서 묶었다.

손발이 묶여 움직이지 못하는 도시아키의 옆구리를 진이 몇 번이나 걷어찼다. 도시아키는 신음을 내질렀다.

"속이 쓰리겠군."

진이 도시아키를 내려다보며 말했다.

"당신의 실수는 눈 딱 감고 쏘지 않은 거야. 총을 잡는 순간 가타부터 따지지 말고 나를 쐈어야지. 그랬으면 간단할 일을."

"다음부터는 그러지."

얼굴을 찡그리면서 도시아키가 말했다. 진은 소리 나지 않게 웃었다.

"자, 이제 여흥은 끝났으니 요리를 시작해야지. 다구, 남자들을 잘 지켜보고 있어."

그런데 다구는 대답을 않고서 파트너를 빤히 바라보고 있다.

"왜 그러는 거야?"

진이 물었다.

"아까 한 말, 진심이야?"

"아까 한 말?"

"나를 쏘고 싶으면 쏘라고 한……."

"다구."

진은 코로 홍, 숨을 내쉬면서 쓴웃음을 짓더니 파트너의 어깨에 손을 얹었다.

"내가 말했잖아. 저놈은 쏠 마음이 없었어. 그걸 아니까 내가 그렇게 말한 거지. 상대가 초짜가 아니었으면 물론 다르게 대했을 거야."

"정말이지?"

"그럼, 정말이고말고. 기분 풀어. 맛있는 거 만들라고 할 테니까. 뭘 먹고 싶은데, 햄에그? 아, 맞아, 네놈은 치킨을 좋아하지."

"두툼한 스테이크."

다구가 말했다.

"배고파 죽을 지경이야."

"오케이, 오케이. 아침부터 스테이크라, 다구다워서 좋다."

"레어로 굽고, 소스는 일본식 아니면 안 먹어."

"부인, 들으셨죠?"

진은 권총을 겨눈 채 유키에와 아쓰코 등이 있는 곳으로 성큼성큼 걸어갔다.

"내 친구는 일식 스테이크가 먹고 싶답니다. 솜씨 한번 발휘해 보시죠."

그의 위협에 여자들은 주방으로 사라졌다.

다구는 배를 문지르면서 다카유키와 남자들이 있는 곳에서 약간 떨어진 바닥에 앉았다. 그리고 아까 같은 실수는 두 번다시 안 하겠다는 듯이 라이플을 옆구리에 꽉 끼었다.

한동안 남자들을 지켜보던 그는 슬슬 따분해졌는지 사방을 두리번거리기 시작했다. 라운지와 식당의 경계에 책과 장난감이 정리되어 있는 책꽂이가 있었다. 그가 책꽂이로 다가가더니 장난감을 하나 집어 들었다. 이어진 말발굽 두 개가 말발굽 비슷하게 생긴 또 다른 고리에 끼워져 있는 것이었다.

"말발굽 퍼즐이라고 하지."

노부히코가 말했다.

"고리에서 말발굽을 빼면 되는 거야."

다구가 라이플을 옆구리에 낀 채로 퍼즐을 만지작거렸다. 찰랑찰랑 소리가 났다.

"이게 어떻게 빠진다는 거야."

그가 부루퉁한 목소리로 말했다.

"말발굽보다 고리가 작은데 빠질 리 없잖아."

"머리를 쓰면 뺄 수 있지."

노부히코의 말에 불끈한 다구가 그를 노려보았다. 그리고 그 자리에 털퍼덕 앉더니 다시 찰랑거리며 퍼즐을 만지기 시작했다. 그 손놀림을 보면서 다카유키는 말발굽이 빠지려면 한나절은 걸리겠다고 생각했다.

노부히코가 자세를 고쳐 앉는 척하면서 다카유키 옆으로 다가왔다.

"어떻게 밖에 알릴 방법이 없겠나?"

그가 귀에 대고 그렇게 속삭였다. 다카유키는 화들짝 놀라 다구를 보았다. 그러나 그는 퍼즐에 한창 정신이 팔려 있었다. 노부히코의 노림수에 빠진 듯했다.

"외지 사람들이 이 부근까지 오는 일이 있나요?"

다카유키는 고개를 숙이고 작은 소리로 물었다.

"평소에는 거의 없는데, 그래도 혹시 누가 지나갈지도 모르잖나. 지금이 기회야. 그럴 가능성에라도 걸어 봐야지."

다카유키는 고개를 끄덕였다. 그러나 뾰족한 방법이 떠오르지 않았다.

"가령 말인데, 이 건물에 불을 내면 어떻겠나."

노부히코의 말에 소스라치게 놀란 다카유키가 눈을 크게 떴다.

"일부러 불을 낸다는 말입니까?"

"완전히 태우겠다는 건 아니고, 화재가 났나 보다고 생각할 정도로 연기를 피우면 사람들이 모여들지 않겠냐는 거지."

"연기……."

좋은 방법일지도 모른다고 다카유키는 생각했다. 연기라면 멀리서도 보인다. 게다가 사람들이 많이 모이면 진과 다구도 총을 쏘아 댈 수 없을 것이다.

"그런데 연기를 어떻게 피우죠?"

다카유키가 묻자 노부히코는 얼굴을 더 바짝 들이댔다.

"2층 방까지만 가면 돼. 각 방에는 철제 쓰레기통이 있거든.

그 안에다 종이나 나무토막을 넣고 불을 피운 후 창문을 열어
두면……."

"호, 그렇군요!"

다카유키는 노부히코의 의도를 이해했다.

"하지만 그러다 진짜 불이 날 수도 있지 않을까요?"

"상관없어, 불이 나도."

노부히코가 낮은 소리로 말했다.

"이런 별장이야 또 지으면 돼. 실제로 불이 난다면 놈들도
당황하겠지. 그러면 도망칠 기회가 생길 수도 있어. 물론 사
람들도 모여들 테고."

"만약 불길에 갇히면……."

"고층 빌딩도 아닌데, 뭘. 어디로든 빠져나갈 수 있을 거야.
그보다……."

노부히코가 더 말을 하려다 입을 다물고 다카유키의 반대쪽
을 보았다. 다구가 다가오고 있었다.

"뭘 쑥덕거리는 거야?"

"아무것도 아니야."

다카유키는 고개를 저었다.

다구는 수상하다는 눈빛으로 잠시 다카유키를 보다가 더는
아무 말 않고 노부히코 쪽으로 방향을 돌리더니 말발굽 퍼즐
을 획 던졌다. 노부히코는 자기 앞에 떨어진 퍼즐을 바라보더

니 다구를 올려다보았다.

"왜?"

"빼 보라고."

다구가 말했다.

"절대 안 빠지겠지만."

노부히코는 다카유키 쪽을 힐끔 보고는 손을 뻗어 퍼즐을 집었다.

"잘 봐."

그러고는 말발굽과 고리를 약간 비트는 것처럼 손을 움직였다. 말발굽은 오른손에, 고리는 왼손에 남았다.

다구의 눈이 무슨 불길한 것이라도 보는 것처럼 휘둥그레졌다. 다구 앞에서 노부히코의 두 손이 서로 교차하는 듯하더니 고리가 다시 엮였다.

"다소 요령이 필요하지. 연습도 해야 하고."

노부히코가 퍼즐을 다구에게 내밀었다. 다구는 그것을 받아 들고서 다카유키와 남자들에게 라이플을 겨눈 채 몇 걸음 뒤로 걸어가더니 바닥에 앉아 퍼즐에 재도전했다.

노부히코가 다시 다카유키 옆으로 슬금슬금 다가왔다.

"아까 하던 얘기 말인데, 놈들의 동료가 와서 여기를 떠날 때 인질을 데리고 가는 일만은 어떻게든 피해야 하지 않겠나. 놈들이 순순히 풀어 줄 리는 없고 말이야. 게다가 인질로 최대한 약한 사람을 고르겠지. 남자라면 그나마 좀 안심이 되겠지만⋯⋯."

우울한 기분으로 다카유키는 고개를 끄덕였다. 같은 생각이었다. 인질로는 아쓰코나 유키에가 선택될 가능성이 크다. 아니, 성적 욕구를 채우려 한다면 유키에를 데려갈 가능성이 가장 클지도 모른다.

"그런 가능성을 고려하면, 다소 위험을 감수하는 한이 있어도 도움을 청하는 수밖에 없지 않나 싶은데."

"연기 말인가요?"

"달리 좋은 생각이 있나?"

다카유키는 고개를 저었다.

"문제는 어떻게 실행하느냐죠."

그리고 다카유키는 다구를 보았다. 그는 여전히 말발굽 퍼즐을 손에 쥐고 힘으로 쥐어뜯기라도 하겠다는 듯이 잡아당기고 있었다. 그런데 뭘 어떻게 했는지 고리가 한순간에 쑥 빠졌다. 그는 잠시 멍하게 그걸 바라보다가 "됐다."라고 중얼거리며 다카유키와 노부히코를 보고는 히죽 웃었다.

3

주방에서 목소리가 들리더니 유키에와 게이코가 왜건에 음식을 담아 가지고 나왔다. 이어서 아쓰코가 시모조 레이코의 부축을 받으며 나타났다. 그녀들 뒤에서는 여전히 진이 총을 겨누고 있었다.

"왜 그래, 당신. 괜찮은 거요?"

"어지럽다고 하시네요."

시모조 레이코가 아쓰코를 식당 의자에 앉히면서 말했다.

"괜찮아요…… 좀 피곤할 뿐이에요. 이러고 있으면 금방 좋아질 거예요."

아쓰코는 테이블에 팔꿈치를 대고는 두 손으로 얼굴을 감쌌다.

"내 아내를 잠깐이라도 쉬게 해 주게. 원래 체력이 약한 사람인데 수면 부족에다 긴장까지 하고 있으니 힘을 못 쓰는군. 한두 시간이라도 좋으니 방에 가서 좀 눕게 해 줘."

다카유키는 노부히코의 속셈을 이내 간파했다. 아쓰코를 부축하고 방으로 따라가서 연기를 피우려는 것이다.

그러나 진은 그의 요구를 들어주기는커녕 콧방귀만 펑펑 뀌었다.

"본인이 이러고 있으면 좋아진다는데 당신이 괜히 나설 필요 없지. 그리고 아침을 먹으면 금세 기운을 차릴 거야. 어서 먹을 준비나 하라고."

그가 명령하자 유키에와 게이코가 왜건에서 각자 앞에 음식을 나눴다. 롤빵과 소시지를 사용한 간단한 핫도그와 컵 수프였다.

시모조 레이코가 체스 테이블에 은색 쟁반을 내려놓았다. 거기에 담긴 것은 두툼한 스테이크 두 장과 맥주 두 병이었다.

"이야, 아침부터 호화판이군."

진이 그렇게 말하자 다구는 심히 만족스럽다는 표정으로 의자에 앉았다. 그리고 포크와 나이프를 들어 어수룩한 손놀림으로 큼지막하게 잘라 입에 넣고는 병을 따서 맥주를 들이켰다.

도무지 먹고 싶은 마음은 없었지만 다카유키는 수프에 빵을 적셔 억지로 삼키듯 식사를 했다. 남자들은 라운지에서, 여자들은 식당에서 먹으라는 지시가 있었다. 다른 사람들도 일그러진 얼굴로 빵을 뜯어 입에 넣었다. 여전히 묶인 채인 도시아키 역시 식욕이 있어 보이지는 않았다.

"당신네들, 친척인가?"

진이 갑자기 포크로 모두의 얼굴을 죽 훑듯이 가리켰다.

"다 그런 건 아니네."

아무도 대꾸하지 않자 노부히코가 식당 칸막이 너머로 대답했다.

"흐음, 그래도 당신과 여기 있는 부인은 부부겠지. 그리고 저쪽에 묶여 있는 놈이 아들. 아주 닮았거든. 그리고 나머지 사람들 말인데,"

진이 유키에와 게이코, 그리고 시모조 레이코를 힐끔거렸다.

"셋 중에 하나는 딸이겠지. 음, 어디 보자…… 당신이 딸이지, 그렇지?"

유키에를 가리키며 그렇게 묻자 유키에는 아니라고 대답했다.

"아니라고? 그럼 당신인가?"

"나도 아니에요."

게이코가 퉁명스럽게 대답했다.

"그렇다면……"

그가 시모조 레이코에게 눈길을 돌리는데 노부히코가 먼저 말을 꺼냈다.

"딸은 없네."

"없다고? 그럴 리 없을 텐데."

진이 눈썹을 찌푸리며 의심에 찬 눈빛을 아쓰코에게 보냈다.

"이 별장에 숨기로 결정했을 때 당신네 가족에 대해서도 다 조사를 했지. 가족이 많으면 이용 빈도가 높아서 우리에게는 별로 좋지 않거든. 아무튼 조사한 바로는 당신네들에게 틀림없이 딸이 하나 있었어."

"있었지. 하지만 죽었네. 3개월 전에."

노부히코의 말에 진이 나이프를 움직이던 손을 멈췄다.

"그거 안됐군. 병으로?"

"아닐세. 여기서 차를 몰고 도쿄로 돌아가다가 절벽에서 떨어졌다네."

그렇게 말하고 노부히코는 절반쯤 먹은 핫도그를 물끄러미 내려다보았다.

"호오, 교통사고였군. 그래도 본인이 사고를 일으켰다니 어쩔 수 없지, 뭐. 요즘 젊은 사람들이 그렇다니까. 운전도 잘 못하면서 겉멋만 들어서 속력을 낸단 말이지."

"그건 단순한 사고가 아니었어."

노부히코가 날카롭게 소리를 질렀다. 그 기세에 두 침입자도 순간 움찔했다. 다구는 맥주병을 입에 문 채로 노부히코를 바라봤다.

다카유키 역시 내심 놀라며 그의 옆얼굴을 보았다. 도모미의 죽음에 대해서 그가 이렇게 명확한 의견을 보인 적은 여태까지 한 번도 없었다.

다른 사람들도 같은 생각인지 현재 상황을 잊은 것처럼 노부히코를 주목했다.

"아니……, 우리 도모미는 그렇게 경박한 녀석이 아니었다는 뜻으로 한 말이네. 부주의해서 사고를 일으킨 게 아니라 어떤 불가항력적인 힘이 있었다고 믿고 있어."

변명하는 투로 노부히코가 말했다. 그리고 그는 다시 핫도 그 빵을 뜯었다.

"참 재미있는 얘기군. 단순한 사고가 아니었다……, 꽤 의미심장하게 들리는데. 게다가,"

진이 기분 나쁘게 씩 웃었다.

"전원의 안색이 달라졌어."

그의 말에 모두가 얼른 고개를 숙였다. 그리고 그가 무슨 말인지 더 하고 싶어 하는 표정을 짓는데 현관 벨이 울렸다.

순간 모두가 숨을 삼키는 듯한 기척이 느껴졌다. 비디오 화면이 정지한 것처럼 다들 동작을 멈췄다. 다구는 마침 고깃덩어리를 넣으려고 입을 쩍 벌리던 참이었다.

진이 맨 먼저 행동에 나섰다. 다구에게 사람들을 지켜보라고 하고는 재빨리 바깥쪽 창문으로 뛰어갔다. 그리고 커튼 사이로 현관 쪽을 살폈다.

잠시 후 돌아온 그의 눈에는 핏발이 서 있었다.

"큰일 났어, 경찰이야."

그의 말에 다구도 험악한 눈초리로 라이플을 집어 들었다.

"경찰이 왜 이런 델 온 거지?"

"내가 어떻게 알겠어. 우리가 여기 있다는 걸 알아챈 것 같지는 않아."

진은 거칠게 숨을 쉬며 인질들을 보았다.

"거기, 너."

그가 다카유키에게 권총을 겨눴다.

"나가 봐. 놈들을 돌려보내."

"왜 나지?"

"모리사키 사장이 직접 현관에 나가는 건 아무래도 이상하잖아. 사장 다음으로 그나마 침착해 보이는 사람이 너니까."

"보이는 것과 다를 수도 있지."

다카유키가 일어나면서 노부히코와 유키에 쪽을 보았다. 모두가 어떻게든 해 보라고 눈으로 얘기하고 있었다. 경찰에 이 상황을 알릴 수 있는 방법이 없을까. 다카유키는 잠시 고민에 빠졌다.

"미리 말해 두는데, 우리는 경찰에 잡히느니 차라리 목숨을 끊을 생각이야. 처음부터 각오하고 있던 일이지. 허튼짓을 했다가는 여기 있는 사람들 모두를 길동무로 삼을 수도 있으니까 그런 줄 알라고."

다카유키의 속마음을 꿰뚫어 본 것처럼 진이 그렇게 말하면서 그의 등에 권총을 들이댔다. 그리고 자신은 밖에서 보이지 않도록 유리문 뒤에 쭈그려 앉았다.

"현관 밖으로 나가면 안 돼. 경찰을 현관 안으로 들여서도 안 되고. 알겠나?"

다카유키는 고개를 끄덕이고 현관으로 내려가 슬리퍼를 신었다. 그리고 묵직한 나무 문을 열었다. 어제 찾아왔던 경찰이 어제보다 다소 험악한 표정으로 서 있었다.

"아침 일찍부터 죄송합니다. 잘 주무셨나요?"

야윈 중년의 경찰이 곰상스럽게 웃으면서 물었다.

"아, 예. 아침을 먹고 있었습니다."

"하아, 그렇군요. 다른 분들도 모두 일어나셨습니까?"

"네."

"그런데 어제도 질문을 드렸습니다만, 그 후에 별다른 이상은 없었습니까? 거동이 수상한 자를 봤다든지, 밤중에 무슨 소리가 났다든지."

거동이 수상한 자는 바로 뒤에 있다고 말하고 싶었다.

"아니요, 별다른 일은."

"그렇군요."

경찰은 딱히 실망스러워하는 눈치는 아니었다. 이 부근 별장을 여기저기 찾아다니면서 이런 대화를 나누고 있을 터였다.

"저…… 무슨 일이 있는 겁니까? 이틀 계속해서 경찰이 이렇게 찾아오는 걸 보면 보통 일이 아닌 것 같은데요."

다카유키가 묻자 경찰은 그가 빈정거린다고 해석했는지 모자 뒤로 손을 가져갔다.

"죄송합니다. 모처럼 휴가를 즐기고 계실 텐데 이렇게 불쑥 불쑥 찾아와서 죄송스럽게 생각하고 있습니다. 실은 어제 낮에 은행이 습격을 당한 터라……."

"은행 강도란 말입니까?"

다카유키가 물었다.

"그렇습니다. 이인조였어요. 권총과 라이플로 무장하고 침입했습니다."

다카유키는 복잡한 심경으로 고개를 끄덕였다. 흉기에 대해서는 이미 알고 있었다.

"그래서, 그 범인들이 이 부근에 숨어 있다는 건가요?"

"어제 시점에서는 그럴지도 모른다는 정도였죠. 범인의 차량이 이쪽으로 향했다는 증언이 있었거든요."

"그런데 현재 단계에서는 조금 달라졌다는 말씀이군요."

"네. 범인이 버리고 도망친 것으로 추정되는 차가 저기 수풀 속에서 발견되었거든요. 현금이 든 커다란 자루 세 개를 들고 있으니까 걸어서는 그렇게 멀리 못 갔을 겁니다."

당신들의 추리가 맞다고 다카유키는 마음속으로 중얼거렸다.

"이 부근에 있다면 상당히 위험하겠군요."

그러면서 다카유키는 팔짱을 끼고, 뒤에 있는 진에게 보이지 않도록 조심스럽게 자신의 뒤를 손가락으로 가리켰다. 그리고 그 손가락을 보라는 뜻으로 경찰에게 눈짓을 했다.

그러나 경찰은 전혀 눈치채지 못하는 듯했다.

"그러게 말입니다. 무엇보다 상대가 무기를 소지하고 있으니 말이죠. 위험을 피하기 위해서는 최대한 밖으로 나가지 않는 게 좋겠습니다. 그리고 가능하면 이곳에서 빨리 철수하시기 바랍니다."

"알겠습니다. 사람들에게 그렇게 전하도록 하죠."

재삼 신호를 보내는데도 경찰은 다카유키의 손가락을 보려 하지 않았다. 그러는 와중에 젊은 경찰이 주차장 쪽에서 나타나 중년 경찰의 귀에 대고 뭐라고 속삭였다.

"하얀 프렐류드를 타고 온 사람이 있군요."

"네? 아…… 네. 있어요."

시모조 레이코의 차였다.

"운전석 문이 완전히 닫히지 않았다는군요. 잘 닫히지 않는다니 차 주인에게 알려 주시죠."

뭐야, 그런 거였어. 다카유키는 실망스러웠다.

"그럼 이만 실례하겠습니다."

경찰은 마지막으로 한 번 더 고개를 숙이고 돌아가려다 이제야 생각났다는 듯이 고개를 돌리고 말했다.

"아 참, 다들 일어나셨다고 했죠?"

"네, 그런데요."

"그렇다면 커튼을 열어 두는 게 좋겠습니다. 저희들이 이 부근을 계속 순찰하고 있으니 밖에서도 안쪽의 상황을 볼 수 있으면 더 안전하겠죠. 안에 계신 분들도 안심이 될 테고 말입니다."

"그렇군요. 그렇게 전하겠습니다."

"그럼."

두 경찰은 가볍게 목례한 뒤 사라졌다.

다카유키가 문을 닫고 돌아서는데 진이 바로 뒤에 서 있었다.

"하얀 프렐류드가 누구 차지?"

시모조 씨라고 하자 진이 안에다 대고 그녀를 불렀다. 그녀가 나오자 다카유키는 사정을 설명했다.

"내가 또 그랬나 보네. 그 차는 문이 조금 무거워서 제대로 쾅 닫아야 하는데."

"열쇠를 가지러 방에 가지 않아도 되나요?"

"뒤 범퍼 안쪽에다 보조 키를 붙여 놨거든요."

그러고서 그녀가 문을 열고 나가려는데 진이 그녀에게 권총을 들이댔다.

"경찰이 어슬렁거리고 있을지도 모르지만 엉뚱한 짓은 하지 않는 게 좋을 거야. 여기서 다 보고 있을 테니까."

시모조 레이코는 날카로운 시선으로 작은 남자를 힐끗 보고는 밖으로 나갔다. 진은 문을 절반쯤 열어 놓은 채 그녀의 뒷모습을 지켜보았다. 다행히 주차장이 똑바로 내다보였다. 물론 다행이라는 것은 그에게만 해당하는 일이지만.

레이코는 자신의 차로 다가가자 뒤 범퍼 안쪽에서 보조 키를 꺼내 차 문을 열었다. 그리고 다시 잘 닫은 후 돌아왔다. 부자연스러운 움직임은 없었다.

"현관문을 좀 더 열지. 경찰이 있는지 확인해야겠어."

진이 한 걸음 뒤로 물러나 지시했다. 하라는 대로 다카유키가 문을 더 열자 예의 경찰 둘이 문 근처를 서성거리는 모습이 보였다.

"거참, 귀찮게 구는군."

진이 투덜거렸다.

그때 다카유키의 눈결에 구두코로 지면에 뭐라고 쓰고 있는 시모조 레이코의 모습이 포착되었다. 다카유키 뒤에 숨어 있는 진에게는 안 보이는 듯했다.

레이코가 현관으로 들어오자 진은 다카유키에게 문을 닫으라고 명령했다.

문이 닫히기 직전 다카유키는 레이코가 쓴 것을 보았다. 화장실 창문 바로 아래에 'SOS'라고 큰 글씨로 쓰여 있었다. 그와 눈이 마주치자 레이코는 턱을 눈에 뜨이지 않게 살짝 아래로 당겼다.

라운지로 돌아온 진은 사람들을 모두 식탁에 앉으라고 한 뒤 다구에게 말했다.

"그 자식을 풀어 줘."

"어쩌려고?"

도시아키의 손발을 묶은 수건을 풀면서 다구가 물었다.

"커튼을 닫고 있자니 부자연스러워서 그러는 거야."

그리고 진은 창문으로 다가가 커튼 사이로 밖을 내다보며 혀를 끌끌 찼다.

"놈들이 아직도 어슬렁거리고 있군. 다구, 다 됐나?"

"이 사람들은 여기 앉아 있으면 되지만 우리는 어떻게 하지?"

다구가 그 몸집에 어울리지 않게 허둥댔다.

"창문 아래 앉아 있어. 밖에서 절대 보이지 않게."

진은 창문 바로 아래 벽에 기대어 앉으면서 유키에에게 총을 겨눴다.

"이제 커튼을 연다. 괜히 허튼짓하며 시간 끌지 말고, 알겠어?"

유키에가 일어나 진의 지시에 따랐다. 다카유키의 위치에서는 펜스 너머에 있는 경찰의 모습이 보였다. 그들은 고개를 쭉 내밀어 이쪽을 들여다보고 있었다.

여길 보라는 게 아니라고. 다카유키가 속으로 외쳤다. 화장실 창문 아래야. 거기에 메시지가 있다고.

그러나 이상이 없다고 판단했는지 경찰은 결국 철수하고 말았다. 낙담한 다카유키는 한숨이 절로 나왔다.

"간 것 같군."

커튼 뒤에 숨어서 밖을 내다보던 진이 중얼거렸다.

"커튼 닫자."

다구가 말했다.

"계속 이러고 있는 건 너무 불편하잖아."

"그건 안 돼. 놈들이 또 올지도 몰라. 커튼을 닫았다 열었다 하면 오히려 수상하게 여길 거야."

"불편해서 싫다니까."

"그럼 좋은 방법이 있지."

진이 계단을 올라갔다. 복도 중간에 약간 넓은 공간이 있고 거기에 조그만 테이블과 의자가 놓여 있었다. 그는 그 의자에 앉아 난간 너머로 1층을 내려다보았다.

"라운지와 식당이 고스란히 보이는군. 여기서 지켜보면 되겠어."

"이 사람들은 어떻게 하고?"

"우리 눈에 보이는 범위 안에서는 조금 자유롭게 놔두자고. 그러면 만의 하나 밖에서 보더라도 이상하게 여기지 않을 거야. 아, 그리고 다구, 올라올 때 여자 한 명 데리고 와. 괜한 짓

못하게 인질로 삼아야지."

그러자 다구가 부리부리한 눈으로 네 명의 여자를 핥듯이 바라보았다. 마침내 그가 시모조 레이코에게 다가갔다.

"그 여자는 놔둬."

진이 위에서 지시했다.

"같이 있어 봐야 아무 재미도 없을 테니까. 저쪽 여자로 해."

그가 가리킨 쪽은 유키에였다. 그녀가 한 걸음 뒤로 물러났지만, 다구의 거대한 손바닥이 가녀린 그녀의 팔을 꽉 잡았다. 그녀가 조그맣게 비명을 질렀다.

"그렇게 거칠게 다루지 마."

기도가 일어나 애원하듯이 말했지만 다구가 힐끔 노려보자 고개를 숙이고 그대로 앉아 버렸다. 다구는 유키에의 팔을 잡고 계단을 올라갔다.

"자네들 대체 뭐하는 사람들인가? 무슨 짓을 저지른 거야?"

노부히코가 그들을 올려다보며 물었다. 진이 히죽 웃으면서 권총을 다카유키에게 겨눴다.

"저자에게 물어보라고. 잘 알고 있을 테니까."

모두의 시선이 집중되자 다카유키는 아까 경찰에게 들은 얘기를 했다. 은행 강도라고 하는데도 아무도 놀라지 않았다. 그들의 언동을 보면서 얼마쯤은 모두들 상상했기 때문인지도 모른다.

"어째서 여기로 도망친 거지?"

노부히코가 물었다.

"계획이 그랬으니까. 은행을 습격한 후 나와 다구는 돈을 들고 일단 이 별장지에 숨기로 했어. 간선 도로가 봉쇄되면 제대로 도망칠 수 있을지 어떨지 알 수 없으니까. 이쪽으로 오다가 목격당한 것은 실수였지만."

"앞으로 어떻게 할 작정인가? 동료가 한 명 더 온다고 했는데."

"올 거야, 믿을 만한 사람이. 그 사람이 우리를 여기에서 도망치게 해 줄 거야. 이 부근 지리도 잘 알고 경찰의 움직임에 대한 정보도 갖고 있거든."

"후지……, 이름이 후지라고 했지."

도시아키가 말했다. 그는 묶여 있던 곳이 아픈지 손목을 비비고 있었다.

"용케 기억하는군. 그래, 후지야."

"그런데 그자는 왜 빨리 안 오는 거지?"

"그야 뭐, 여러 가지로 사정이 있겠지."

진이 모깃소리로 웅얼거렸다.

"정보를 모으느라 시간도 걸릴 테고."

그의 태도로 보아 무슨 일이 있는 거라고 다카유키는 생각했다.

"그 계획이 얼마나 완벽한지는 모르겠지만,"

도시아키가 말을 계속했다.

"아무튼 첫 단계에서부터 벌써 삐걱대고 있잖아. 경찰이 냄새를 맡고 돌아다니고 있어. 머지않아 이 별장이 이상하다는 걸 눈치채겠지. 레저를 즐기러 온 사람들이 한 발짝도 집 밖으로 나오지 않으니까 말이야."

"놈들이 눈치챌 무렵이면 우리는 이미 여기 없을 거야. 경찰이 이 별장에서 발견하는 건 손발이 묶이고 입에는 재갈이 물린 너희들의 모습뿐일걸."

"우리를 죽이지 않을 생각이로군."

"지금은."

"그렇게 하는 게 현명할 거야."

노부히코가 가슴을 쫙 펴면서 말했다.

"누구 한 명이라도 희생되면 그 순간 나는 저 문을 박차고 뛰어나가서 경찰에 알릴 걸세. 희생자가 더 생긴다고 해도 말이야. 만약 일이 그렇게 되면 자네들에게는 강도 외에 살인죄가 더해지겠지."

"당신이 뛰어나가기 전에 쏴 죽이는 방법도 있어."

진이 눈을 번뜩이며 말했다.

"그럴 경우에는,"

시모조 레이코가 말했다.

"내가 뛰쳐나갈 거야. 경찰을 향해서."

"나도."

이번에는 게이코가 나섰다.

"나 역시."

다카유키도 잠자코 있지 않았다.

진은 잠시 어이없다는 표정을 짓더니 연달아 몇 번이나 고개를 저었다.

"팀워크가 굉장하군. 좋아, 알겠어. 피차 득이 안 되는 일은 피하자고."

그 말투에는 조금 양보하는 듯한 뉘앙스가 배어 있었다. 침입자가 들이닥친 지 몇 시간, 위협을 당하던 쪽이 처음으로 반격에 나선 것이다.

제3막

암전

1

그러고도 몇 시간이 더 흘렀다.

상황은 조금도 달라지지 않았다. 두 강도는 2층 복도에 진을 치고 앉아 인질들을 지켜보았다. 그러나 강도들 역시 따분한 것은 어쩔 수 없는지, 작은 남자는 카드로 혼자 게임을 하거나 점을 치고 있고, 덩치는 라운지 책꽂이에 있던 지혜의 고리와 퍼즐에 도전하고 있었다. 다구는 말발굽 퍼즐에 성공한 것에 맛을 들여 거기에 푹 빠진 듯하다.

둘은 라운지 선반에서 찾아낸 고급 브랜디를 마치 보리차를 마시듯 꿀꺽꿀꺽 들이켰다. 저러다 취하면 좋겠는데, 다카유키는 그렇게 기대했지만 둘은 술이 몹시 센 듯, 얼굴색 하나 달라지지 않았다.

유키에의 모습은 밑에서는 잘 보이지 않았다. 그들에게서 조금 떨어진 곳에 앉아 있는 것 같은데, 때로 진이 입술을 실룩거리며 그녀에게 말을 걸고 있는 점이 다카유키는 마음에 걸렸다.

1층에 있는 인질들은 라운지와 식당을 오락가락했다. 그들에게 허락된 행동 범위가 그곳뿐이기 때문이었다. 주방이나 화장실에 가고 싶을 때는 다구나 진 가운데 한 사람이—대개는 덩치 큰 다구였지만—동행했다. 그 틈을 노려 도망치지 못하도록 문과 창문들은 꼭꼭 잠겨 있고 철사까지 감겨 있었다.

다카유키는 베란다 가까운 곳에 앉아 간혹 호수를 내다보거나 모두의 모습을 바라보곤 했다.

도시아키는 시모조 레이코를 상대로 체스를 시작했고, 기도는 멍하니 그런 둘을 바라보고 있었다. 게이코는 식당 의자에 앉아 자신이 가져온 소설을 읽고 있다. 아쓰코는 소파에 누워 있고, 노부히코는 그녀의 기운을 북돋우려는 듯 옆을 지키고 있었다.

이러고 있으니 마치 저마다 별장에서의 생활을 즐기고 있는 것처럼 보였다. 아무것도 모르는 사람이 창문으로 집 안을 엿본다 해도 수상하다는 인상을 받지 않을 것 같았다.

다카유키는 정상이 아닌 이 상황에 모두가 조금씩 익숙해져가고 있는 것을 느꼈다. 긴장이 너무 오래 계속되어 오히려 신경이 둔해졌는지도 모른다. 그러고 보니 도시아키는 체스를 두면서 하얀 이를 드러내고 웃기까지 했다.

다카유키는 노부히코를 보았다. 그는 아내의 손을 잡은 채 눈을 꾹 감고 있었다. 평온하다고 할 수도 있는 표정이었다. 그가 제기했던 작전, 그러니까 화재를 감수하더라도 어떻게든 연기를 피우자는 말은 지금도 과연 유효한 것일까. 아니면 저항하지 않으면 해를 끼치지 않겠다는 강도의 말을 믿고 그들이 사라지기를 기다리는 방향으로 방침을 바꾼 것일까.

"다구, 좀 오래 지켜봐야겠는데."

위에서 진의 목소리가 들렸다.

"뭔데, 화장실이야?"

"비슷하지만 좀 더 좋은 거야."

퍼뜩 놀란 다카유키는 위층을 올려다보았다. 진이 일어서려는 참이었다.

"안 돼, 이거 놔!"

유키에가 외쳤다. 다카유키는 벌떡 일어섰다.

"시끄럽게 굴지 마. 목숨까지 달라고 하지는 않을 테니까. 이런 데서 꼼짝 않고 있어 봐야 따분하기만 하잖아. 당신도 싫지 않을 텐데."

진은 유키에의 팔을 꽉 잡고서 가까운 방으로 들어가려고 했다.

"그러지 마."

기도가 울음이 터질 듯한 목소리를 내질렀다.

"그만둬!"

다카유키도 소리를 질렀다.

"해를 끼치지 않겠다고 약속했잖아."

"해?"

진이 짐짓 놀란 표정을 지었다.

"이게 해를 끼치는 일인가? 둘이서 재미 좀 보자는데. 하기야 뭐, 여자 쪽이 싫은 척하는 일도 있지만, 그건 처음에만 그렇지."

"그녀를 놔줘."

유키에를 모욕하는 말에 분노를 느낀 다카유키가 날카롭게 소리를 질렀다.

"아까도 말했을 텐데, 누구에게든 해를 끼치면 유리창을 깨뜨리고라도 도망칠 거라고. 그래도 좋은가?"

진이 그의 기세에 약간 기가 눌린 듯한 눈빛을 보였다.

"하지 마."

다구도 진에게 그렇게 말했다.

"진이 여자와 하는 동안 이 사람들이 도망치면 나 혼자서는 감당이 안 된다고. 여자는 앞으로도 얼마든지 안을 수 있잖아."

인질들과 파트너 양쪽이 공세를 펴자 진도 흥분이 싹 가신 듯 피식 웃으면서 유키에의 팔을 놓고서 다시 의자에 앉았다.

"아깝군. 꽤 괜찮은 여자인데. 하지만 뭐, 서두를 건 없지. 시간은 얼마든지 있으니까."

그렇게 의미 있는 말을 거리낌 없이 내뱉는 진을 다카유키는 밑에서 노려보았다.

"부탁이 있는데."

그때 노부히코가 강도들을 올려다보며 말했다.

"방에 들어가게 해 줄 수 없을까? 아내가 좀 추운 모양이야. 걸칠 거라도 가져왔으면 하는데. 못 믿겠으면 자네들이 가져다줘도 좋고."

그의 부탁에 두 강도가 얼굴을 마주 보았다. 주저하는 표정이었다.

"그러지, 뭐."

마침내 진이 말했다.

"다구, 잘 지켜봐."

계단을 올라간 노부히코가 다구와 함께 자신의 방으로 사라졌다.

혼자 남은 진은 경계의 눈빛을 번뜩이면서 유키에에게 총을 겨눈 채 다카유키에게 물었다.

"당신, 이 여자 애인인가?"

"그 여자는 내 약혼자의 사촌 동생이야. 그러니 지킬 의무가 있지."

"거참, 기특하군. 그래서, 그 약혼자라는 사람은 어느 쪽이지?"

그는 게이코와 레이코를 번갈아 보았다. 다카유키는 잠자코 고개를 저었다.

"어느 쪽도 아니란 말인가?"

"그는 모리사키 도모미, 죽은 내 여동생의 약혼자였지."

옆에서 도시아키가 다카유키 대신 대답했다.

"흐음, 그랬군."

진은 호기심이 묻어나는 시선으로 다카유키를 보았다.

잠시 후 노부히코와 다구가 방에서 나왔다. 그런데 계단을 내려오려는 노부히코를 진이 불러 세웠다.

"이봐 거기, 잠깐 기다려. 아까 하던 얘기를 마저 해 보시지. 의문스럽다고 했잖아."

"아까 하던 얘기?"

"교통사고 얘기 말이야."

진이 말했다.

"당신 딸이 교통사고로 죽었다면서? 그런데 단순한 사고가 아니었다고 했잖아. 그다음 얘기를 해 보라는 거야."

"그다음은 없네."

언짢은 목소리로 말한 후 노부히코는 계단을 내려오기 시작했다. 그리고 아쓰코 옆에 가서 그녀의 어깨에 파란색 여름 재킷을 걸쳐 주었다.

"그럴 리가 있나. 아까 당신 표정은 아무것도 모르는 내가 봐도 상당히 이상하던데."

"갑작스럽게 예상치 못한 사태가 벌어져서 다소 이성을 잃었을 뿐이야. 자네들이 딸 얘기를 해서 흥분한 탓도 있고."

"강도 따위에게 소중한 딸의 죽음에 대해 이러쿵저러쿵 말할 필요가 있겠나, 그런 뜻인가? 그래도 말이야, 당신이 한 말은 정말 이상했다고. 딸이 차를 타고 가다가 절벽에서 떨어졌다, 그러나 단순한 사고는 아니다……. 사고가 아니라면 대체 뭐라는 거지?"

"그러니까 아까는 다소 혼란스러워서 그렇게 말했다고 하잖나. 딸은 사고로 죽었네. 그걸로 끝난 일이야. 왜 자네가 그런 일에 관심을 보이는지 모르겠군."

"그거야말로 단순한 호기심이라고 해야겠지. 도무지 따분해서 말이야."

진이 그렇게 말했을 때, 지금까지 말없이 도시아키와 체스만 두고 있던 시모조 레이코가 일어나 노부히코에게로 가서 뭐라고 귓속말을 했다.

"뭘 그렇게 속닥거리는 거야!"

진이 고함을 질렀다.

"흐음, 그렇군."

노부히코가 고개를 끄덕거렸다.

"그녀는 자네들이 모리사키가의 내막을 캐려는 게 아닐까 생각한다는군. 뭔가 약점을 잡으면 앞으로 도망치는 데 도움이 될까 싶어서 말이야. 잘하면 공갈 협박도 가능할 테고."

정곡을 찔렸는지 진은 뒤통수를 얻어맞은 듯한 표정을 지었다. 그러나 이내 그 야비한 미소를 되찾더니 총구로 자신의 볼을 긁었다.

"우리가 뭘 노리는지는 둘째 치고, 당신들 역시 딸의 죽음에 대해 의문을 품고 있다고 얼굴에 쓰여 있는데, 뭘. 관계자가 여기 다 모였잖아. 그건 뭔가를 분명히 하자는 목적이 있어서 아니겠어."

진의 말이 끝나자 노부히코는 고개를 한 번 젓고는 아내의 얼굴로 시선을 옮겼다. 다카유키의 눈에는 그가 아쓰코의 손을 더욱더 힘주어 잡는 것처럼 보였다.

"뭐라고 말을 좀 해 봐, 어?"

진이 위에서 고함을 질렀지만 노부히코는 입을 열 뜻이 없는 듯했다. 다른 사람들도 그를 주목했지만 그가 반응을 보이지 않자 이내 원래 자세로 돌아갔다.

"한심한 사람이로군."

진이 혀를 끌끌 찼다.

지금까지보다 한층 무거운 침묵이 이어질 듯한 예감이 들었다. 신중해야 한다는 생각이 모두를 압도하는 모양이었다.

그런데 느닷없이 그 침묵을 깨는 목소리가 들렸다.

"아버님 역시 저와 생각이 같으시군요."

그렇게 말한 사람은 게이코였다.

"어젯밤에 제가 그렇게 주장했을 때 아버님은 반대파셨어요. 그런데 사실은 아니었던 거죠. 저와 같은 의문을 품고 계셨어요."

"게이코, 그런 건 아니다."

노부히코가 부정했다.

"아니에요."

그녀가 자신만만하게 고개를 저었다.

"그렇지 않아요."

"아무튼 지금은 그 얘기를 하지 말자."

그리고 노부히코가 힐금 천장을 올려다보았다.

"지금은 그 얘기를 하고 싶지 않군."

"이런 때니까 그런 얘기도 할 수 있는 거죠. 가령 이곳에서 무사히 돌아가게 된다면 영영 할 수 없을 거예요. 평온한 생활로 돌아간 기쁨에, 그 생활에 조금이라도 어두운 그림자를 드리우는 얘기는 피하려 하겠죠."

"피하면 어떤가, 유쾌한 얘기도 아닌데."

"아버님은 그래도 괜찮으신가요? 도모미를 죽인 범인이 어딘가에 있을지도 모르는데요."

"게이코."

그녀의 입을 막으려는 듯이 노부히코가 준엄하게 말했다.

"그렇게 경솔한 말을 해서는 안 된다."

"아니, 나도 들었어."

진이 이 절호의 기회를 놓칠 리 없었다.

"죽였다고 했지. 당신 딸을 죽인 범인이 있다고 말이야. 다구, 너도 들었지? 우리가 아주 재미있는 곳에 숨어들었나 보군."

"오해하지 말게. 그녀 멋대로 한 말이야. 그녀는 소설가라네. 아무래도 상상하는 걸 좋아하다 보니 그런 생각을 한 모양이군. 딸은 분명히 사고로 죽었어. 게다가 딸을 죽여 봐야 득이 될 사람은 아무도 없어."

"상상이 아니에요. 아버님도 운전에 그토록 예민한 도모미가 같은 실수를 두 번은 하지 않았을 거라고 생각하시잖아요. 그리고 이득이 있어야만 동기가 있는 것은 아니죠. 원한이나 복수가 훨씬 강력한 에너지가 될 수도 있어요."

게이코가 반론에 열을 올렸다.

"말이 안 되는 얘기야. 대체 누가 도모미에게 복수를 하고 원한을 품는다는 말인가. 이제 그만하지, 그런 얘기는."

답답하다는 듯이 노부히코가 두 손을 얼굴 앞에 들고 흔들었다. 그런 태도를 비웃듯 진이 말했다.

"거참, 왜 그렇게 허둥대시나. 내가 봐도 이야기를 얼버무리기에 혈안인 것 같은데."

"얼버무리기는."

"그렇다면 흑백을 분명히 하는 편이 좋지 않을까? 모리사키 제약의 딸은 사고로 죽었다고 알려져 있지만 사실은 살해당했을 수도 있다. 우리가 그렇게 의혹을 품은 채 여기서 나가게 되면 뒷맛도 씁쓸할 텐데 말이야."

"자네들이 의혹을 품든 말든 상관할 바 아니네. 틀림없는 사고였어. 경찰에서도 결론을 내린 일이고. 그 결론을 뒤집을 근거도 없고, 사고가 아니었다는 증거도 없다네."

노부히코는 그렇게 말했지만 확연히 불안해하는 표정이었다. 두 사람이 끝까지 성공적으로 도망칠 것이라는 보장이 없기 때문이다. 만에 하나 붙잡혔을 경우에는 이곳에서 있었던 일을 모두 털어놓게 될 것이다.

"전에 경찰 관계자를 취재한 적이 있었는데요."

게이코가 딱히 누구에게랄 것 없이 얘기를 꺼냈다.

"자기 실책으로 사고를 당했을 때, 특히 범죄와 관련성이 없다고 판단되는 경우에는 부검도 아무것도 하지 않는다고 하더군요. 그러니까 도모미가 수면제를 먹었다고 해도 그걸 증명할 방법이 없어요."

"호오오."

진이 괴상한 소리를 냈다.

"누군가가 수면제를 먹였다는 건가? 그것참, 재미있군. 그렇다면 일부러 사고를 일으켰을 가능성도 있다는 얘긴데."

아무리 말려도 계속해서 자신의 견해를 펼치는 게이코를 보는 노부히코의 눈에는 거의 증오라고 해도 좋을 만한 감정이 담겨 있었다. 그러나 이런 상황을 이용해서라도 진실을 밝히려는 게이코의 태도는 그녀의 진지함을 여실히 드러내고 있어 다카유키는 왠지 그녀에게 압도당하는 기분이었다.

"너 말이야, 어젯밤부터 자꾸 그런 소리를 하는데,"

아까부터 체스를 멈추고 얘기를 듣고 있던 도시아키가 의자를 움직여 게이코 쪽을 향했다.

"그 확고한 자신감이 도대체 어디서 오는 건지 어디 한번 들어 보자."

게이코는 심호흡을 한 번 한 후 입을 열었다.

"필 케이스예요."

"필 케이스, 약통 말이야?"

"네. 도모미는 펜던트형 필 케이스를 갖고 있었어요. 제게도 보여 준 적이 있었는데, 안에 하얀 캡슐이 두 개 들어 있더군요. 무슨 약이냐고 물었더니 진통제라고 했어요. 생리통이 심해서 의사가 특별히 조제해 줬다고 하더군요."

"그 약이라면 제가 잘 압니다. 제가 상담에 응했으니까요."

기도가 발언했다. 목소리가 약간 떨렸다.

"정기적으로 몇 알씩 건넸을 겁니다."

"그래요, 나도 알아요."

아쓰코가 누운 채로 힘없이 입을 움직였다.

"자네는?"

도시아키가 다카유키에게 물었다.

"알고 있습니다."

외국에서 기념품으로 사 왔다는 은색 필 케이스였다. 어젯밤 게이코가 약을 바꿔치기했을지도 모른다고 암시했을 때부터 언젠가는 그것이 문제가 될 것이라고 예상하고 있었다.

"증인이 속속 나타나는군."

도시아키가 말했다.

"하지만 그래서 어쨌다는 거야?"

"그러니까,"

게이코가 입술을 핥았다.

"만약 그 약과 똑같이 생긴 수면제가 있다면, 범인이 도모미가 목걸이를 풀어 놓은 틈을 타 내용물을 바꿔치기한 뒤 그녀가 자동차 사고를 일으키기를 남몰래 기다렸다고 생각할 수 있지 않을까요?"

"아하, 그런 말이 하고 싶었던 거군. 그런데 그렇게 약을 바꿔치기하는 게 의미 있는 일인가? 잘은 모르지만 진통제에도 수면 효과는 있잖아."

도시아키가 기도를 보며 말했다.

"그런 효과가 있는 약이 대부분이죠. 하지만 운전을 할 수 없을 정도면 곤란하니까 효과를 다소 낮추죠. 그리고 도모미 씨에게는 수면 효과가 없는 진통제를 처방했을 겁니다."

"그리고 그날 도모미는 약 같은 건 안 먹었어요."

아쓰코가 몸을 일으키면서 말했다.

"경찰에서 유품을 받았을 때 실은 펜던트를 열어 봤어요. 방금 기도 선생님이 설명하긴 했지만, 나는 도모미가 약의 영향으로 졸았던 게 아닐까 의심했거든요. 그 무렵 마침 도모미가 생리 중이었기에."

전원이 헉, 하며 놀라는 기색을 보였다.

"하지만 그건 제 기우였을 뿐, 필 케이스 안에는 알약 두 개가 그대로 들어 있었어요. 그러니까 아마 먹지 않았을 거예요."

"하지만 여분의 약이 있었을 수도 있잖아요. 필 케이스 안에 있는 것을 먹은 후 다시 넣어 두었을지도 모르죠."

게이코가 그렇게 말했지만 아쓰코는 고개를 저었다.

"그런 일은 있을 수 없어. 하루에 먹는 양이 최대 두 알로 정해져 있어서 여분은 갖고 다니지 않았어. 그러기 위한 필 케이스니까."

아쓰코가 자신 있는 태도로 말했다. 과연 설득력 있는 얘기였다.

"아쓰코의 얘기로 이제 납득하지 않았을까 싶군."

노부히코가 게이코를 보며 말했다.

"그날 도모미는 약을 먹지 않았어. 그러니 가령 그 약이 다른 약, 극단적으로 독약으로 바뀌어 있었다 해도 도모미의 죽음과는 아무 관련이 없다는 뜻이지."

하지만 게이코는 여전히 반론할 거리가 있는 듯했다.

"필 케이스 안에 약이 들어 있었다 해도 설명은 성립해요."

"호오, 어떤 식으로 말이지?"

도시아키가 물었다.

"지금 어머니의 증언은 엄밀하게 말하면 이런 말씀이죠. 유품으로 필 케이스를 받았을 때 안에는 약이 두 알 들어 있었다, 그 얘기는……."

"이제 됐어, 게이코. 너의 변론 능력은 충분히 알았으니까."

게이코의 얘기를 자르듯 노부히코의 손이 허공을 갈랐다.

"네 특기가 창작이니 무슨 얘기든 지어낼 수 있겠지. 하지만 그 능력은 다른 곳에 발휘했으면 좋겠다. 지금 이런 때에 도모미의 죽음에 대해서 얘기하고 싶지는 않아."

조금 전보다 한결 엄한 말투였다. 평소 성품이 온화한 노부히코로서는 흔치 않게 노기를 띠고 있다고 다카유키는 생각했다. 그 대단한 게이코도 결국 입을 다물고 말았다.

"납득할 만한 추리라면 들어 보고 싶기도 한데, 난."

도시아키가 말했다. 하지만 노부히코는 성가신 것을 내치듯 손을 내저었다.

"굳이 듣고 싶다면 다른 기회에 너 혼자서 듣거라. 난 듣고 싶지 않다."

"뭐야, 벌써 끝난 거야?"

머리 위에서 진이 불만스러운 목소리로 말했다.

"분위기가 겨우 무르익었는데 말이야. 나는 전혀 납득이 가지 않는데 이대로 끝내도 좋은 건가, 어?"

"멋대로들 마음껏 상상하라고."

노부히코가 목소리를 쥐어 짜내듯이 말했다.

다카유키는 지금 이렇게 의견을 나누는 동안에는 신기하게도 모두들 자신이 인질이라는 사실을 잊고 있다는 생각을 했다. 그만큼 도모미의 죽음에 관심이 많다는 뜻일 것이다.

어색한 침묵이 좌중을 지배했다. 소리 내기가 꺼려질 정도였다. 그런 와중에도 다카유키는 도모미의 필 케이스에 대해 생각하고 있었다.

사고 소식을 듣고 다카유키는 관할 경찰서로 달려갔다. 도모미의 시신은 이미 입관된 상태였다. 한발 앞서 도착한 도모미의 부모님과 도시아키, 시노 가즈마사와 유키에 부녀의 모습이 보였다. 아쓰코는 그때도 이미 울고 있었지만 다카유키를 보자 울음소리가 더욱 커졌다.

담당 주임이라는 경찰관이 "유품입니다. 확인해 보시죠."라면서 책상에 몇 가지 물건을 늘어놓았다. 콤팩트와 지갑, 핸

드백 등이었다. 그중에는 펜던트형 필 케이스도 있었다. 수고가 많으십니다, 하면서 노부히코가 그것들을 주머니 하나에 담았다.

관을 싣고 영구차가 출발하자 다카유키도 차를 몰고 그 뒤를 따랐다. 노부히코는 다카유키의 차 조수석에, 아쓰코는 뒷좌석에 탔다. 그녀는 계속 울기만 했다.

도중에 잠시 쉬기 위해 휴게소에 들렀을 때 다카유키는 유품을 살펴보았다. 필 케이스 안에는 분명히 낯익은 약 두 알이 들어 있었다.

'도모미는 그날 그 약을 먹지 않았어. 그 점 하나는 확실해.'

자신의 기억을 다시 한 번 확인하며 다카유키는 살며시 고개를 끄덕거렸다.

2

5시가 지나자 다시 커튼을 쳤다. 밖은 아직 환하지만 이 정도 시간이면 커튼을 쳐도 부자연스럽지 않을 것이라고 판단했을 것이다.

진은 여자 네 명에게 저녁을 준비하라고 명령했다.

"우리도 내일은 나갈 거야. 이게 마지막 디너인 셈이지. 그러니 어디 솜씨를 한껏 부려 보라고. 재료를 듬뿍 써서 말이야."

진이 그렇게 농담을 했을 때였다. 또 현관 벨이 울렸다. 그의 얼굴에서 웃음기가 사라졌다.

"또 그놈들이야."

다구가 커튼 사이로 내다보며 중얼거렸다. 진이 혀를 끌끌 찼다.

"대체 몇 번을 오는 거야. 이번에는 또 뭐지."

"어쩔 수 없잖아. 놈들이 자네들을 찾고 있으니 발견할 때까지 끈질기게 순찰을 돌지 않겠어?"

바닥에 누워 있던 도시아키가 천천히 몸을 일으키면서 말했다.

"아무튼 한시 빨리 나가지 않으면 이 별장을 수상히 여기겠지."

다카유키가 진이 지명하기도 전에 일어서며 말했다. 내심 드디어 기회가 왔다고 흥분하고 있었다. 어떻게든 그 'SOS'를 경찰에게 알려야 한다. 어두워지면 보이지 않을 것이다.

"좋아, 당신은 침착하니까 잘 부탁하겠어. 오늘 아침에 했던 대로, 문은 최대한 조금만 연다."

여러 가지로 지시를 받은 후 현관으로 가서 문을 열었다. 20센티미터 정도 열자 낯익은 중년 경찰의 얼굴이 보였다.

"이렇게 자꾸 찾아와서 죄송하군요."

경찰은 머리를 숙였다.

"실은 아직도 범인이 잡히지 않아서 말이죠. 이 부근의 별장을 다시 한 번 도는 중입니다. 그래서 말씀인데, 죄송하지만 실내를 좀 볼 수 있을까요?"

"안으로 들어오시겠다는 겁니까?"

"네, 협조해 주십시오."

조금 기다려 달라고 말하고서 다카유키는 문을 닫았다. 진의 안색이 싹 바뀌었다.

"무슨 꿍꿍이야, 저 자식."

"어떻게 하지?"

다카유키는 그의 낭패한 모습을 마치 남의 일인 양 바라보았다.

진은 다카유키를 데리고 라운지로 돌아와 동료에게 상황을 빠르게 설명했다. 다구의 얼굴에서 핏기가 사라졌다. 그들과 반대로 인질들, 특히 여자들의 표정에는 기대감이 떠올랐다.

"다구, 여자들 모두와 이 남자를 데리고 2층으로 올라가. 어느 방에든 들어가서 안에서 문을 잠가."

'이 남자'에 선택된 사람은 기도였다. 현명한 선택이라고 다카유키는 생각했다. 경찰들이 기도의 표정을 보면 이 별장에 변고가 생겼다는 것을 단박에 알아차릴 것이다.

다구는 왼쪽 끝 방, 즉 다카유키의 방으로 모두를 데리고 들어갔다.

그들이 다 들어가는 것을 지켜보고 나서 진은 노부히코와 도시아키에게 총구를 겨눴다.

"자, 당신들도 같이 간다. 여자들 목숨이 아까우면 하라는 대로 해."

다카유키는 다시 현관으로 가서 문을 열었다. 뒤에 노부히코와 도시아키, 진이 따라와서 섰다.

"들어오시죠."

다카유키가 말했다.

"그럼 실례하겠습니다."

경찰은 모자의 챙을 잡고 머리를 숙였다. 남자가 네 명이나 현관으로 나온 것에 아무런 의심도 품지 않는 것 같았다.

라운지로 들어간 경찰은 거기에 아무도 없는 것을 보고 적잖이 놀란 듯했다.

"지금 묵고 있는 사람이 당신들뿐입니까?"

남자 네 명을 힐금거리면서 경찰이 물었다.

"아니요, 제 아내도 있습니다. 지금 자기 방에 있어요."

다카유키 뒤에서 그렇게 말한 사람은 진이었다. 목소리와 말투가 조금 전과는 싹 바뀌어 마치 다른 사람 같았다.

"아, 그렇군요."

경찰은 라운지와 식당을 둘러보고 나서 다시 노부히코에게 물었다.

"실례지만 이 별장 주인 모리사키 씨입니까?"

"그렇소."

"그럼 이분들은……."

"이쪽은 아들 도시아키, 이쪽은 딸의 애인 가시마 씨, 그리고 이쪽은……."

"모리사키 씨의 부하 직원인 진노입니다."

진이 반듯하게 머리 숙여 인사했다.

"아하, 가족끼리 쉬러 오셨군요. 부럽습니다."

아무것도 모르는 경찰은 은행 강도에게 친절한 미소를 보이고는 계단으로 가까이 갔다.

"위층 방을 봐도 될까요?"

"그거야 상관없소만……."

노부히코가 혀로 입술을 핥았다.

"별게 없어요. 게다가 자고 있는 여자가 있을지도 모르고……."

"그냥 한번 휘둘러 보면 됩니다."

그리고 경찰은 계단을 올라가 바로 앞에 있는 문을 노크했다.

"그건 제 방입니다. 아무도 없어요."

도시아키가 말했다.

경찰은 문을 열어 안을 들여다보더니 "그런 것 같군요."라고 말했다. 그리고 복도를 걸어 맨 끝 방 앞에 가서 멈췄다. 그러자 다카유키 옆에 있던 진이 경찰을 향해 권총을 조준했다. 여차하면 쏴 죽일 작정인 것이다.

경찰이 문을 두드렸다. 다카유키는 마른침을 삼켰다. 입안이 칼칼했다.

아무 반응이 없자 경찰이 다시 한 번 노크를 하려 할 때였다. 문이 안에서 열리더니 시모조 레이코가 단정한 얼굴을 드러냈다. 그녀는 경찰을 보자 깜짝 놀란 표정을 지었다.

"무슨 일이죠?"

"아니…… 잠시 이 부근을 순찰하고 있는 중입니다."

경찰이 살짝 당황한 투로 말했다.

"이 방에 혼자 계신 겁니까?"

"아니요, 다른 사람도 있는데요."

"잠시 안을 봤으면 합니다만."

경찰의 말과 동시에 진이 팔짱을 낀 겨드랑이에 권총을 숨기며 계단으로 한 걸음 다가갔다.

"방 안을…… 말인가요?"

그러고서 시모조 레이코가 킥킥 웃기 시작했다.

"그건 상관없는데, 저희는 지금 내일 입을 수영복을 입어 보고 있거든요. 그래서 다들 옷을 벗고 있는데……."

"아, 네……." 하며 경찰이 다급히 문전에서 비켜났다.

"그래도 꼭 봐야겠다면 들어오셔도 괜찮아요."

"아니, 아닙니다. 실례했습니다."

경찰이 물러서는 것을 보고서 다카유키는 과연 시모조 레이코라고 감탄했다.

얼굴을 붉히며 내려온 경찰은 다카유키를 비롯한 남자들에게 쑥스러운 미소를 보였다.

"거참, 요즘 여자들은 대담해서 말이죠."

"들어가 봤으면 재미있었을 텐데, 아쉽군요."

권총을 바지 안에 숨기고서 진이 말했다.

"무슨 말씀을. 그랬다가는 기절하고 말 겁니다."

둔감한 경찰은 범인에게 농담을 건네며 현관으로 갔다. 다카유키는 얼른 그를 뒤따라갔다. 아직 중요한 일이 남아 있기 때문이다.

"이렇게 거듭 찾아와서 죄송합니다. 이제 다시 안 와도 될 것 같군요. 밤이 되면 위험하니까 문단속 철저히 하십시오."

경찰이 문을 열고 밖으로 나갔다. 기회는 지금밖에 없다고 생각한 다카유키는 손잡이를 잡는 척하면서 밖으로 몸을 내밀었다. 그리고 진이 눈치채기 전에 'SOS'라 쓰여 있는 지면을 가리키려 했다.

그런데 거기에 글자가 없었다. 대신 그 부근 땅이 젖어 있었다.

"그럼 이만 가 보겠습니다."

다카유키의 놀란 속내를 모르는 채 경찰은 경례를 하고 돌아갔다.

3

진의 위협으로 여자들이 저녁 식사를 준비하기 위해 주방으로 들어갔다. 여전히 다구의 역할은 남자들 네 명을 지키는 일이었다.

다카유키는 골머리를 썩고 있었다. 생각지도 못한 일이 벌어졌기 때문이다.

그 'SOS'라는 글자를 누가 지웠을까? 아무도 밖으로 나가지 않았으니 여기 있는 사람들 중 누군가가 지우는 것은 불가능하다. 처음에는 그렇게 생각했다. 그런데 방금 화장실에 갔을 때 그렇지 않다는 것을 알았다.

화장실 세면대 옆에 비닐 호스가 놓여 있었다. 자세히 보니 호스에 물기가 있다. 다카유키는 누군가 그 호스를 사용해 창문 밖으로 물을 흘려보냈음을 깨달았다.

문제는 누가 그런 짓을 했느냐였다. 진이나 다구? 만약 그들이라면 잠자코 있지는 않았을 것이다.

그렇다면 인질 중에 배신자가 있다는 말인가?

설마, 하고 다카유키는 고개를 저었다. 그럴 이유가 어디 있다는 말인가.

다카유키가 생각에 빠져 있는데 옆에서 도시아키가 귀에 대고 소곤거렸다.

"모 아니면 도, 도박에 나서 볼까 하는데."

다카유키는 고개를 돌려 그의 얼굴을 보았다.

"도박이라니요?"

도시아키가 천장을 가리켰다.

"이제 사방이 점점 어두워질 거야. 만약 정전이라도 되면 도망칠 기회가 있지 않을까?"

"정전?"

그런 방법이 있었군, 하고 다카유키는 생각했다.

"그런데 어떻게요?"

"이 라운지와 식당의 조명은 하나의 차단기에서 전력이 공급될 거야. 그러니까 그 차단기가 내려지도록 콘센트 하나에 합선을 일으키면 되는 거지. 놈들이 눈치채지 못하도록 말이지. 아마 화장실 세면대 콘센트도 같은 차단기에 연결되어 있을 거야. 그걸 어떻게 해 보자고."

"그런데 말이죠,"

강도들에게 주의를 기울이면서 다카유키가 말했다. 지혜의 고리와 말발굽 퍼즐을 모두 해결했는지 다구는 따분한 표정으로 책꽂이를 바라보고 있었다. 들새와 식물에 관한 책이 꽂혀 있지만 그는 그런 책에는 관심이 없는 듯했다.

"갑자기 불이 나가면 모두들 당황할 텐데요. 오히려 위험할지도 모릅니다."

"그건 알고 있어. 그러니까 미리 불이 나갈 시간을 정하면 되잖아."

"어떻게요?"

"타이머를 사용할 생각이야."

도시아키가 대답했다.

"내 방에 타이머가 있어. 겨울에 간혹 전기스토브에 부착하곤 하지. 그걸 이용해서 정해진 시간에 합선이 되도록 장치해놓으면 돼."

과연 잘만 하면 성공할 수도 있는 방법이었다.

"그런데 타이머를 어떻게 가져오죠?"

"그건 내게 맡겨."

도시아키는 자신만만한 표정으로 한쪽 눈을 찡긋하더니 고개를 돌려 다구에게 말했다.

"퍼즐을 좋아하는 모양이군."

덩치는 경계심 가득한 눈빛으로 그를 돌아보았다.

"실은 나도 재미있는 퍼즐을 하나 아는데."

"어떤 거지?"

다구가 물었다.

"말로는 설명하기가 좀 어려운데, 성냥갑을 사용하는 거야."

"성냥갑이라고?"

다구는 실망하는 기색이었다.

"성냥 퍼즐은 질렸어."

"성냥이 아니라 성냥갑을 사용한다니까. 바깥 상자와 속 상자를 맞춰서 만들지."

"그래?"

다구가 바지 주머니에서 성냥갑을 꺼내더니 도시아키 앞으로 던졌다. 거리에서 흔히 볼 수 있는 찻집의 이름이 인쇄되어 있었다.

"어디 해 봐."

그런데 그걸 본 도시아키가 고개를 저었다.

"아쉽지만 이렇게 얇은 성냥갑은 안 돼. 주방에 좀 더 두꺼운 성냥갑이 있을 텐데, 그런 게 다섯 개 있으면 할 수 있지."

"다섯 개나? 왜 그렇게 많이 필요한 거야?"

"규칙이 그러니까. 반드시 다섯 개를 사용해야 하거든."

다구는 잠시 의심하는 표정을 보였지만, 호기심을 이기지 못한 듯 도시아키에게 명령했다.

"그럼 가서 가져와 봐."

그러자 도시아키가 천천히 엉덩이를 들면서 다카유키를 향해 슬쩍 한쪽 눈을 감았다.

그가 주방으로 들어서자 진의 목소리가 울렸다.

"뭐야, 넌?"

그리고 잠시 두런거리는 소리가 들리더니 성냥갑 다섯 개를 들고 도시아키가 돌아왔다.

"마침 좋은 게 있더군."

"잔말 말고 빨리해 봐."

다구가 재촉했다.

"이것만 가지고는 할 수 없어. 접착제나 풀이 있어야지."

도시아키가 그렇게 말하자 다구가 짜증스러운 표정을 지었다.

"그런 건 또 왜 필요한데?"

"성냥갑 다섯 개를 접착제로 붙여야 해. 내 방에 접착제가 있는데 가서 가져오면 안 될까?"

아하, 하고 다카유키는 생각했다. 절묘한 방법이다.

다구는 또 망설이는 표정을 보였다. 도시아키를 혼자 가게 할 수는 없고, 다른 남자들도 지켜봐야 하기 때문이다. 그의 심리를 꿰뚫어 본 것처럼 도시아키가 말했다.

"다 같이 가면 되잖나."

"다 같이?"

"그래. 그럼 안심이 되겠지. 아무도 도망칠 염려가 없을 테니까."

다구가 그 제안을 받아들였다. 도시아키가 앞서 걷고 다카유키와 기도, 그리고 노부히코가 뒤따랐다. 맨 뒤에서 다구가 라이플을 겨누고 따라왔다.

계단을 다 올라갔을 때 도시아키가 다카유키의 귀에 대고 속삭였다.

"내가 접착제를 찾았다고 하면 놈이 한눈을 팔게 해. 10초 정도면 돼."

"알겠습니다."

인질 네 명이 방으로 들어갔다. 다구는 방문 앞에 서 있었다.

"빨리빨리 해."

"알았어. 이 서랍 속에 분명히 있을 텐데."

도시아키는 붙박이 선반으로 다가가더니 서랍을 열어 안을 뒤지기 시작했다. 그리고 잠시 후 휴대용 공구 상자 속에서 조그만 튜브식 접착제를 꺼내면서 말했다.

"아, 여기 있군. 이거야. 여기다 뒀었네."

그러면서 그는 다카유키를 힐금 보았다.

신호를 받은 다카유키는 "윽." 하면서 배를 부여잡고 바닥에 쭈그렸다.

"복통인가?"

옆에 있는 기도가 물었다.

"왜 그러는가, 다카유키 군."

노부히코도 다가왔다.

"무슨 일이야?"

다구도 다카유키에게 주의를 돌렸다.

"아니, 갑자기 배가 아파서…… 왜 이러지."

영 연기가 서툴다고 생각하면서 다카유키는 눈동자를 굴려 도시아키를 보았다. 그가 서랍에서 빨간 상자 같은 것을 꺼내더니 얼른 옷 속에 숨겼다.

"신경성이겠지. 조금 쉬면 좋아질 거야."

도시아키가 그렇게 말하면서 다카유키 옆으로 다가왔다. 준비가 되었다는 신호다. 다카유키는 얼굴을 약간 찡그리면서 일어났다.

"별거 아닌 것 같습니다. 갑자기 아파서 놀랐을 뿐이에요. 이제 괜찮습니다."

"그럼 이제 내려가."

다구의 명령에 전원이 방에서 나왔다.

라운지로 돌아오자 도시아키는 우선 성냥갑 퍼즐을 만들기 시작했다. 다섯 개의 성냥갑에서 속 상자를 전부 꺼내서 그것을 바깥 상자와 접착제로 붙였다. 붙이는 위치가 중요한 듯했다. 그렇게 바깥 상자와 속 상자를 붙인 부품 다섯 개가 완성되었다. 이 다섯 개의 부품을 잘 끼워 맞춰 속 상자 모두가 바깥 상자에 들어가면 완성이다. 도시아키는 '오스카의 성냥갑 퍼즐'이라고 설명했다.

다구가 곧장 퍼즐에 매달리는 것을 확인하고서 도시아키는 구석에 앉아 숨겨 둔 타이머를 꺼내더니 다카유키 뒤에서 철사를 타이머의 단자에 연결하고 시간을 설정했다.

"좋았어. 이걸 콘센트에 꽂으면 끝이야."

도시아키가 고개를 끄덕이더니 퍼즐에 정신이 팔린 다구에게 말했다.

"화장실에 가고 싶은데."

다구가 성가시다는 듯이 얼굴을 찡그렸다.

"참아. 지금 바쁘니까."

"참을 걸 참으라고 해야지. 아까처럼 다 같이 가면 되잖아."

다카유키가 그렇게 말하자 다구는 귀찮아 죽겠다는 표정을 지으며 한 손에는 라이플을, 다른 한 손에는 퍼즐을 들고 일어섰다. 의외로 순순히 구는 것은 퍼즐을 안겨 줬기 때문인지도 모른다.

화장실은 유일하게 혼자 있을 수 있는 장소였다. 다구도 화장실 안까지는 따라오지 않고 다카유키와 두 남자를 지켜보면서 문 앞에서 기다렸다.

도시아키가 나오자 이번에는 다카유키가 안으로 들어갔다. 세면대 옆을 보니 드라이어 등을 꽂기 위한 콘센트에 타이머 코드가 꽂혀 있었다. 타이머 본체는 눈에 띄지 않게 선반 속에 숨겨져 있다.

볼일을 보고 밖으로 나오자 다구가 퍼즐을 만지작거리면서 투덜거렸다.

"왜 이렇게 오래 걸린 거야."

라운지로 돌아왔을 때 도시아키가 중얼거렸다.

"7시 정각."

다카유키는 벽시계를 보았다. 6시가 갓 지나 있었다. 앞으로 약 한 시간 후면 정전이 된다. 손바닥에 땀이 흥건히 배어 나왔다.

마침내 주방에서 진과 여자들이 나왔다.

"그건 뭐지? 무슨 장난감이야?"

성냥갑을 놓고 악전고투하고 있는 파트너를 보고서 진이 물었다.

다구가 성냥갑 퍼즐에 대해 설명했다.

"흐음……. 하는 건 좋은데 정신을 너무 팔지는 마. 그게 이 작자들의 노림수인지도 모르니까."

과연 진답게 용의주도했다.

"자, 밥이나 먹자고. 좀 더 화려한 메뉴를 원하겠지만 여러 가지로 사정이 있어서 말이야."

진의 말에 남자들도 식당으로 갔다. 테이블 위에 놓인 반찬은 고기와 채소볶음뿐. 수프와 빵, 각각 거대한 스테이크 두 장과 한 장이 담긴 접시는 라운지의 체스 테이블로 옮겨졌다. 다구와 진의 몫인 듯했다.

다카유키가 의자에 앉았다. 옆에는 시모조 레이코가 앉았다. 그는 우선 SOS 글자가 지워졌다는 것을 그녀에게 알렸다. 냉정한 그녀도 놀란 듯했다.

"지워졌다고요? 누가 그랬을까……."

"그건 모르죠. 하지만 저들은 아닐 겁니다."

스테이크가 잘 안 구워졌느니 어쩌느니 투덜거리는 진과 다구 쪽을 보면서 다카유키가 말했다.

"저들이 아니라면 대체 누가 그랬다는 거죠?"

"모르죠. 그건 그렇고, 실은 새로운 시도를 했습니다."

다카유키는 7시 정각에 정전이 되도록 타이머를 설치했다는 사실을 레이코에게 알렸다. 그녀는 진지한 눈빛으로 고개를 끄덕이더니 알겠다고 대답했다.

기도와 도시아키도 여자들에게 그 계획에 대해 이야기한 듯했다. 식당 분위기가 한층 긴박해졌다.

다들 묵묵히 식사를 했다. 하지만 강도 둘을 제외하고는 모두 맛조차 느끼지 못하는 듯했다. 먹는 둥 마는 둥 하며 수시로 시계를 보는 눈치였다. 긴장한 탓인지 몇 명이 일어나 화장실에 갔고, 그럴 때마다 다구가 귀찮다는 표정으로 동행했다.

그리고 7시가 다가왔다.

다카유키는 머릿속으로 작전을 짜고 있었다. 대부분의 창문과 출입구 잠금장치를 철사로 둘둘 감아 놓았기 때문에 그곳들을 통해서는 쉽게 탈출할 수 없다. 유리창을 깨뜨리는 방법도 있지만 그건 위험한 일이다.

'주방으로 도망쳐 안쪽에서 문을 잠그든지, 아니면 정면으로 그들과 맞붙든지.'

그러나 상대는 총을 갖고 있다. 흥분해서 쏘기라도 하면 큰일이다.

그래, 주방으로 들어가도록 모두를 유도하는 수밖에 없다. 다카유키는 그렇게 결정했다.

퍼뜩 고개를 들어 보니 모두가 수저를 내려놓은 채였다. 금방이라도 행동에 들어갈 태세다. 이런 기세면 성공할 수 있을 것 같았다.

그런데 7시가 지나도 불이 꺼지지 않았다. 다카유키는 타이머의 시간이 조금 어긋났나 생각했다. 하지만 10분을 기다려도 아무 변화가 없었다.

"잠깐 실례해야겠군."

노부히코가 일어나서 화장실로 향했다.

"어이, 멋대로 움직이면 안 되지."

이번에는 웬일로 진이 동행했다.

몇 분 후 돌아온 노부히코의 표정이 딱딱하게 굳어 있었다. 잠시 아무 말도 없더니 마침내 도시아키에게 뭐라고 속삭였다. 그 내용이 아가와 게이코를 통해 다카유키에게 전해졌다.

타이머가 망가졌다는 것이었다.

4

배신자가 있다.

라운지 구석에 앉아 사람들의 모습을 바라보면서 다카유키는 마음속으로 중얼거렸다. 왜 그런 짓을 하는지 이유는 알 수 없다. 아무튼 이 중의 누군가가 이 사건의 해결을 저지하려 하고 있다.

잠시 후 다카유키는 틈을 보아 타이머의 상태를 확인하러 갔다. 노부히코가 말한 대로 타이머 코드가 뽑혀서 절단돼 있는 상태였다. 즉 수리하지 않으면 사용할 수 없는 것이다. 타이머가 정지된 시간을 보니 6시 34분이었다.

그 시간에 자리를 뜬 사람이 누구였을까. 안타깝게도 기억이 나지 않았다.

다카유키가 골머리를 앓고 있을 때였다. 갑자기 전화벨이 울렸다. 다소 허탈한 상태에 빠져 있던 인질들이 전기 충격이라도 받은 것 같은 반응을 보였다.

전화는 라운지와 식당을 가르는 칸막이를 겸한 간이 테이블 위에 있다. 진이 날카로운 눈초리로 전화기를 바라보다가 아쓰코에게 총구를 겨눴다.

"받아. 허튼소리는 지껄이지 말고."

아쓰코가 비틀거리며 간이 테이블로 다가가 심호흡을 한 번 하고는 수화기를 들었다.

"네, 모리사키입니다. ……아, 네. 늘 수고가 많으시네요. 잠시 기다려 주세요."

그녀가 송화구를 막고 남편을 돌아보았다.

"여보, 이시구로 씨예요. 급한 용무라는데요."

"우리 회사 전무일세."

노부히코가 진에게 설명했다.

"좋아, 받아. 최대한 빨리 끊는다."

노부히코가 일어나 아쓰코로부터 수화기를 받아 들었다.

"전화 바꿨네. 무슨 일이지? ……음……아, 그 일이군. 잠시 기다리게."

그가 진을 보았다.

"업무에 관해서 묻는데, 방에 있는 서류를 봐야 대답할 수 있는 일이야."

"내일 이쪽에서 전화하겠다고 해."

"그건 곤란하네. 긴급을 요하는 일이라서 대답하지 않으면 오히려 부자연스러울 텐데."

"그래?"

진이 파트너를 돌아보았다. 퍼즐에 거듭 실패해 좌절한 다구는 맥주를 마시고 있었다. 맥주를 꽤나 좋아하는 듯, 아침부터 몇 병째인지 몰랐다.

"알았어. 2층에 올라가서 전화를 계속 받아. 다구, 이자를 따라가서 지켜봐. 조금이라도 이상한 소리를 하면 바로 전화를 끊어."

"알겠어."

다구는 한 손에 맥주 두 병을 들고 라이플로 노부히코를 위협하면서 계단을 올라갔다.

노부히코가 2층 무선 전화기로 통화를 하는 동안 진은 아래층 전화로 내용을 엿들었다. 그런데 별 흥미로운 얘기는 아닌지 따분한 표정이 역력했다. 노부히코가 현재 상황을 상대에게 전하지 않은 것만은 확실했다.

"세상에는 거액을 떡 주무르듯이 하는 사람이 있군."

수화기를 내려놓은 진이 어이없다는 듯이 말했다.

"우리가 목숨을 걸고 훔친 만큼의 돈을 편의점에서 컵라면 사듯이 써 대고 있어. 그런 차이가 대체 어디에서 오는지 모르겠군."

그가 다카유키 앞으로 다가왔다.

"당신, 저 양반 부하 직원인가?"

"아니, 그렇지는 않아. 일에 관해 신세를 지고 있지만."

"흐음."

진이 다카유키를 빤히 바라보았다.

"아깝게 됐군. 만약 죽은 딸과 예정대로 결혼했으면 당신 인생도 술술 잘 풀렸을 텐데 말이야."

"그렇게는 생각지 않으려고 해."

다카유키가 대답하자 진이 웃음을 터뜨렸다.

"생각지 않으려고 하지만 결국은 생각하지, 보통은. 사장님의 딸과 결혼하는 건데 말이야."

자신의 심정을 이런 남자가 알 리 없었다. 다카유키는 고개를 돌렸다.

"이봐, 대답해 보라고. 그 딸이 죽어서 어느 쪽이 아까웠지? 여자의 목숨, 아니면 재산?"

다카유키는 격렬하게 끓어오르는 분노를 느꼈다. 그런 감정이 남아 있다는 것에 자기 자신이 놀랄 정도였다.

"다시 한 번 그따위 소리를 했다가는,"

다카유키가 치켜뜬 눈으로 진을 보았다.

"네 숨통을 끊어 놓을 테다. 네놈이 총을 쏘는 한이 있어도."

진이 순간적으로 놀라는 표정을 짓더니 이내 히죽히죽 웃었다. 그리고 뭐라고 한마디 빈정거릴 줄 알았는데 의외로 아무 말이 없었다.

그런 직후에 노부히코와 다구가 내려왔다.

그 후 잠시 동안은 아무 일도 없었다. 그런데 30분 정도 지나 이 상황에 큰 영향을 미칠 변화가 생겼다.

다구의 태도가 조금 이상해진 것이다.

아침부터 계속 맥주를 벌컥거리던 그는 하품을 쩍쩍 해 대기 시작했다. 잠이 쏟아지는지 눈도 연신 껌뻑거렸다. 그의 몸이 반으로 꺾였을 때에야 진이 파트너의 이변을 알아차렸다.

"어이, 다구. 어떻게 된 거야?"

그가 계단을 뛰어 내려왔다. 그리고 그것이 신호이기라도 하듯 다구의 몸이 바닥에 나동그라졌다. 그는 규칙적인 숨소리를 내기 시작했다.

"어이, 정신 차려."

진이 다구의 몸을 잡고 흔들었다. 그러나 다구는 바다사자처럼 거대한 몸집을 바닥에 누인 채 일어날 생각을 하지 않았다.

"그렇게 마셔 댔으니."

도시아키가 말을 툭 내뱉었다. 돌아보는 진의 표정이 험악하기 짝이 없었다.

"다구는 밑 빠진 독이야. 그 정도 맥주에는 절대 취하지 않아. 저놈이 잠들었다는 건 여기 있는 너희들이 뭔가를 먹였다는 뜻이야. 맥주에 뭘 탄 거지?"

"난 모르는 일이에요."

게이코가 고개를 내저었다. 그녀가 다구에게 맥주를 가져다 준 것을 다카유키는 기억하고 있었다.

"어이, 다구. 정신 좀 차리고 일어나 봐. 일어나라는 말 안 들리나, 어?"

진이 다구의 옆구리를 걷어찼다. 그럼에도 다구는 행복한 표정으로 잠에 빠져 있었다.

"홍, 보기 좋게 당했군."

진이 다카유키에게 총구를 겨눴다.

"이런 일로 내가 흔들릴 줄 안다면 큰 오산이야. 내일 아침까지 뜬눈으로 지켜보는 것쯤 아무 일도 아니라고."

짜증스럽다는 듯 이리저리 걸어 다니는 진을 보면서 다카유키는 대체 누가 다구에게 수면제를 먹였을까 생각해 보았다. 기억나는 한 그 누구에게도 그럴 기회가 없었다. 하지만 다구의 모습을 보면 무슨 약인가 먹었다고밖에 생각할 수 없었다.

시간이 흘러 밤이 깊어지자 진은 눈에 띄게 초조한 기색을 보였다. 혼자서 인질 전원을 지켜보는 것은 불가능했다.

"한 가지 거래를 제안하고 싶은데."

노부히코가 드디어 기다리던 기회가 왔다는 듯 입을 열었다. 진의 번들거리는 얼굴에 낭패감이 역력했다.

"뭐지?"

"모두를 각자의 방으로 돌려보냈으면 하는데."

진이 입술을 일그러뜨렸다.

"제정신으로 하는 소린가?"

"물론이지. 그 대신 나를 인질로 삼으면 될 것 아닌가. 나는 여기에 남겠네."

"각자 자기 방에 틀어박혀서 무슨 짓을 할지 어떻게 알고?"

"무슨 짓을 하든 무슨 상관인가. 설마 살려 달라고 고함을 지르지는 않을 테고."

"창문으로 도망칠 수도 있지."

"창문의 높이를 생각해 봐. 어떻게 도망칠 수 있다는 말인가."

"그렇다고 안심할 수는 없지."

"자네도 내일 아침까지 전원을 혼자서 지키는 건 무리일 텐데. 각자 자기 방으로 들어가고 나면 자네는 여기에서 방문만 지켜보면 되잖나. 방마다 화장실이 있으니 들락거릴 필요도 없을 테고."

노부히코의 제안을 듣고서 진은 잠시 생각에 잠겼다. 그 역시 지금 상태를 계속하기는 힘들다는 것을 알고 있을 것이다.

"그래도 꺼림칙하면 창문에 자물쇠를 채워도 돼."

도시아키가 말했다. 진이 무슨 뜻이냐는 듯이 그를 보았다.

"자물쇠?"

"이 별장 창문은 이중이야. 바깥쪽 창문은 안쪽에서 조그만 빗장을 걸게 되어 있지. 그 빗장에 조그만 구멍이 있는데 거기에 자물쇠를 채우면 돼. 평소에는 그렇게까지 할 필요가 없기 때문에 자물쇠를 채우지 않는 거야."

진은 도시아키가 한 말의 의미를 생각하는 눈치였다.

"창고에 자물쇠가 대여섯 개 굴러다닐 거야. 문단속용으로 전에 사 둔 적이 있거든."

진은 이 제안 어딘가에 함정이 있지는 않은지 의심하는 듯했다. 숨을 거칠게 내쉬면서 노부히코와 도시아키의 얼굴을 번갈아 바라보고 있었다.

"알았어."

마침내 진이 말했다.

"거래에 응하기로 하지. 창고는 어디지?"

"보일러실 옆이네."

노부히코가 대답했다.

"좋아, 모두 일어선다."

그가 명령하자 다카유키를 비롯해 모두가 자리에서 일어

섰다.

전원을 데리고 창고로 간 진은 도시아키에게 자물쇠를 찾으라고 일렀다. 자물쇠는 전부 일곱 개가 있었고, 모두 상자에 들어 있는 새 물건이었다.

"그대로 계단을 올라간다. 천천히!"

2층으로 올라가자 맨 먼저 유키에가 방으로 들어갔다. 바깥 창문에 빗장을 걸고 거기에 자물쇠를 채웠다. 열쇠는 두 개 다 진이 자신의 주머니에 넣었다.

"샤워도 하고 느긋하게 쉬라고."

유키에를 방에 남겨 두고 문을 닫을 때 진이 오랜만에 여유를 보이며 말했다. 어찌 됐건 일단은 강도의 손아귀에서 벗어난 덕분인지 유키에도 상당히 안도하는 표정을 보였다. 그녀는 다카유키와 눈이 마주치자 긴 속눈썹을 내리깔며 고개를 끄덕였다.

그리고 게이코에 이어 시모조 레이코가 똑같은 방식으로 자기 방에 갇혔다. 그다음 아쓰코 차례가 되었을 때였다.

"이 방에는 당신이 들어가야겠어."

진이 노부히코를 가리켰다.

"부인이 나와 함께 라운지에 남는다."

"아내는 지금 체력이 고갈된 상태일세. 나를 인질로 삼으면 되지 않나."

"체력이 남아 있는 사람을 인질로 삼을 만큼 내가 좋은 사람이 아니어서 말이지. 제일 약한 사람을 잡고 있어야 당신들이 무슨 짓을 못하지. 안 그런가?"

안타깝지만 그의 말이 옳았다. 노부히코는 허탈한 듯 입을 꾹 다물고 말았다.

"난 괜찮아요, 여보."

아쓰코가 씁쓸하게 미소 지었다.

"아쓰코……."

"자, 부인도 승낙했으니 이제 당신은 사라지라고. 아니지, 그 전에,"

진이 방 안을 가리켰다.

"이 방에 전화가 있었지, 아마. 전화기는 내게 넘겨."

노부히코가 포기한 듯이 한숨을 쉬고는 진이 하라는 대로 했다.

"1층 전화는 그대로 놔둘 거니까 긴급한 연락이 오면 전해주지. 전화를 걸었는데 아무도 받지 않으면 이상하게 여길 테니까 말이야."

그다음 기도와 도시아키가 방으로 들어갔다. 마지막으로 다카유키 순서가 되었다.

"잘 쉬어요, 다카유키 씨."

혼자 인질로 밤을 새워야 할 아쓰코가 친절하게 말을 건넸다.

"춥지 않으세요?"

그가 물었다.

"응, 괜찮아."

"걱정 말라고. 감기에는 걸리지 않게 할 테니까."

그렇게 말하는 진을 노려보며 "제발 부탁하고 싶군."이라고 쏘아붙인 다카유키는 아쓰코를 향해 "안녕히 주무세요."라고 인사했다.

자물쇠는 보기보다 튼튼했다. 힘껏 잡아당기며 좌우로 흔들어 봤지만 조금도 헐거워지지 않았다.

다카유키는 이내 포기하고서 창가를 떠났다. 가령 자물쇠가 풀렸다 해도 창문으로 도망칠 마음은 없었다.

침대에 누워 오늘 일어난 몇 가지 일을 생각해 보았다. 시모조 레이코가 쓴 SOS는 어떻게 지워졌을까. 애써 설치한 타이머는 왜 또 코드가 끊겨 있었을까.

양쪽 다 진의 짓은 아니다. 그가 그걸 알았다면 그냥 넘어가지 않았을 것이다. 그렇다면 인질 중에 배신자가 있다는 뜻이다. 그러나 배신할 이유가 어디 있을까.

강도가 이 별장에 계속 있으면 어떤 이득이 있는 것일까.

대체 어떤 이득이?

강도가 있음으로 해서 근본적으로 달라지는 것은 무엇인가?

거기까지 생각했을 때 퍼뜩 떠오르는 것이 한 가지 있었다.

그것은 강도가 있는 한 누구도 이 별장에서 나갈 수 없다는 점이다. 그렇다면 배신자의 목적이 거기에 있다는 것인가.

불길한 예감이 들면서 무언가가 명확해지는 듯한 느낌이 들었다.

그러나 거기까지였다. 잠이 쏟아지기 시작했다. 너무 오래 긴장하고 있던 터라 신경이 너덜너덜 지쳐 있었다.

약간 비틀거리는 걸음으로 세면실까지 걸어가 기름기로 번들거리는 얼굴을 씻은 다카유키는 곧바로 옷을 갈아입고 침대에 쓰러졌다.

5

갑자기 큰북 소리가 울렸다. 여름 축제가 시작되었다. 그러나 큰북 소리라고 생각한 것은 폭죽을 쏘아 올리는 소리였다. 빨갛고 파란 빛의 구슬이 어둠 속에 퍼진다. 다카유키는 소년처럼 뛰어다니다 공중으로 폴짝 뛰어 불꽃을 가까이에서 보았다.

천천히 눈을 뜨니 회색 천장이 시야에 빈졌다. 순간적으로 현재 상황이 파악되지 않았다. 몇 초가 지나서야 모리사키가의 별장에 있다는 것이 떠올랐다.

아, 그렇지, 하고 생각했다. 자신은 지금 강도들에게 감금되어 있다.

정신을 차리고 보니 문을 마구 두드리는 소리가 들렸다. 폭죽 소리라고 생각한 것은 그 소리인 듯했다. 일어나 문을 열었다. 진의 뻘건 눈이 바로 앞에 있었다.

"실컷 잔 모양이군."

그는 분하다는 듯이 말했다.

"난 한숨도 못 잤다고."

"그거 미안하게 됐군."

머리가 잘 돌아가지 않아 얼빠진 소리를 하고 말았다. 그가 잠을 잤든 안 잤든 다카유키가 알 바 아니었다.

"개운하게 세수를 하고 밑으로 내려간다."

"라운지에서 또 눈싸움을 하자는 건가?"

"투덜거리지 말고 하라면 해."

진이 권총을 들이댔다. 그 총구도 처음 봤을 때보다는 위압감이 덜했다. 익숙해진다는 것은 이런 것이다.

진의 지시대로 세수를 하고 1층으로 내려가니 다른 사람들도 모두 내려와 있었다. 아쓰코는 노부히코에게 안겨 눈을 감고 있다. 강도범과 단둘이 밤을 밝혔으니 기력이 다했을 것이다.

덩치 큰 다구도 깨어나 있었다. 다구는 잠을 푹 잤는지 라이플을 든 채로 체조 비슷한 것을 하고 있었다.

"한 명이 없잖아."

계단 위에서 진이 말했다.

"유키에 씨가 안 보이네."

게이코가 말했다.

"그 미인 아가씨가?"

진이 복도를 걸어 유키에의 방문을 두드렸다.

"곱게 자라 아침에 약한지는 모르겠지만 이제 그만 일어나라고. 다른 사람들은 다 모였어."

그러고서 몇 번이나 문을 두드리던 그는 계단 쪽으로 돌아왔다.

"다구, 이리 좀 와 봐. 대답이 없어. 도망쳤을지도 모른다고."

"유키에 씨가?"

다구보다 먼저 기도가 일어섰다.

"당신들은 거기 꼼짝 말고 있어."

진이 위에서 외쳤다. 그러나 기도는 말을 듣지 않았다. 그는 다구를 따라 계단을 올라갔다. 다카유키와 도시아키도 그 뒤를 따랐다.

다구가 손잡이를 잡았다. 문이 잠겨 있어 열리지 않았다. 다구가 한 치의 망설임도 없이 온몸으로 문을 향해 돌진했다.

두 번을 그렇게 하자 문이 열렸다.

"유키에 씨…… 아앗!"

다구에 이어 뛰어 들어간 기도가 절규했다. 그 뒤에서 그녀의 모습을 본 다카유키도 그 자리에 얼어붙고 말았다.

유키에는 침대에 엎드려 있었다. 그러나 그 등에는 칼이 꽂혀 있고 온몸은 피로 물들어 있었다.

제4막

참극

1

"움직이지 마, 다들 꼼짝 말고 있어. 한 걸음도 움직이지 않는다, 알겠나!"

진은 권총을 휘두르며 비명에 가까운 소리를 지르면서 방으로 들어갔다. 움직이지 말라고 하지 않아도 모두가 그 자리에 우뚝 선 채였다. 다카유키는 일이 어떻게 돌아가는 것인지 파악되지 않아 멍하니 등에 꽂힌 칼만 바라보고 있었다.

"유키에 씨, 아아, 유키에 씨…… 어떻게 이런 일이…… 아아."

기도가 바닥에 무릎을 꿇고서 머리칼을 쥐어뜯었다. 진이 그런 그의 옆구리를 걷어찼다.

"시끄러워, 조용히 해!"

기도는 신음하며 옆으로 쓰러졌다.

진이 거친 숨을 몰아쉬면서 권총으로 인질을 위협하고 발바닥을 미끄러뜨리듯 하면서 침대로 다가갔다. 다구는 눈을 희번덕거리며 벽에 들러붙어 있었다.

유키에는 엎드린 자세로 베개에 얼굴 절반을 묻고 있었다. 저쪽을 향하고 있어 이쪽에서는 얼굴이 보이지 않는다. 진은 볼을 실룩거리며 유키에의 얼굴을 들여다보았다. 그가 꿀꺽 침을 삼키는 것을 목울대의 움직임으로 알 수 있었다.

"어이."

격앙된 목소리로 진이 기도를 불렀다.

"당신, 의사라고 했지? 이쪽으로 와서 좀 봐야겠어. 살아날 가망이 있는지."

진의 명령에 기도는 비틀비틀 일어났다. 그리고 침대로 다가가 유키에의 손을 잡았다.

"아아, 이럴 수가. 유키에 씨가 이런 일을 당하다니."

그는 그녀의 죽음을 판별하기도 전에 얼굴을 일그러뜨리며 울기 시작했다. 그 꼴에 울화가 치민 진이 소리쳤다.

"징징 짜지 말고 빨리 어떻게 해 보라고. 의사라면서. 시신은 수도 없이 봤을 거 아냐."

그런 소리를 듣고서야 기도는 눈물범벅이 된 얼굴로 유키에의 맥을 짚었다. 그리고 바로 옆에 있는 스탠드 불을 비춰 동공의 반응을 살폈다.

"살 수 있겠어?"

진이 물었지만 기도는 멀거니 선 채 유키에를 내려다볼 뿐이었다. 그러다 진이 다시 한 번 "어이." 하고 소리를 지르자 짐승처럼 외치면서 진에게 덤벼들었다.

"으악, 뭐야. 너 이 자식, 무슨 짓이야."

기도가 막무가내로 덤비자 진이 발악했다. 다구가 기도의 목덜미를 움켜쥐더니 그대로 벽에 내동댕이쳤다. 기도는 벽을 타고 무너져 내리듯 쓰러졌지만 이내 고개를 번쩍 들고 진을 올려다보았다.

"네놈이지, 네놈이 유키에 씨를 죽였어. 그렇지?"

"뭐라고? 이 자식이 무슨 소리를 지껄이는 거야."

진이 기도의 몸을 두세 번 걷어찼다. 기도는 얌전해졌지만 훌쩍거리는 소리는 잦아들지 않았다.

기도의 행동을 보면서 다카유키는 꿈에서 깨어난 듯한 기분이 들었다. 이것은 현실이다. 유키에가 누군가에게 살해당했다. 살아날 수 없다.

"대체 누구야?"

진이 권총을 겨눴다.

"누가 이 여자를 죽인 거야, 어? 불어, 당장 불라고!"

인질들은 서로의 얼굴을 마주 보았다. 그것은 자신들 중에 범인이 있을 가능성이 있다는 것을 피차 인정하는 행위였다. 이 상황에서는 외부에서 누가 들어와 범행을 저질렀다고 생각할 수 없는 게 당연했다.

"정말……, 정말 유키에가 죽었나?"

먼저 입을 연 사람은 노부히코였다. 기도가 망가진 인형처럼 맥없이 고개를 끄덕거렸다.

"아아, 이게 무슨 일이람……."

아쓰코가 남편 품에 쓰러졌다.

"초대하지 말 것을……. 유키에를 부르지 않았으면 이런 일은 당하지 않았을 텐데…… 가즈마사에게 뭐라고…… 이 일을 어떻게 사죄하면 좋아."

"시끄러워. 짜증 나니까 제발 징징거리지 말라고. 그러고 있을 때가 아니잖아."

진이 말했다. 다카유키가 한 걸음 앞으로 나가 작은 남자를 노려보았다.

"네놈이 한 짓이 아니라는 말인가?"

순간, 진이 겁을 먹었는지 움찔했다.

"난 아니야."

"네놈이 아니라면 누구야? 밤중에 몰래 들어가서 그녀를 겁탈하려고 했던 거 아니야?"

"내가 그런 짓을 할 리 있겠어?"

"시치미 떼지 마."

다카유키가 작은 남자에게 덤벼들려 했다. 그러나 그러기 직전에 누군가 뒤에서 그의 몸을 결박했다. 도시아키였다.

"이러지 마. 상대가 총을 가졌다는 사실을 잊었나?"

"이거 놓으세요."

"진정해. 이놈의 짓인지 아닌지는 조사하면 금방 밝혀질 거야."

"하지만……."

다카유키가 발버둥 쳤지만 의외로 도시아키는 힘이 셌다. 게다가 그의 말이 옳았다. 이 남자를 두들겨 패는 것은 진상이 밝혀진 후라도 늦지 않다.

"알겠습니다. 이자의 짓이라는 게 밝혀지면 가만두지 않겠습니다."

다카유키가 그렇게 말했다. 그 목소리로 냉정을 되찾았다고 판단했는지 도시아키가 팔에서 힘을 뺐다. 다카유키는 손톱이 손바닥을 파고들 정도로 주먹을 꽉 쥐면서 어금니를 악물었다.

"뭔가 착각하고 있는 거 아니야?"

진이 눈을 희번덕이며 다카유키를 보았다.

"내가 이 여자의 몸을 원했다 치자. 그런데 왜 죽여야 하지? 거부했다고? 그랬다면 한 대 갈기면 끝날 일. 소리를 질렀다고 해서? 소리를 지른다고 내가 곤란할 게 뭐가 있지? 당신네들이 듣는다고 뭐가 달라지는데?"

"우리가 듣는 건 상관없겠지만 밖에까지 들리면 곤란하겠지. 밖에는 순찰을 돌고 있는 경찰이 있을지도 모르니까 말이지. 입을 다물게 하려고 겁을 준다는 게 그만 죽였을 수도 있어."

노부히코가 말했다. 흥분을 가라앉히려 애쓰는 목소리였다.

"어이, 그거 진심으로 하는 말이야?"

"물론 진심이지. 죄 없는 유키에가 죽었는데, 이런 상황에서는 자네들 둘의 짓이라고밖에 생각할 수 없지 않겠나."

둘이라는 말이 마음에 들지 않았는지 다구가 험악한 표정을 지었다.

"난 아무 짓도 하지 않았어."

"나도 마찬가지야. 죽인 건 이 작자들 중에 있다고."

"우리 중에 누굴 죽일 만한 사람은 없네."

"그렇게 우겨 봐야 뭐하겠어. 실제로 이렇게 죽었는데. 맹세하는데, 난 아니야."

"그럴 리 없어."

"마음대로 생각해. 어쨌거나 이런 데서 옥신각신해 봐야 아무 소용 없으니 다들 밖으로 나가라고. 이봐, 거기서 뭐하는 거야?"

진이 소리를 질렀다. 게이코가 허리를 구부리고 침대 밑을 들여다보고 있었기 때문이다.

"뭔가 떨어져 있어요."

그녀가 말했다.

진이 침대 반대쪽으로 돌아가 그 무언가를 집어 들었다. 하얀 표지의 책 같은 것이었다.

"일기장이군."

그가 말했다.

"이걸 쓰다가 죽은 모양인데."

"꼼꼼히 살펴보는 게 좋을 거예요. 범인 이름이 적혀 있을지도 모르니까."

게이코가 소설가다운 발상을 말했다.

"그렇게 말하지 않아도 천천히 볼 테니까 빨리 방에서들 나가."

진의 명령에 하나둘 방에서 나가기 시작했다. 쭈그리고 있던 기도도 간신히 일어났다. 기진한 그의 모습을 보면서 다카유키는 '정말 유키에를 사랑했나 보군.' 하고 생각했다.

전원이 밖으로 나오자 마지막으로 다구가 문을 닫았다. 문은 반자동이라 안쪽에서 손잡이 가운데 있는 버튼을 누르고 문을 닫으면 저절로 잠기는 식이지만 좀 전에 다구가 온몸으로 부딪치는 바람에 잠금장치가 망가지고 말았다.

라운지에서 일곱 명의 인질과 두 명의 강도범이 얼굴을 마주했다. 인질들은 베란다를 등지고 소파에 앉고 강도범들은 체스 테이블 앞에 앉았다.

"부탁인데, 털어놔."

진이 모두의 얼굴을 차례로 바라보면서 말했다.

"누가 한 짓이지? 이 중에 있을 거 아니야. 속이려야 속일 수 없는 일이라고."

"무슨 말도 안 되는 소리를 하는 거야?"

기도가 두 팔에 얼굴을 묻은 채 말했다.

"너희들이 한 짓이잖아."

"난 모르는 일이야."

너희들, 이라고 복수로 말한 것이 거슬리는지 다구가 불끈 화를 내며 말했다.

"난 내내 자고 있었다고."

"그래, 그랬지."

진이 다구를 향해 말했다.

"넌 자고 있었어. 이 중요한 때에 말이지. 나는 밤새워 이 집을 지키고 있는데, 너는 바로 옆에서 코를 드르렁거리면서 잤지. 덕분에 상황이 이렇게 복잡해지고 말았어. 정말 골치가 아프군."

"난 아무 짓도 안 했어."

다구가 같은 말을 집요하게 반복했다.

"그저 자고 있었을 뿐이라고."

하지만 더는 상대하고 싶지 않은지 진은 아무 대꾸도 하지 않고 머리를 마구 헤집었다.

"아쓰코, 당신은 밤새 잤어?"

노부히코가 아내에게 물었다. 그녀는 애매하게 고개를 저었다.

"제대로 잔 기억은 없지만 간혹 꾸벅꾸벅 졸기는 했어요."

"졸았다고는 하지만 실제로는 생각보다 오래 잤을 수도 있어요."

도시아키가 말했다.

"어머니가 잠든 틈에 욕정을 느낀 어느 놈인가가 눈독을 들인 여자 방으로 몰래 숨어 들어갔을 수도 있다고요."

"이봐, 그 말도 안 되는 소리 좀 그만해!"

진이 안색을 바꾸며 도시아키를 윽박질렀다.

"나도 이 짓, 목숨 걸고 하는 거야. 이럴 때는 여자를 안고 싶은 기분 따위는 얼마든지 자제할 수 있다고."

"그 말을 어떻게 믿으라는 거지."

기도가 눈물로 얼룩진 얼굴을 들고 말했다.

"어제도 유키에 씨를 방으로 데려가려고 했잖아. 그때는 결국 그러지 못했지만, 기회는 얼마든지 있다고 했어. 잊어버렸다는 말은 못하겠지."

"잊지 않았어. 하지만 지금은 상황이 달라. 어젯밤 나는 혼자서 이 집을 지켰어. 알겠나? 만약 여자를 안고 있는 걸 누가 알아채기라도 했어 봐. 몰래 경찰에 연락을 할 테고, 그러면 끝장이잖아. 그런 위험한 짓을 내가 할 거라고 생각하나?"

"네놈들이 하는 말을 어떻게 믿어."

기도가 다시 머리를 두 팔 사이에 처박았다.

진은 한숨을 푹 쉬었다.

"이봐, 중요한 걸 깜빡한 것 같은데, 당신네들도 그랬겠지만 그 여자도 분명히 방문을 잠갔을 거라고. 그런데 내가 어떻게 그 방에 들어간다고 그런 소리를 하느냐 말이야."

"협박했겠지."

"어떤 식으로 협박을 했다는 거지? 문 안 열면 죽인다, 그렇게? 어느 바보가 그런다고 문을 열겠어. 겁이 나서 더 안 열지. 그리고 여자가 소리를 지르면 당신네들이 깨어날 텐데. 뻔한 거 아니야?"

"그건⋯⋯."

기도의 말문이 막혔다. 상대의 말이 타당하다는 것을 인정하지 않을 수 없기 때문일 것이다. 유키에가 문을 잠그지 않았다고는 생각할 수 없다. 그렇다면 범인은 어떻게 방 안으로 들어갔을까.

"내가 말하지. 방에 들어갈 수 있는 사람은 오히려 잘 아는 인간일 거야. 그런 자가 문을 두드리면 당연히 열어 줄 테니까. 요컨대 수상한 놈은 당신네들 중에 있다는 말이지."

"무슨 소리야. 얼토당토않은 말을 다 하는군."

노부히코가 언성을 높였다.

"얼토당토않은 말인가? 나는 그렇게 생각지 않는데. 이성적으로 생각해 보라고."

진이 자신의 관자놀이를 손가락으로 쿡쿡 찔렀다.

"아니지, 당신네들도 알 거야. 아무리 그래도 이런 상황에서 내가 그 여자의 방에 몰래 들어갈 리 없다는 것쯤은. 꾸벅꾸벅 졸았다고 하지만 여기 있는 이 부인께서 전혀 몰랐을 리도 없고. 그 밖에도 내가 범인이라고 생각하면 성가신 모순들이 줄줄이 생긴다는 걸 잘 알고 있어. 하지만 당신네들은 어떻게든 그런 현실을 외면하고 우리를 의심하는 척하는 거야. 우리를 의심하는 동안은 당신네들의 인간관계가 무너지지 않을 테니까 말이야. 하지만 그런 연극을 계속하는 데도 한계라는 게 있는 법이야."

그리고 그는 잠시 틈을 두었다가 말을 이었다.

"당신네들 입으로 직접 말하기를 두려워하는 것 같아서 내가 대신 말해 주는 거야. 당신네들은 하나같이 좋은 사람인 척하고 있지만 누군가 한 사람은 가면을 쓰고 있어. 그 여자를 죽인 사람은 당신네들 중에 있다고."

진이 한 사람 한 사람을 손가락으로 가리키면서 말했다. 그 말에 압도당했는지 인질들은 잠시 말을 잃었다.

애석하지만 그의 말이 옳다고 다카유키는 생각했다. 무슨 일이 있어도 친척이나 지인을 의심하는 상황은 피하고 싶을 것이다. 그래서 논리적으로는 모순이 있어도 진과 다구를 공격하고 싶어 하는 것이다. 그러나 그의 말대로, 차분하게 생각해 보면 그들이 범인이 아니라는 것은 명백했다.

"여기서는 거의 모든 방을 볼 수가 있죠."

무거운 분위기 속에서 시모조 레이코가 감정을 억제한 목소리로 말했다. 그녀는 비스듬하게 2층 복도를 올려다보고 있었다. 다른 사람들도 그녀를 따라 위를 올려다보았다.

"보이지 않는 곳은 맨 끝에 있는 유키에 씨의 방뿐이네요."

1층과 2층이 뚫려 있는 곳은 라운지 위뿐, 식당과 주방 위에는 당구와 마작을 하기 위한 오락실이 있다. 그 방에 가려서 유키에의 방만 보이지 않는다.

"그렇다면 누군가가 자기 방에서 나와 유키에 씨의 방으로 가려고 했을 경우 여기 있는 사람에게 복도를 걸어가는 모습이 반드시 보였을 거라는 얘기겠죠."

진의 지적에 따라 시모조 레이코가 인질 중에 범인이 있을 가능성을 검토하기 시작한 듯했다. 그 말에 반발하는 사람은 아무도 없었다.

"듣고 보니 그렇긴 하군. 당신, 아무것도 못 봤어?"

레이코가 제기한 문제를 노부히코가 아쓰코에게 확인했다.

"네, 못 봤어요. 하지만,"

그녀가 자신 없는 표정을 지었다.

"아까도 말했지만 중간에 몇 번 졸았으니까, 그때였다면 몰랐을 수도 있죠."

"자네는 어때, 뭘 봤나?"

도시아키가 진에게 물었다.

"누가 방에서 나오는 모습을 봤다면 내가 가만히 있었을 리 없잖아."

뻔한 것을 왜 묻느냐는 투로 진이 대답했다.

"하지만 내가 화장실에 간 동안에는 틈이 생겼을 수도 있어."

"화장실에 갔었나?"

"도저히 참을 수가 없어서 다녀왔지. 인질이 있는 데다 당신네들이 그 짧은 시간에 뭘 할 수 있을 것 같지는 않아서 말이야. 단, 그 틈에 경찰에 연락하면 곤란하니까 전화기를 빼서 화장실에 들고 갔어. 성가시게도 말이야."

그 틈을 놓치다니 아깝다고 다카유키는 생각했다. 화장실에 갈 걸 알았다면 밤을 새는 한이 있어도 망을 봤을 것이다.

"화장실에 갔을 때 내 아내는 어떻게 하고 있었지?"

노부히코가 물었다.

"당연히 데리고 갔지. 어쩔 수 없잖아. 화장실이 넓어서 그나마 다행이긴 했지만, 부인이 내가 오줌 누는 소리를 들었을 거야."

진은 뱀처럼 혀를 날름거리며 웃었다. 아쓰코는 고개를 숙이고, 노부히코는 불쾌감을 견딜 수 없다는 듯 고개를 옆으로 돌렸다.

"화장실에 간 게 몇 시쯤이었지?"

다카유키가 물었다.

"음, 그러니까…… 새벽 5시쯤이었나."

진이 아쓰코를 보며 동의를 구했다.

"맞아요. 아마 그럴 거야."

그녀가 그렇게 대답했다.

"그 외에 자리를 뜬 적은?"

"없지. 부인은 한 번도 화장실에 가고 싶다는 말을 하지 않았거든. 곱게 자란 사람은 아랫도리도 기품이 있는 모양이야."

다카유키는 진의 그 천박한 표현을 무시하기로 했다.

"그렇다면 그때라고 생각할 수밖에 없겠군요. 물론 누군가가 자기 방에서 나와 유키에 씨를 죽이려 했다면 그렇다는 말이지만."

시모조 레이코가 말했다. 다카유키도 같은 생각이었다. 범인은 아마 문을 살짝 열어 놓고서 진이 틈을 보이기를 줄곧 기다렸을 것이다.

"있을 수 없는 일이야. 대체 누가 유키에를 죽이겠다는 끔찍한 생각을 하겠느냔 말이야."

노부히코가 고개를 흔들었다.

"더구나 이런 상황에서."

진이 바닥을 쾅쾅 쳤다.

"하필이면 이런 때에 사람을 죽이겠다는 발칙한 생각을 하다니, 무슨 원한이 있는지는 모르겠지만 그런 짓은 우리가 사라진 후에 하라고, 어!"

"기도 씨, 유키에가 자살했다고는 생각할 수 없나요?"

아쓰코가 그렇게 물은 것은 기도가 의사니까 달리 볼 수도 있지 않을까 기대했기 때문일 것이다. 그러나 자살이 아니라는 점은 그녀 자신도 충분히 알고 있을 거라고 다카유키는 생각했다.

"유키에 씨 등에 칼이 꽂혀 있었습니다. 자기 손으로 그 위치에 칼을 꽂는 건 무리죠."

기도의 대답은 다카유키의 예상대로였다. 아쓰코는 낙담하는 표정이었다. 자살의 가능성이 조금이라도 있다면 일단은 누구도 의심하지 않는다는 입장을 취할 수 있기 때문일 것이다.

"칼은 어떤 것이었죠?"

다카유키가 아쓰코에게 물었다.

"나는 본 적이 없는 거였어."

아쓰코가 대답했다.

"과일칼 같았는데, 유키에가 가져온 게 아닌가 모르겠네."

"그렇게 생각하기는 어려워요. 범인이 준비했다고 생각하는 편이 납득하기 쉽죠. 아무 흉기도 없이 사람을 죽이려 할 리 없잖아요."

게이코가 허공을 바라보면서 말했다. 범인의 행동을 머릿속으로 그리고 있는지도 몰랐다.

"부검 같은 걸 하면 어느 정도 실마리는 잡을 수 있겠지?"

노부히코가 기도에게 물었다.

"사망 시각이나 사인 등을 알 수 있죠. 그러려면 최대한 빨리하는 게 좋습니다."

"그렇겠지……."

"우리가 떠나고 나면 어차피 경찰에 연락할 텐데 뭘 그래."

진이 말했다.

"그러면 경찰이 시신을 가져가서 부검이든 뭐든 할 거 아닌가. 감식도 하겠지. 지문도 채취하고. 이것저것 해 볼 거야. 그럼 의외로 쉽게 알아낼 수 있지 않을까? 이미 벌어진 일은 어쩔 수 없지만, 부탁이니까 이 이상 복잡한 일은 우리가 여기를 떠난 다음에 하라고."

'부탁이니까'라는 말에는 갑작스러운 사건에 어쩔 줄 몰라하는 진의 심경이 담겨 있었다.

"다시 한 번 묻겠는데,"

도시아키가 진에게 말했다.

"정말 자네들이 한 짓이 아니란 말이지?"

"아니라니까. 몇 번을 말해야 알아듣겠어? 우리가 한 짓이 아니야. 그 여자를 죽인 사람은 당신네들 중 하나라고. 우리가 죽였다면 분명히 그렇게 말했을 거야. 숨길 필요가 없으니까."

인질들이 모두 입을 다물었다. 진의 말이 거짓이 아니라는 것을 모두가 인정한 셈이다. 즉 앞으로 의심해야 할 사람은 지금까지 믿고 지냈던 관계의 사람들이라는 뜻이다.

묵직한 공기가 모두의 머리를 짓눌렀다.

"배가 고픈데."

다구가 말했다. 진이 혀를 끌끌 찼다.

"이런 상황에서도 배가 고프다니."

"어젯밤부터 아무것도 못 먹었잖아. 배고픈 게 당연하지."

다구의 말에 진이 어처구니없다는 표정을 지으면서도 아쓰코를 보며 말했다.

"뭐라도 좀 만들어 봐. 간단한 거라도 좋으니까 양만 많으면 돼."

아쓰코는 아무 대꾸도 않은 채 무거운 몸을 천천히 일으켰다. 게이코와 시모조 레이코도 아쓰코의 뒤를 따랐다.

"난 필요 없어. 아무것도 먹고 싶지 않군."

노부히코가 말했다.

"저도 사양하겠습니다. 목구멍으로 뭐가 넘어갈 리 없죠."

기도도 그렇게 말했다.

"나도 식욕은 없지만 뭐든 먹어 두지 않으면 체력을 유지할 수 없을 거야. 어머니, 샌드위치나 만들어서 저기 놓아두세요."

도시아키가 그렇게 말하자 아쓰코가 고개를 끄덕였다.

진과 여자들이 주방으로 들어갔다. 다구는 잠을 충분히 잤는지 눈을 번뜩이며 남자들을 지켜보고 있었다. 이런 상황이라면 어제처럼 귓속말을 속삭일 수도 없을 것 같았다. 아니, 그러기 전에 애초에 얘기를 나눌 기분이 아니었다. 범인이 아닌 사람 모두가 다른 사람을 향해 의심의 눈초리를 보내고 있으니 말이다.

기름이 번들거리는 다구의 얼굴을 보면서 다카유키는 어젯밤 이 남자가 갑자기 잠에 빠졌다는 사실을 떠올렸다. 진이 말했던 것처럼, 자신도 모르는 사이에 수면제를 먹었다고밖에 할 수 없는 상태였다.

어쩌면, 하고 다카유키는 생각했다. 유키에를 죽이려고 마음먹은 범인은 그 준비 차원에서 다구에게 수면제를 먹인 것이 아닐까. 진 혼자서 전원을 지켜보는 것은 무리다. 그렇게 되면 당연히 범행의 기회가 생긴다.

게다가 배신도 그렇다.

다카유키는 지금까지 두 번의 경험으로 인질 중에 배신자가 있다는 것을 알아차렸다. 첫 번째는 SOS란 글자가 지워진 것, 두 번째는 정전 작전이 수포로 돌아간 것.

배신자가 유키에를 죽였을 가능성이 있다면, 하고 다카유키는 생각했다. 두 번의 방해 공작은 모두 유키에를 죽이기 위한 복선이었다고 볼 수 있다.

진과 다구가 여기 있는 한 가령 살인 사건이 벌어졌다 해도 곧바로 경찰에 연락할 수가 없다. 범인을 체포할 수 있는 단서는 시간이 흐르면 흐를수록 희미해진다. 그리고 그들이 도주한 후에는 유키에를 죽인 범행까지 그들에게 덮어씌우면 그만이다.

범인이 거기까지 예상하고 계획을 세웠는지는 모르겠으나 아무튼 강도가 침입한 상황을 이용하려 했던 것만은 분명했다.

역시 범인은 진이나 다구가 아니라고 다카유키는 확신했다. 범인은 모리사키 부부, 모리사키 도시아키, 아가와 게이코, 시모조 레이코, 기도 노부오, 이 여섯 명 중에 있다.

경솔하게 말을 꺼낼 수 있는 분위기가 아니었다. 그런 와중에서도 기도가 여전히 울먹이는 소리로 중얼거리기 시작했다.

"아아, 이게 대체 무슨 일이야. 하필이면 그 사람이 죽다니. 역시 여기 오는 게 아니었어. 둘이서 바다로 드라이브나 갔으면 좋았을걸."

그 중얼거림은 그녀를 별장으로 초대한 노부히코 부부에 대한 비난으로 들렸다. 그래서인지 노부히코는 두 눈을 꾹 감고 미동도 하지 않았다. 그러는 그를 대신해 도시아키가 입을 열었다.

"그녀가 이 별장에 오는 건 해마다 있었던 일이야. 그리고 자네는 따라왔을 뿐이잖나."

"그래서 더 분한 겁니다. 내가 옆에 있는데 이런 일을 당했으니 그녀의 부모님께 뭐라고 말씀을 드리면 좋을지."

"자네가 사과할 필요는 없지. 자네는 유키에의 보호자도 무엇도 아니잖아. 약혼자라도 되는 줄 아나 본데, 그녀 쪽은 그럴 마음이 조금도 없어 보이던걸."

도시아키는 일부러 기도의 신경을 건드리려는 듯이 말했다. 험악한 분위기가 서로에 대한 배려를 가로막고 있었다.

"집을 나설 때 그녀의 부모님이 그녀를 잘 부탁한다고 말씀하셨단 말입니다. 두 분은 저를 믿어 주셨는데…… 아아, 분하다. 그녀를 죽인 범인이 밝혀지면 나는 그게 누구든 절대 용서하지 않을 겁니다."

기도가 머리를 감싸 쥐었다. 그런 그를 다카유키는 왠지 모르게 냉정한 기분으로 바라보고 있었다. 도시아키와 노부히코도 딱히 할 말이 없는 듯했다.

"한 가지 묻겠는데,"

기도와 더 얘기해 봐야 소용이 없겠다고 판단했는지 도시아키가 다구에게 물었다.

"동료라는 자는 언제 오나? 후지, 그래 후지라고 했지."

"후지는 오늘 올 거다."

다구가 대답했다.

"몇 시쯤? 처음에는 어젯밤에 올 거라고 하더니."

"오늘 온다. 틀림없이 올 거야."

"온다니 다행이군. 되도록 빨리 왔으면 좋겠는데. 일이 이렇게 된 이상 한시 빨리 경찰에 신고를 해야겠어."

"알고 있어."

다구의 말투가 웬일로 순순했다.

2

여자들이 커피와 함께 큰 접시 가득 샌드위치를 들고 주방에서 나왔다. 커피 향이 식욕을 자극했다. 사건의 충격으로 아무것도 입에 들어가지 않을 줄 알았는데 다카유키는 어느새 눈앞에 놓인 햄 샌드위치로 손을 뻗었다.

"이봐, 아무거나 멋대로 읽지 말라고."

샌드위치는 거들떠보지도 않고 있는 기도가 진 쪽을 보며 턱을 내밀었다. 돌아보니 진이 하얀 책 같은 것을 펼치고 있었다. 아까 유키에 방에서 발견한 일기였다.

"멋대로라니, 당사자가 죽었는데. 죽은 사람의 일기는 매스컴에서도 종종 공개하는데 뭘 그래."

"그거하고 이건 다르지. 네놈은 그저 재미로 들춰 보는 거잖아."

"재미로 들춰 보다니, 무슨 말을 그렇게 해. 그 여자가 죽기 전에 남긴 글이라도 있는지 조사하는 거라고."

진은 일기장을 가볍게 톡톡 친 후 다시 뒤쪽 페이지를 죽 훑었다.

"아쉽지만 단서가 될 만한 글은 전혀 안 보이는군. 어제 일에 대해서는 아무것도 쓰여 있지 않아."

"감시당하는 상황에서 일기를 쓰고 싶었겠나?"

노부히코가 나섰다.

"나에 대해서 뭐라고 썼는지 궁금했는데 말이야."

진이 엉덩이를 앞으로 약간 내민 자세로 의자에 앉아 그리 깨끗하다 할 수 없는 손으로 일기장을 넘겼다. 때로 손가락에 침을 묻히기도 한다. 마치 유키에의 프라이버시 자체가 더럽혀지는 것 같아 다카유키는 매우 불쾌했다.

"어!"

페이지를 넘기던 진이 갑자기 움직임을 멈췄다.

"이게 어떻게 된 거지? 중간에 페이지가 비었잖아."

"페이지가 비었다니, 무슨 뜻이지?"

도시아키가 물었다.

"뜯겨 나갔어. 이 페이지만 고스란히 사라졌다고."

진이 그 페이지를 펼쳐서 보여 주었다. 아닌 게 아니라 한 장이 뜯겨 나간 흔적이 있었다.

"잘못 써서 찢어 버린 게 아닐까?"

아쓰코가 말했다.

"아니요, 어머니. 그렇지는 않을 거예요."

게이코가 말했다.

"잘못 썼으면 잉크 지우개로 지우면 되고, 게다가 이렇게 예쁜 일기장에 상처를 내는 일을 유키에 씨가 할 리 없죠."

다카유키도 같은 생각이었다.

"그렇다면 왜 찢어 버렸을 거라고 생각하지?"

노부히코가 물었다.

"아마,"

게이코는 진의 손에 있는 일기장을 바라보며 말했다.

"다른 사람에게 알려져서는 안 되는 무언가가 그 페이지에 적혀 있지 않았을까요? 그래서 죽기 직전에, 아무도 볼 수 없도록 찢어 버린 거 아닐까 싶은데요."

"자신이 죽을지도 모르는 절박한 순간에 그토록 지키고 싶은 비밀이 있었다는 말인가?"

"충분히 그럴 수 있죠. 특히 여자는."

게이코는 마치 그 페이지에 무슨 내용이 적혀 있었는지 알고 있기라도 한 것처럼 자신만만하게 단언했다.

"여자의 심리는 잘 모르겠지만 나는 그렇지 않을 거라고 생각하는데."

도시아키가 반박했다.

"그럴 기운이 있으면 누군가에게 도움을 청했겠지. 그 페이지를 뜯어낸 사람은 유키에를 죽인 범인일 거야. 틀림없어. 거기에 범인에게 불리한 내용이 적혀 있었겠지."

그 말에 대해 게이코가 무슨 말인가 하고 싶은 듯 입을 움직이려는 찰나였다.

"좋아, 알겠어. 다구."

진이 일기장을 덮으며 파트너를 불렀다.

"방에 가서 보고 와. 만약 그녀가 찢었다면 어딘가에 그 페이지가 떨어져 있겠지."

그런데 다구는 눈을 커다랗게 뜨고 고개를 내저었다.

"그 방에는 가고 싶지 않아."

진이 혀를 찼다.

"뭐야, 덩치만 커 가지고는 시체가 무섭다는 거야? 유령이라도 나올까 봐?"

"그럼 네가 가면 될 거 아니야. 내가 이 사람들을 지켜볼 테니까."

다구가 화난 목소리로 말했다.

진이 할 말이 없다는 표정으로 파트너의 얼굴을 보았다. 다구의 눈에 핏발이 서 있었다. 이렇게 덩치가 큰 남자가 시신을 무서워하다니, 다카유키는 왠지 우스꽝스럽다는 생각이 들었다.

"내가 가도 좋은데."

이때 기다렸다는 듯이 도시아키가 말했다.

"나 역시 찢겨 나간 페이지가 궁금하거든."

진이 그의 제안에 잠시 생각하더니 결국 고개를 저었다.

"그렇게 나서 주니 고맙긴 하지만 이번에는 사양하겠어. 당신이 범인이 아니라는 보장이 없잖아. 문제의 페이지를 찾아 놓고 찾지 못했다고 시치미를 뗄 수도 있고 말이야."

"그건 그쪽도 마찬가지 아닌가?"

"나는 범인이 아니란 말이야. 그건 당신이 제일 잘 알고 있을걸."

그렇게 말하고서 진은 다구를 힐끗 노려보았다.

"시체가 무섭다니 어쩔 수 없이 살아 있는 쪽을 부탁해야겠군. 나는 이쪽이 오히려 무서울 것 같은데 말이야."

진이 계단을 올라갔다. 다구는 한 손에는 샌드위치, 다른 손에는 라이플을 들고 다카유키 앞에 섰다.

"범인이 찢지 않았을 거예요."

진의 모습이 사라지자 게이코가 말했다.

"가령 그 페이지에 범인에게 불리한 내용이 쓰여 있다 해도 범인이 그걸 알 리 없잖아요. 일기는 다른 사람에게 보이는 게 아니니까."

그러나 도시아키도 그 말을 듣고만 있지는 않았다.

"그녀가 일기를 쓰고 있다는 걸 알고 확인차 살펴보았을 수도 있죠. 그랬더니 아니나 다를까, 범인에게 불리한 내용이 쓰여 있었다. 그래서……."

"만약 그랬다면 범인은 일기장을 그렇게 아무렇게나 놔두지 않았을 거예요. 그렇게 놔둔다는 건 누구든지 보라는 거나 마찬가지잖아요."

"범인도 당황했겠죠. 게다가 중요한 부분은 뜯어냈으니 일기장에 주목한다 해도 별 의미 없다고 여겼을 수도 있고."

어느 쪽도 양보가 없었다. 그러는 중에 노부히코가 다구에게 물었다.

"대체 어느 페이지가 없다는 건가? 앞뒤 날짜라도 알려 줄 수 있겠나?"

다구가 굵은 손가락으로 하얀 일기장을 펼쳤다.

"4월 9일까지 적혀 있고 그다음 페이지가 없어요. 그다음 날짜는 4월 12일."

"그렇다면 4월 10일과 11일이 없다는 말인데……."

도시아키가 말을 잇지 못하는 것도 무리가 아니었다. 다카유키도 금세 그 의미를 알아차렸다.

"4월 10일은 우리 도모미가 사고를 당해 죽은 날이야."

아쓰코가 몸을 파르르 떨며 말했다. 그녀의 그런 표정이 사태의 심각성을 말해 주고 있었다.

섣불리 아무 말이나 할 수 없는 분위기였다. 그런 날짜의 페이지가 찢겨 나간 이상, 유키에가 살해당한 것이 도모미의 죽음과 관련이 있다고 생각하지 않을 수 없었다.

그때 진이 내려왔다.

"구석구석 다 찾아봤지만 그런 종이는 없었어. 아무래도 범인이 가져간 듯하군."

계단을 다 내려온 그는 그 자리의 분위기가 한결 긴박해졌다는 걸 느낀 듯했다.

"무슨 일 있었어?"

그가 다구에게 조그만 소리로 물었다. 다구는 일기장의 날짜에 대해 더듬더듬 설명했다.

"그렇군. 아주 재미있어졌는데."

말과는 달리 진의 얼굴에 희미한 경련이 일었다.

"결국 딸의 죽음과 연관되는군. 범인이 그 페이지를 가져갔다고 하면 말이야."

일기의 그 페이지에 과연 무슨 내용이 쓰여 있었을까 하고 다카유키는 생각했다. 도모미의 죽음과 범인이 관련 있다는 내용이 적혀 있었던 것일까? 그리고 그 내용이 알려질까 봐 유키에를 죽이고 일기장을 찢어서 가지고 갔다?

그때 진이 꽉 쥐고 있던 주먹을 체스 테이블 위에다 펼쳤다. 잘게 찢긴 하얀 종이가 손바닥에서 우수수 떨어졌다.

"쓰레기통에 있더군. 처음에는 찢어 낸 그 페이지인 줄 알았는데, 종이의 질로 보아 그건 아닌 듯하고, 뭔가 메모를 했다가 찢은 것 같아. 불탄 흔적이 있는 걸 보면 태우려고 했던 모양이야. 그러다 도중에 불이 꺼져서 잘게 찢어 버렸을 거야. 어이, 다구. 네가 나설 차례야."

진이 말하기 전에 이미 다구는 종잇조각을 자기 앞으로 끌어모아 퍼즐을 맞추듯 복원하고 있었다.

"그건 그렇고, 사람이란 게 참 무섭군. 당신들은 어느 모로 보나 보통 사람들인데, 이 중에 사람을 죽인 인간이 있다니 말이야. 우리보다 훨씬 끔찍하군."

멸시하는 듯한 눈초리로 진이 인질들의 얼굴을 훑었다. 모두가 눈을 내리깔았다. 그러면서도 서로의 태도를 살피는 불쾌한 긴박감이 감돌았다.

다구가 끙끙거리는 소리가 들렸다. 퍼즐이 마음대로 잘 맞춰지지 않는 모양이었다.

"부품이 모자라."

그가 짜증 난 목소리로 말했다.

"턱없이 모자란다고. 형태가 전혀 드러나지 않잖아."

"그건 어쩔 수 없어. 나머지 부분은 타 버린 거야. 그러니 재를 가져와서 붙일 수도 없고."

진이 그렇게 말하자 다구는 혼잣말처럼 뭐라고 중얼거렸다.

그래도 가능한 범위 내에서는 복원에 성공한 듯했다. 진이 다구 뒤에 서서 그것을 내려다보았다.

"음, 뭐라고 쓴 거지? 나중에 간다…… 문을 열어……. 아하, 나중에 갈 테니까 문을 잠그지 말고 열어 두라고 쓴 거군."

"왜 그런 메모가 떨어져 있었던 거지?"

도시아키가 누구를 향한 건지 모르게 물었다.

"범인이 유키에 씨에게 건넨 거 아닐까요?"

시모조 레이코가 되물었다.

"메모를 본 유키에 씨가 메모에 적힌 대로 문을 잠그지 않았다면 범인은 언제든 그녀의 방에 몰래 숨어들 수 있었다는 얘기죠."

"호오, 그래. 그렇다면 이제 분명해졌어. 범인은 그 여자가 마음을 허락한 상대였던 거야. 안 그러면 문을 잠그지 않은 채 찾아오기를 기다리지 않았겠지. 이제 우리가 죽이지 않았다는 사실이 확실해졌군. 우리가 이런 메모를 건네 봤자 단박에 무시했을 테니까 말이야."

진은 승리를 뽐내듯이 인질들 앞을 성큼성큼 걸어 다녔다. 아무도 그의 말에 반론을 제기하지 못했다. 진은 전화기 옆에 놓인 메모장을 살피더니 만족스러운 표정으로 덧붙였다.

"종이 질이 똑같군. 아무래도 이 메모지를 사용한 것 같은데. 여기 볼펜도 있잖아."

대체 누가, 하는 생각이 들어서 다카유키는 다른 사람들의 얼굴을 훑어보았다. 이 중에서 누군가가 그런 짓을 한 것이다.

"다만…… 가령 범인이 그런 메모를 유키에 씨에게 건넸다 해도 유키에 씨가 그걸 어떻게 해석했을지는……."

이번에도 시모조 레이코가 숙고 끝에 하는 말이라는 듯이 입을 열었다.

"이런 상황에서 서로의 방을 오가는 건 곤란하고도 위험한 일이라는 것을 그녀도 알고 있었을 거예요. 그러니 그 인물이 왜 자기 방에 오겠다고 하는지 의아하게 생각하지 않았을까요?"

"이 상황에서 벗어날 수 있는 타개책의 일환이라고 생각했겠지."

도시아키가 말했다.

"그렇다 해도 역시 그녀가 그만큼 믿는 사람이었다는 뜻이 되는군."

"그런데 언제 그런 걸 전할 틈이 있었을지……."

다카유키가 절반은 혼자 하는 말처럼 중얼거렸다.

"굳이 직접 건넬 필요는 없었겠죠."

시모조 레이코가 말했다.

"어젯밤 각자의 방에서 쉬게 되었을 때 한꺼번에 이동했잖아요. 그때 처음 들어간 곳이 바로 유키에 씨의 방이었어요. 틈을 보아 침대의 베개 밑이든 어디든 메모를 놓아두면 되는 일이죠. 그 전에 자물쇠다 뭐다 다들 주의가 산만해 있었으니 메모를 쓰는 것쯤 일도 아니었을 거예요."

"아하."

다카유키는 고개를 끄덕이고는 어젯밤 유키에의 방에 들어갔을 때의 상황을 떠올리면서 다른 사람들의 얼굴을 보았다. 다들 '수상했던 사람은 없었나.' 하고 같은 생각을 하고 있는 듯이 보였다. 몇몇과 눈이 마주치자 다카유키는 무안해져서 고개를 숙였다.

"직접 건네지 않았다면 친한 사람이 아니더라도 상관없다는 얘기잖아."

도시아키가 진을 보며 말했다.

"그만하라고. 우리는 절대 아니라니까 그러네."

"그냥 말해 본 것뿐이야."

"적어도 그 메모에는,"

이번에도 시모조 레이코가 말했다.

"이름이 쓰여 있었을 거예요. 이름이 없었다면 유키에 씨가 메모에 적힌 대로 하지 않았을 테니까요. 그리고 그 이름은 틀림없이 그녀가 안심할 수 있는 상대였겠죠."

그녀의 말에 인질들의 눈이 다시 한 번 날카롭게 서로를 힐 끔거렸다.

3

"일기장의 그 페이지를 못 찾았다고 했지?"

도시아키가 새삼스럽게 진에게 물었다.

"없었어. 그걸 찾으려고 시신을 움직이며 침대까지 살펴봤 다니까."

시신이라는 말의 울림이 다카유키의 마음을 다시 한 번 뒤 흔들었다. 그 착한 여자가 그런 존재로 변하고 말았다.

"참 수고가 많았다고 해야겠군. 자, 그렇다면 역시 범인이 그 페이지를 가져갔다고밖에 볼 수 없겠어."

도시아키는 게이코를 힐끗 보면서 말했다. 조금 전까지 이 일로 말씨름을 했기 때문일 것이다. 게이코는 납득할 수 없다 는 표정이었다.

도시아키가 말을 계속했다.

"날짜로 보아 찢어 낸 페이지에는 도모미가 죽은 날에 대해 쓰여 있었겠지. 그리고 그 내용은 범인에게 불리한 것이었을 테고. 대체 범인에게 어떻게 불리했을까?"

아무도 대답하지 않았지만 그 추리에 이론이 없다는 것은 사람들의 표정으로 알 수 있었다.

"도모미의 죽음에는 아무런 비밀이 없어."

노부히코가 신음하듯이 말했다. 그 옆에서 아쓰코도 맥없이 고개를 끄덕였다. 그러나 아무런 비밀도 없다고 믿고 싶다는 것이 솔직한 심정일 것이다.

"그런 말이나 하고 있을 때가 아니에요. 진심을 털어놔야죠. 아버지도 도모미의 죽음을 납득할 수 없다고 하신 적이 있잖아요. 특히 일기장에서 그 페이지가 없어진 이상은……."

도시아키가 열변을 토하기 시작하는데 진이 손을 내저으며 끼어들었다.

"잠깐만. 난 이 일과 관련이 없는 사람이기는 하지만 한 가지 말해도 괜찮을까?"

"그러든지."

도시아키가 넌더리가 난다는 표정을 지었다.

"당신이 뭘 주장하고 싶은지는 알겠는데 말이야, 다른 가능성도 지적하고 싶군. 이걸 놓쳐서는 안 되지."

"뭐라는 거야?"

"실은 범인이 딸의 죽음과 아무 관계 없는 인간일 가능성도 있지 않을까? 아, 끝까지 들어 보라고. 당신네들은 결국 옛날 사건에 집착하고 있잖아. 그러니까 범인이 그걸 이용했을 가능성도 있단 말이지. 즉, 이번 사건을 딸의 죽음과 연관 지어 생각하도록 일부러 그 페이지를 찢어 갔다고 볼 수도 있다는 거야. 실제로는 그 페이지에 별다른 내용이 쓰여 있지 않은데 말이야. 속임수 아니겠어?"

"그렇지 않아요."

게이코가 즉시 부정하고 나섰다.

"그 일기장에 아무것도 쓰여 있지 않았을 가능성은 절대 없어요. 도모미의 죽음에 관한 비밀이 반드시 적혀 있었을 거예요."

그 말투가 지나치게 단정적이어서 다카유키를 비롯한 모두가 의아하다는 표정을 지었다. 그녀도 자기 말의 부자연스러움을 알아차렸는지 이렇게 덧붙였다.

"그렇게 생각한다고요."

"감정론은 배제하고, 난 자네의 생각에 동감하네."

노부히코가 진을 보면서 말했다.

"도모미의 죽음에 대해서 모두들 지나치게 빠져 있다 보니까 범인이 그걸 이용하려 든 거야."

자신의 의견에 동조자가 나타나자 진은 기분이 좋아진 듯했다.

"만약 그렇다면 아주 교묘하군. 무의미한 입씨름만 오갔을 뿐 범인을 좁힐 수 없다는 얘기 아닌가."

"그럴 가능성도 있기는 하지만, 그 경우 동기는요?"

다카유키가 진에게는 눈길을 주지 않은 채 노부히코에게 물었다.

"그건 범인 자신에게 물어봐야 알 수 있지 않겠나. 그리고 이번 사건이 계획적인 살인이었다는 근거도 없어. 사소한 원인 때문에 충동적으로 살인을 저질렀을 수도 있지."

"충동적이라니 그게 무슨 말입니까, 계획적인 살인이니까 유키에 씨에게 메모를 건넨 것 아닐까요?"

"아니지, 그 메모의 목적이 반드시 살인이었다고는 단정할 수 없어."

이런 토론에 가담하는 것을 원래 좋아하는지 진이 노부히코를 대신해서 대답했다.

"메모를 건넨 시점의 목적은 단순히 방에 가는 것뿐이었는지도 모르지. 그런데 밤중에 여자 방에 몰래 들어갈 이유는 한 가지밖에 없지 않나?"

"지금 자기 얘기를 하는 거야?"

도시아키가 팔짱을 끼고서 경멸과 분노가 섞인 눈빛으로 진을 쏘아보았다.

"나를 지목해 봐야 소용없다니까 그러네. 그보다 말이야, 이 중에 한 명쯤은 그 여자를 안고 싶어 한 남자가 있지 않았을까? 꽤 매력적인 여자던데, 그런 남자가 있었다고 해서 이상할 건 없잖아."

진의 말에 모두의 시선이 기도를 향했다. 기도가 입을 쩍 벌렸다.

"아…… 나? 내가 유키에 씨를? 설마 내가…… 그런 일은 절대 있을 수 없어."

"자네는 유키에라면 사족을 못쓰는 것 같던데."

도시아키가 싸늘한 목소리로 말했다.

"그녀의 의향을 무시한 채 약혼자처럼 굴었잖아."

"그건 물론 내가……, 맞습니다. 그녀를, 네, 좋아합니다."

다들 자신을 의심할지도 모른다는 초조감 때문인지 기도가 횡설수설했다.

"하지만 아무리 좋아한다고 해도 이런 상황에서 그런 생각을 하지는 않죠. 그런…… 유키에 씨를 어떻게 해 보겠다는 그런 생각은."

"이런 상황이니까 어떻게 해 볼 기회라고 생각했을 수도 있지."

진이 징그러운 미소를 띠며 그를 내려다보았다.

"어이, 너 이 자식. 그, 그런 터무니없는 소리는 그만둬. 여러분도 그래요. 이런 자의 말을 곧이곧대로 믿다니 제정신이 아니군요. 다들 정신 차리세요."

그 순간 도시아키가 소파에서 일어나더니 기도에게 한 걸음 다가섰다.

"유키에도 너무 오래 긴장한 탓에 누군가에게 의지하고 싶어졌을 거야. 그럴 때 몰래 숨어 들어가서 위로하고 기운을 북돋아 주는 척하면서 그녀를 덮치려다가 결정적인 대목에서 유키에가 발버둥을 치니까 충동적으로 그랬을 가능성도 있지 않겠나?"

기도가 푸르르 고개를 떨었다.

"무슨 소리를 하는 겁니까? 내가 어떻게 그런 짓을 한단 말입니까. 무슨 증거라도 있습니까?"

"증거?"

도시아키가 걸음을 멈추고 진 쪽을 돌아보았다.

"증거 있나?"

"없는데, 그런 건."

진은 도시아키를 한심하다는 듯이 바라보며 히죽거렸다.

"그럴 가능성도 있다고 했을 뿐이라고, 난. 그리고 증거가 없다고 해서 그 가능성을 배제할 필요까지는 없잖아."

"그게 정상적인 생각이라고 할 수 있냔 말이야."

기도는 다소 겁에 질린 눈빛으로 진을 쏘아보더니 도시아키에게 호소했다.

"상식적으로 생각해 보세요. 이런 상황에서 그런 흑심을 품을 수 있는지."

"하반신은 상황을 고려하면서 움직이는 법이 없지. 그래서 남자가 고생을 하는 거 아니겠어."

도시아키가 뭐라고 대답하기 전에 진이 그렇게 농담을 던졌다. 기도가 또다시 진을 노려보았다. 이번에는 그의 눈에 명확한 증오의 빛이 담겨 있었다. 그런데도 꾹 참아 넘기듯 침을 삼키고는 이렇게 말했다.

"나는 도시아키 씨 말대로 도모미 씨의 죽음에 대해 철저하게 논의해야 한다고 생각합니다. 그러는 편이 논리적입니다."

"그렇게 말하는 자네는 무슨 생각이 있는 거야?"

도시아키가 물었다.

"생각이랄 건 없습니다. 다만 지금까지 오간 얘기를 한 걸음 진전시켜 보면, 도모미 씨와 유키에 씨를 살해한 범인이 동일 인물이라고 생각할 수도 있지 않을까 싶군요. 유키에 씨가 도모미 씨 죽음의 진상을 알고 있었고, 그 내용을 일기에 썼다고 가정해 보죠. 그걸 눈치챈 범인이 그녀를 죽이는 동시에 일기를 찢어서 없앴다, 어떻습니까? 그렇게 생각하면 앞뒤가 맞지 않나요?"

다카유키는 자신도 모르게 고개를 끄덕였다. 기도의 추리는 즉흥적으로 한 말치고는 앞뒤가 정확히 맞아떨어졌다.

"그렇군. 그렇게 생각할 수도 있겠어."

도시아키도 동감인 듯했다. 기도는 안도하는 표정을 보였다.

"그러나 자네의 추리를 존중한다면 적어도 모리사키가의 세 사람은 용의선상에서 제외해도 되겠군. 도모미의 친족이니까 말이야."

도시아키가 말했다.

"다카유키 씨도 그렇지."

아쓰코가 불쑥 그렇게 말했다.

"다카유키 씨는 우리 가족이나 다름없는 사람이니까."

"호오, 그러면 용의자가 세 사람으로 좁혀진 셈이군. 당신과 당신, 그리고 당신."

진이 총구로 게이코와 시모조 레이코, 기도를 차례차례 가리켰다.

"아니죠. 나 역시 포함될 겁니다."

다카유키가 자신의 가슴을 엄지손가락으로 가리켰다.

"가족이나 다름없다고 하지만 아무래도 혈연은 아니니까요."

"오케이, 그럼 용의자는 네 명."

뭐가 그렇게 재미있는지 진이 신이 난 목소리로 말했다.

"아니죠, 잠시만요. 도모미 씨와 거의 관련이 없는 사람은 제외해야 하지 않겠습니까? 가령 시모조 씨나 나 같은 사람 말입니다."

그렇죠? 하듯이 기도는 시모조 레이코에게 동의를 구했다. 그러나 레이코는 태연한 표정으로 이렇게 말했다.

"그런 식으로 안이하게 제외해서는 안 되죠. 겉으로는 관련이 없어 보일지 모르지만 뭔가 내밀한 관계가 있었을지도 모르잖아요."

보란 듯이 거부당하자 기도는 발끈했다.

"내게는 도모미 씨를 죽일만 한 동기가 없단 말입니다."

"자기 입으로 동기가 있다는 사람이 어디 있겠나."

진이 야유조로 그렇게 말하자 기도는 그만 입을 다물고 말았다.

"아니야, 난 상상도 할 수 없는 일이네."

노부히코가 고개를 저었다.

"설령…… 설령 도모미의 죽음에 미심쩍은 점이 있다고 해도 말이야, 여기 있는 누군가에게 무슨 동기가 있다는 말인가."

그가 제기한 의문은 합당했다. 그 순간 토론이 끊기는 듯했다.

"상황이 상황이니만큼 과감하게 발언해도 괜찮겠죠?"

기도가 물었다.

"새삼스럽게 무슨 그런 말을 하나."

도시아키가 그 말을 받았다.

"그렇죠? 그렇다면……."

기도가 게이코를 핥듯이 바라보면서 입을 열었다.

"솔직하게 말씀드리죠. 이 가운데 도모미 씨를 살해할 만한 동기가 있는 유일한 사람은 당신이에요."

"내가요?"

게이코가 눈을 부릅뜨면서 눈썹을 찡그렸다.

"설마 그녀가……."

다카유키가 의문을 제기했다.

"게이코 씨는 도모미 씨의 죽음에 의문을 던진 사람이에요. 범인이라면 그럴 리 없죠."

"미안하지만 다카유키 씨, 그러니까 당신이 좋은 사람이라는 겁니다. 모두가 그렇게 생각한다는 것까지 다 계산하고서 본인 입으로 그런 말을 했을 수도 있다고요."

"아무리 그래도……."

"괜찮아요, 다카유키 씨."

게이코가 그의 말을 제지하더니 가슴을 약간 펴면서 기도를 보았다.

"좋아요. 계속해 보세요."

기도가 헛기침을 했다.

"유키에 씨에게 들은 적이 있는데, 당신이 도모미 씨에 관한 소설을 썼다던데요. 아직 발표되지는 않았지만 편집부원들 사이에서는 꽤 평판이 좋다고 말입니다."

지금까지 의연하게 대처하던 게이코의 안색이 싹 바뀌었다. 허를 찔려 당황하는 표정이었다.

다카유키도 놀랐다. 그런 얘기는 한 번도 들은 적이 없었기 때문이다.

"정말인가요?"

다카유키가 묻자 게이코는 말없이 고개를 끄덕였다.

"당신으로서는 기뻤겠죠."

기도가 말을 이었다.

"작가로서 데뷔를 한 것까지는 좋았는데 요즘 들어 제대로 된 작품을 통 쓰지 못해 고민하고 있다고 들었어요. 이쯤에서 히트작을 내놓으면 앞으로의 인생에도 큰 영향을 미치지 않겠어요?"

"그래서, 그래서 어쨌다는 건가?"

노부히코가 답답하다는 듯이 다그쳤다.

"그런데 그녀가 예상치 못했던 일이 생긴 겁니다. 거의 출판을 앞둔 단계에서 도모미 씨가 출판을 보류해 달라고 한 거죠."

"출판을 보류해 달라고, 왜 그랬을까?"

"그건 자신의 과거를 읽을거리로 만들고 싶지 않아서였을 겁니다. 게다가 도모미 씨는 결혼을 앞두고 불미스러운 일로 시끄러워질까 봐 우려했겠죠. 게이코 씨는 매우 당황했을 겁니다. 기사회생의 히트작이 될 수도 있는 원고를 출판할 수 없게 되었으니까요. 그래서 생각다 못해……."

"어이가 없군요."

기도가 얘기를 끝내기 전에 아쓰코가 말을 던졌다.

"그만한 일로 게이코가 도모미를, 그렇게 오래 알고 지낸 친구를 죽일 리 없어요. 두 사람 사이가 얼마나 좋았는지 모르니까 그런 얼토당토않은 말을 할 수 있는 거예요."

"말씀하시는 뜻은 알겠습니다만, 그런 감정론은 배제하기로 하지 않았나요?"

"감정론을 배제해도 아무 상관 없어요."

게이코가 날카로운 목소리로 말했다.

"하지만 나는 그 소설을 출판하지 않기로 결정했어요. 내가 범인이라면 도모미가 죽었으니 벌써 출판하지 않았을까요?"

"그건 알 수 없죠. 출판할 기회를 기다리고 있는지도 모르고."

기도의 말에 게이코는 분노라기보다 어처구니없다는 눈빛으로 그를 보았다. 그러고는 몇 번이나 고개를 저은 후 내뱉듯 말했다.

"정말 어리석은 사람이군요. 당신은 아무것도 몰라. 핵심을
전혀 보지 못하는 얼간이라고."

기도의 얼굴이 뻘게졌다.

"내가 전혀 보지 못한다고?"

"내 말 못 들었어요? 전혀요. 그렇게 유키에 씨를 따라다녔
으면서 말이죠."

그렇게 말한 그녀가 갑자기 아차 하는 표정을 지으며 입을
다물었다.

"무슨 뜻이지?"

도시아키가 물었다.

"유키에가 어쨌다는 거야?"

"아니에요, 아무것도."

"아무것도 아닌 게 아니잖아. 아까부터 거슬렸는데 너, 뭔가
숨기고 있는 거지? 상황이 이러니 분명하게 얘기해 보라고."

도시아키뿐만 아니라 모두의 시선이 그녀에게 집중되었다.
게이코는 고개를 숙인 채 잠시 망설이더니 마침내 마음을 굳
힌 듯 고개를 들었다.

"알겠어요. 말씀드리죠."

숨을 고르는 듯 게이코의 가슴이 두세 번 오르내렸다.

"사실 제가 이번에 이곳에 온 것은 어떤 목적이 있어서였어
요. 그건 도모미의 죽음에 관한 의혹을 푸는 것이었죠. 전 그

녀가 살해당했다고 믿습니다. 그리고 범인에 대해 한 가지 가설을 세웠죠."

"범인이 누군지 안다는 말입니까?"

다카유키가 묻자 그녀는 힘주어 고개를 끄덕였다.

"저는 제 추리가 정확하다고 확신하고 있어요. 그런데 증거가 없습니다."

"누구지?"

"누구야?"

너나없이 웅성거렸다. 게이코가 천천히 입을 열었다.

"도모미를 죽인 사람은…… 시노 유키에입니다."

4

게이코의 말에 사람들이 반응을 보이기까지 잠시 공백이 있었다.

"뭐라고……."

처음으로 입을 연 사람은 다카유키였다. 이어서 노부히코와 아쓰코가 말했다.

"그건 말이 안 되지. 유키에가 그런 몹쓸 짓을 할 리 없어."

"그래, 맞아. 그 착한 아이가 어떻게……."

"무슨 근거로 그렇게 단정하는 거지? 어쭙잖은 생각으로 한 말은 아닐 텐데."

도시아키가 물었다. 게이코는 그들 세 사람을 고통스럽게 바라보았다.

"물론 근거가 있습니다. 어림짐작으로 하는 말이 아니에요."

"그 근거라는 걸 들어 보자고. 용의선상에서 멀어지기 위해 스스로 만들어 낸 얘기치고는 너무 대담하잖아."

흥분을 가라앉히지 못한 기도가 더듬거리며 말했다. 그에 반해 게이코는 침착함을 되찾은 듯했다.

"제가 유키에 씨를 의심하는 이유는 도모미가 죽기 직전에 유키에 씨를 만났을 가능성이 있다는 걸 알았기 때문입니다."

"둘이서 만났다고?"

다카유키가 엉겁결에 물었다.

"어디서 만났단 말이지?"

"물론 교회 근처죠. 도모미가 다카유키 씨와 결혼식을 올리려고 했던 그 조그만 교회 근처 말이에요. 죄송하지만 저는 그날의 여러분의 동선을 조사해 봤어요. 그 결과, 유키에 씨가 일과 관련해서 아버지와 함께 이 근처에 왔다는 걸 알았습니다."

"아니지, 근처라고 할 수는 없어."

아쓰코가 부정했다.

"20킬로미터쯤 떨어져 있지 않나? 그날 가즈마사…… 그러니까 유키에 아버지가 거기 있는 대학에 볼일이 있어서 간다는 건 알고 있었어. 그래서 도모미에게 사고가 났다는 얘기를 들었을 때 그 대학으로 연락을 취했던 거야. 그러니 우리보다 먼저 경찰에 도착할 수 있었던 거지."

다카유키로서는 처음 듣는 얘기였다. 그래서 그날 경찰에 달려갔을 때 시노 부녀가 먼저 와 있었던 것이다.

"20킬로미터는 차로 가면 30분도 걸리지 않아요. 그리고 제가 조사한 바로는 시노 가즈마사 씨가 그 대학의 어떤 교수와 얘기하고 있는 동안 유키에 씨는 경치를 보고 온다면서 자리를 떴던 것 같아요. 시간으로 치면 세 시간 정도였죠. 그러니까 도모미와 유키에 씨가 연락을 주고받은 뒤 교회 근처 어딘가에서, 어쩌면 이 별장이었을지도 모르죠, 만났다고 해도 조금도 이상하지 않아요."

유키에가 그날 이 근처에 왔다고? 다카유키로서는 뜻밖의 사실이었다. 그건 그렇고, 게이코는 어떤 방법으로 이런 사실을 캐낸 것일까.

"그녀는…… 도모미는 유키에 씨를 만날 거라는 얘기를 전혀 내비치지 않았는데."

"도모미가 도쿄를 출발할 때를 가늠해서 유키에 씨가 전화를 걸지 않았을까요?"

"말도 안 되는 소리."

기도가 게이코의 말을 자르듯이 끼어들었다.

"그런 일로, 겨우 그만한 일로 유키에 씨를 의심한단 말이
야? 그렇다면 당신은, 당신은 그날 뭘 했는데? 말해 봐. 내가
어떻게든 이유를 만들어서 당신의 행동이 의심스럽다는 가설
을 세워 볼 테니까. 말해 보라고, 어서 말해 봐."

"기도 씨, 진정하세요. 아직 게이코 씨의 얘기가 끝나지 않
았잖아요."

시모조 레이코가 기도를 타이르고 나섰다. 그녀는 진과 다
구를 제외하면 거의 유일한 외부인인 터라 발언을 자제하고
얘기가 어떻게 돌아가는지 지켜보는 느낌이었다.

"시모조 씨 말이 맞아요. 아직 내 얘기가 끝나지 않았어요.
오히려 지금부터가 중요한 부분입니다."

게이코가 새삼스럽게 모두를 둘러보았다.

"지금까지 몇 번이나 얘기를 꺼냈는데, 도모미의 약 말이에
요. 저는 누군가가 그녀에게 수면제를 먹였다는 가설을 버리
지 않고 있습니다. 그리고 그럴 수 있는 가장 유력한 사람이
유키에 씨라는 거예요. 그런데 그걸 증명할 방법이 없는 데다
본인 앞에서 내놓고 말할 수 없어서 시종 애매하게 굴었던 겁
니다."

그녀가 왜 그 문제에 집착하는지 다카유키는 그제야 비로소

이해가 갔다.

"이런 말을 해서 미안한데, 게이코 너에겐 건망증이 좀 있는 것 같구나."

평소에는 그렇게 무례한 표현을 하지 않는 노부히코가 게이코를 향해 말했다.

"그 일에 대해서는 몇 번이나 얘기가 오가지 않았느냐. 도모미의 필 케이스에는 약이 그대로 들어 있었어. 그러니 그 아이는 약을 먹지 않았다는 말이다."

"아버님, 저는 분명하게 기억하고 있어요. 그 얘기를 들었을 때 제가 말씀드렸죠? 그 점에 대해서도 설명할 수 있어요."

게이코는 강경하게 말하고서 표정을 약간 누그러뜨리더니 아쓰코에게 물었다.

"어머니, 제가 알기로 도모미는 생리통이 아주 심했어요. 그 무렵에는 어땠나요?"

"마찬가지였지. 이삼 일은 약을 먹었을 거야. 진통제를 그렇게 먹어도 괜찮을까 싶을 정도로."

다카유키는 마음속으로 고개를 끄덕였다. 도모미는 생리가 시작되면 거의 움직일 수 없을 정도였다.

아쓰코의 말에 게이코는 만족하는 듯 보였다. 턱을 살짝 들어 올리듯 하면서 노부히코를 보았다.

"그날 도모미는 생리 중이었습니다. 진통제를 휴대하고 있었던 것이 그 증거죠. 그런데 필 케이스에는 약이 그대로 있었어요. 그렇다면 그녀가 왜 약을 먹지 않았는지 생각해 봐야 할 필요가 생기죠."

아, 하는 소리가 누군가의 입에서 흘러나왔다. 어쩌면 그것은 그녀 자신이 낸 소리인지도 몰랐다.

"아시겠죠? 필 케이스가 비어 있어야 자연스럽지 않나요? 안에 약이 들어 있었다는 게 오히려 이상해요."

"아무리 이상하다고 해 봐도 실제로 약이 들어 있었는데 어쩌란 말인가. 내가 이 두 눈으로 똑똑히 봤는데."

노부히코가 자신의 눈을 가리키며 말했다.

"도모미가 그날만 약을 먹지 않았다는 게 이상하다는 얘기죠. 그래서 생각해 봤습니다. 그녀는 누군가에게 다른 진통제를 받아서 먹었다, 그래서 자기 약을 먹을 필요가 없었다고요."

"그 누군가가 유키에라는 말이로군."

도시아키가 말했다.

"하지만 자기 약이 있는데 다른 사람에게 뭔지 모를 약을 받아먹었을까? 그러지는 않았을 텐데."

타당한 의견이었다. 게이코를 제외한 모두가 희미하게 고개를 끄덕였지만 그녀는 당황하는 기색을 보이는 대신 오히려 의문을 제기했다.

"뭔지 모를 약이 아니었다면 어떨까요? 도모미의 약은 기도 씨의 병원에서 받은 것이었어요. 그렇다면 기도 씨와 친분이 있는 유키에 씨도 그 약을 손쉽게 손에 넣을 수 있지 않았을까요? 아니, 어쩌면 유키에 씨 자신이 그 약을 복용했을지도 모르죠. 똑같은 약이라면 도모미가 받아먹었다고 해도 이상하지 않잖아요. 필 케이스에 있는 약은 그냥 두었다 먹을 수도 있으니까."

"어떤가, 그럴 가능성은?"

도시아키가 묻자 기도는 괴로운 듯이 머리를 숙이고는 기어들어가는 목소리로 말했다.

"유키에 씨에게도 같은 약을 준 적이 있습니다."

아니, 하면서 모두가 웅성거렸다.

"같은 약을 유키에 씨가 갖고 있었다고 해서 그게 어쨌다는 말이지? 가령 그 약을 줘서 도모미 씨가 먹었다고 해도 아무 상관 없잖아."

"그래, 그렇지. 자기 약을 먹은 것과 똑같잖아."

아쓰코도 그렇게 말했다.

"물론 그 약을 건넸다면 아무 문제가 없었겠죠."

게이코가 태연한 표정으로 말했다.

"하지만 그 약과 똑같이 생긴 수면제가 있었다면 어떨까요? 유키에 씨가 자기 약과 똑같은 약을 갖고 있다는 걸 아는 도모미는 아무 의심 없이 그 약을 먹지 않았을까요?"

그렇다면 충분히 가능한 일이다. 반론할 말이 떠오르지 않는지 도시아키도 노부히코도 잠자코 있었다.

"똑같이 생긴 수면제…… 그런 게 있을까 모르겠네."

아쓰코는 납득이 가지 않는다는 듯 기도를 봤다.

"아주 똑같이 생긴 것은 없을지 몰라도 비슷한 것은 있겠죠."

기도가 씁쓸하게 대답했다. 그런데도 아쓰코는 여전히 이해가 가지 않는다는 표정이었다.

"아무리 비슷하게 생긴 약이라도 그렇지, 그런 약을 주는데 도모미가 몰랐을까? 남이 주는 것을 아무 의심 없이 먹다니 도무지 믿기지가 않네. 잘 살펴보고서 자기가 늘 먹는 약이 틀림없다는 걸 확인한 후에야 비로소 먹지 않았을까 싶은데."

"유키에 씨가 그렇게 끔찍한 일을 할 줄 도모미는 꿈에도 몰랐겠죠. 게다가 평소에 자신이 먹는 약을 정확하게 기억하는 사람은 별로 없을 거예요. 이게 그 약이라고 하면 믿는 게 당연하지 않을까요?"

그 의견에는 아쓰코도 뭐라 대꾸하지 못했다. 그 자리의 모두가 무겁게 침묵을 지켰다. 결과적으로는 게이코의 가설을 받아들인 꼴이 되고 말았다.

"다소 억지스럽기는 하지만 뭐, 그렇다고 하지. 그보다 내가 묻고 싶은 게 있는데."

도시아키가 좀 더 파고들어 보자는 식으로 말했다.

"유키에가 도모미를 살해할 동기가 어디 있다는 거지? 이렇게 당당하게 얘기한 심증이 없지는 않을 테지."

"동기…… 말인가요?"

아가와 게이코는 약간 갈색을 띤 눈동자를 허공으로 향했다가 도시아키를 바라보며 고개를 끄덕였다.

"네, 심증이 있어요."

"무슨 심증이 있다는 건지 듣고 싶은데."

"그건……."

게이코가 숨을 들이쉬었다. 그때 다카유키는 그녀가 살짝 자신을 바라봤다고 느꼈다. 그리고 그것은 착각이 아니었다. 게이코가 이렇게 말했던 것이다.

"유키에 씨가 도모미에게서 다카유키 씨를 빼앗으려 했다고 생각해요."

모두가 그녀의 말을 반추하는 동안 약간의 틈이 생겼다. 다카유키는 벌린 입을 다물지 못했다. 뭐라 할 말이 떠오르지 않았다. 다른 사람들도 마찬가지인 듯했지만 당사자가 아닌 만큼 반응이 다소 빨랐다.

"뭐라고? 무슨 말인지 난 잘 모르겠는데."

농담처럼, 또는 화가 난다는 듯이 도시아키가 말했다.

"유키에 씨는 다카유키 씨를 사랑하고 있었어요."

게이코가 확신에 찬 표정으로 말하면서 다카유키를 바라보았다.

"그 마음을 억누르지 못한 끝에 도모미를 살해한 거죠. 그렇게밖에 생각할 수 없어요."

"말이 되는 소리를 하게나. 무슨 근거로 그런 말을 하는 거야. 유키에는 사촌 언니의 약혼자에게 마음을 둘 만큼 몰상식한 아이가 아니야."

"아니죠, 아버님. 그건 몰상식하다거나 정숙하지 못하다거나 하는 문제가 아니에요. 인간이란 절실히 갖고 싶은 것을 위해서 때로는 미쳤다고밖에 할 수 없는 행동도 하는 법이죠. 그리고 유키에 씨의 마음에 대해서도 근거가 없지 않아요. 도모미에게 그런 얘기를 들은 적이 있거든요."

"뭐라고, 도모미가 그런 말을 했단 말인가?"

"네, 아버님. 도모미가 직접 말했어요. 그녀는 유키에 씨를 무척 걱정했어요. 아니, 두려워했다고 해야겠죠. 다카유키 씨를 보는 유키에 씨의 눈빛이 특별하다는 것을 알고, 유키에 씨가 무슨 짓을 저지르지 않을까 노심초사했어요."

"도무지 믿을 수가 없네. 도모미가 내게는 그런 말을……."

아쓰코가 고개를 비틀었다.

"절대 비밀로 해 달라고 도모미가 부탁했어요. 그녀도 사촌 동생을 그런 눈으로 보는 것에 죄책감을 느끼는 듯했어요."

도모미라면 그랬을지도 모른다고 다카유키는 생각했다.

"만약 유키에 씨가 적극적으로 행동에 나서면 다카유키 씨도 마음이 흔들리지 않을까, 도모미는 그렇게 걱정했어요. 유키에 씨는 어떤 남자도 매료시킬 수 있는 매력적인 여자다, 그에 비하면 자신은……."

"한쪽 발이 없는 여자다, 그거군."

게이코가 미처 말을 잇지 못하자 도시아키가 그녀를 대신했다. 자신이 하려고 했던 말이 맞는지 게이코는 잠자코 아무 말도 하지 않았다. 다른 사람들도 말을 꺼내기가 쉽지 않은 듯했다.

"아니야, 거짓말이야. 그건 다 거짓이야."

기도가 낮게 웅얼거리듯이 말하더니 집게손가락으로 다카유키를 가리켰다.

"그녀가…… 유키에 씨가 이 사람을 좋아하다니…… 그런 일은 있을 수 없어. 전에 그녀가 말한 적이 있어. 남자의 외모는 아무 상관 없다고. 포용력이 있고 착한 사람을 좋아한다고 했단 말이야. 이 사람은 그런 타입이 아니야."

옆에서 그 말을 듣고 있던 진이 웃음을 터뜨렸다. 다른 사람들도 웃지는 않았지만 모두 비슷한 기분이었을 것이다. 반론할 필요조차 없다는 식의 시큰둥한 표정들이었다. 다카유키는 기도가 불쌍해졌다. 그는 유키에도 자신에게 호의를 품고 있으리라고 믿고 싶었을 것이다. 그녀가 이미 이 세상에 없는 지금까지도.

"다카유키, 자네는 어떻게 생각하지? 유키에의 마음을 알고 있었나?"

도시아키가 물었다. 다카유키로서는 그 질문이 껄끄럽지 않을 수 없었지만 그렇다고 피할 수는 없었다.

"글쎄요, 저는 잘 몰랐는데요."

일단은 고개를 저었다.

"그런 말은 자기 입으로 하기 어렵겠지, 안 그래?"

옆에서 진이 조롱하듯이 말했다. 다카유키는 그를 힐금 쳐다보고는 고개를 숙였다.

"솔직히 말해 주지 그래. 쑥스러워할 때가 아니잖아."

도시아키가 재차 말했다. 다들 마른침을 삼키며 주시하고 있었다. 애매한 말로 얼버무릴 수 있는 분위기가 아니었다.

"그녀가 저를 싫어하지 않는다는 인상을 몇 번 받은 적은 있습니다."

완곡한 말투였지만 그 말이 긍정을 뜻한다는 것은 분명했다. 그리고 그것으로 충분했다. 도시아키와 다른 사람들은 고개를 끄덕였고, 기도는 입술을 깨물었다.

"설령 그렇다 해도 유키에가 우리 도모미를 살해할 필요가

지는 없지 않았을까 싶은데."

큰 충격을 받은 것처럼 머리를 푹 숙이고 두 손을 깍지 낀 자세로 노부히코가 말했다.

"다카유키 군을 빼앗고 싶다면 그녀 나름으로 접근하면 될 일. 상대는 몸이 불편한 아이야. 유키에가 그럴 마음이라면 도모미는 상대가 되지 않았을 테지."

"당신, 그렇게 말하면 우리 도모미가 너무 가엾잖아요."

"사실을 얘기하고 있을 뿐이야. 나도 이런 말은 하고 싶지 않아요."

"아니요, 그건 사실이 아닙니다."

다카유키가 말했다. 그런 말까지 들으면서 침묵을 지킬 수 는 없었다.

"유키에 씨가 어떤 마음을 품고 있었든, 도모미 씨와 제 사 이는 조금도 변하지 않았을 겁니다."

이 말에는 다카유키 자신이 예상한 이상으로 큰 반응이 있 었다. 비디오의 임시 정지 버튼이라도 누른 것처럼 전원의 표 정과 움직임이 굳었다. 그리고 시간을 양쪽으로 가르는 듯한 공백이 있었다. 모리사키 부부가 그 눈에 깊은 슬픔을 담고서 딸의 전 약혼자를 바라보았다.

"그래, 그랬겠지. 그렇고말고."

아쓰코가 손가락 끝으로 눈가를 눌렀다.

"다카유키 씨는 그랬을 거야, 아무렴. 그러니까 유키에가 어떤 마음을 품고 있든 도모미는 걱정할 필요가 없었는데."

"아마 유키에 씨도 같은 생각이었을 거예요."

게이코가 말했다.

"유키에 씨에게는 조금 전에 아버님이 말씀하신 그런 자신감이 없었을 거라고 생각해요. 이 세상에서 도모미가 사라지지 않는 한 다카유키 씨의 마음은 도모미를 떠나지 않을 거라고 생각하지 않았을까요?"

"그래서 그 착한 유키에가 그렇게 끔찍한 생각을 했다는 거니?"

아쓰코가 눈을 몇 번이나 깜박거리며 말했다.

"사랑은 맹목적인 거니까 말이지."

옆에서 진이 끼어들었지만 모두들 그 말을 묵살했다.

"네가 무슨 말을 하고 싶은지는 알겠어. 하지만 지금까지 들은 얘기에는 사전에 네가 말했던 것처럼 증거랄 게 하나도 없는 거 아니야? 그러니 어디까지나 사리 정연한 가설에 불과하지."

도시아키가 신중한 말투로 게이코에게 말했다.

"어떻게든 그 증거를 찾으려고 여기 온 거예요."

"그리고 그 방법의 하나로 도모미가 살해당했다는 가설을 전개한 것이군."

"여러분에게서 새로운 사실을 들을 수 있을지도 모른다는 생각도 있었고, 그때 유키에 씨의 반응도 보고 싶었어요."

"그래서 어땠는데? 네가 보기엔 역시 유키에가 도모미를 죽인 범인이라는 거야?"

"모르겠어요. 모르겠지만 유키에 씨가 살해당한 일로 오히려 제 추리가 전혀 빗나가지는 않았다는 자신감이 생겼어요. 그리고……."

게이코가 도시아키에게서 다카유키에게로 시선을 돌렸다.

"유키에 씨가 다카유키 씨를 사랑했다는 것도 그녀의 태도를 보면서 확신하게 됐고요."

다카유키는 뭐라 대꾸할 말이 없었다. 그 자리에 있는 것 자체가 몹시 힘겨웠지만 도망칠 수도 없었다.

"좋아, 그렇다면 너의 추리가 다 맞다고 치자. 도모미를 죽인 사람은 유키에였어. 그렇다면 이제 유키에가 왜 살해당했는지 설명해 봐. 하기야 듣지 않아도 대충 짐작이 가지만."

"네, 짐작하시는 그대로예요."

이런 말은 하고 싶지 않다는 듯이 게이코가 미간을 찡그렸다.

"복수죠. 도모미의 복수를 위해서 유키에 씨를 죽였을 거예요."

모리사키 부부는 숨을 삼켰고, 도시아키는 예상했다는 듯이 씁쓸한 표정을 지으며 고개를 끄덕였다.

"당연히 얘기가 그렇게 돌아가겠지."

다카유키로서도 의외의 대답은 아니었다.

"그리고 저 외에도 도모미의 죽음의 진상을 알고 있는 사람이 있다는 뜻이기도 하죠."

게이코가 그렇게 말하자 기도가 그녀의 말을 물고 늘어졌다.

"아하, 본인 외에란 말이지. 범인은 당신이 아닌 누구라고 주장하고 싶은 거군."

게이코는 넌더리가 난다는 표정으로 한숨을 쉬었다.

"도모미를 사랑했던 사람 모두가 용의자일 수 있다는 얘기예요. 물론 저도 거기에 포함된다고 생각해도 무방합니다."

"그렇다면 얘기가 조금 전과 정반대잖아. 도모미의 친족인 우리가 가장 혐의가 짙다는 말인데⋯⋯."

도시아키의 말에 게이코는 미안하다는 듯이 다카유키를 보았다. 그녀가 하고 싶어 하는 말을 다카유키는 충분히 이해했다.

"압니다. 저도 용의자의 한 사람이겠죠. 도모미를 위한 복수라면 제가 가장 의심을 사는 게 당연하죠."

"미안해요. 하지만 그렇게 생각할 수밖에 없어요."

게이코는 슬며시 고개를 숙였다. 하지만 그 눈빛에는 조금도 사과의 뜻이 없었다. 다카유키는 그녀가 자신을 단단히 의심하고 있다고 느꼈다.

"저는 그런 말을 절대 믿을 수 없습니다. 유키에 씨가 사람을 죽이다니, 그런 발상은 정신이 제대로 박힌 사람에게서는 나올 수 없어요."

기도가 독기를 품고 말했다.

"지금까지 그렇게 길게 늘어놓은 추리도, 그야 물론 가능성이 없지는 않지만, 이렇다 할 증거가 있는 건 아니잖습니까? 전부 억측에 불과하죠. 그렇다면 제가 처음에 제기한, 두 여자를 살해한 범인이 동일 인물일 것이라는 가설과 별 차이가 없죠. 아니, 제 개인적인 견해로는 복수설보다 동일설 쪽이 유력하다고 봅니다. 우선……."

거기까지 말하고 그는 게이코를 보았다.

"당신에게 도모미 씨 살해의 동기가 있다는 것이 아직 해결되지 않았어요. 복수설 따위의 가증스러운 가설로 모두를 속이려는 수작으로 느껴지는데, 난."

"아니죠. 증거가 없다고는 하지만 게이코 씨의 가설은 충분히 설득력이 있습니다. 갑작스럽게 지어낸 얘기라고는 생각되지 않는데요."

다카유키가 말했다. 상황이 이럴 때면 유독 기도에게 반박하고 싶어진다.

"게다가 게이코 씨가 수상하다는 당신의 추리 역시 증거가 없잖아요."

기도가 눈을 치켜뜨면서 뭐라 말하고 싶은 표정을 지었지만, 상대를 제압할 만한 말이 떠오르지 않는지 팔짱을 끼더니 고개를 옆으로 돌려 버렸다.

　지금까지의 논쟁으로 분명해진 것은 이 자리에 있는 사람 대부분이 유키에 살해의 용의자가 될 수 있다는 점이었다. 그런데 게이코만 해도 자신의 가설을 뒷받침할 만한 설명을 더는 갖고 있지 않은 것 같았다.

　"뭐야, 입을 다물고. 다 끝난 건가?"

　진이 조롱하듯이 말했다. 그런 그에게 도시아키가 밋밋한 목소리로 말했다.

　"끝이 아니지. 이제부터 시작이야."

제5막

탐정 역

1

오후 1시가 조금 지났다.

진은 어제까지와는 다르게 인질들을 다소 자유롭게 풀어놓았다. 바깥출입이 가능한 현관이나 주방 가까이 가는 것만 경계할 뿐, 각자 자기 방으로 들어가도 별다른 제재를 가하지 않았다. 유키에의 죽음을 둘러싸고 인질들이 서로가 서로를 의심하면서 연대감이 사라졌다고 판단했기 때문인지도 모른다. 그리고 그것은 사실이었다. 다카유키만 해도 강도 때문에 별장에 갇혔다는 사실보다 유키에를 살해한 사람이 누구일까에 더 신경을 집중하고 있었다. 진과 다구는 어차피 떠날 사람이지만, 살해범에 관한 일은 거기서 끝나지 않기 때문이다.

다카유키는 식당 테이블에 팔을 괴고서 문고본에 시선을 떨어뜨리고 있었다. 하지만 물론 글자를 읽고 있지는 않았다. 머릿속에는 오늘 아침에 게이코가 한 말만 오락가락했다.

유키에 씨는 다카유키 씨를 사랑하고 있었어요.

충격적인 말이었다. 그러나 솔직히 의외는 아니었다. 그때 다카유키 자신이 말했던 것처럼 그녀의 마음을 눈치채지 못한 것은 아니었다.

일과 관련해서 유키에의 아버지를 몇 번 만난 적이 있다. 그
럴 때마다 그녀가 언제나 자리를 같이했다. 그녀의 시선에 특
별한 감정이 담겨 있다는 것을 다카유키는 감지하고 있었다.

그 직감이 틀리지 않았다는 것을 그는 올 2월 15일, 그러니
까 밸런타인데이 다음 날 확신했다. 그날, 일을 끝낸 다카유
키가 퇴근하려는데 사무실에 유키에가 나타났다. 그녀는 근
처까지 왔다가 잠시 들렀노라고 했다. 다카유키는 사무실 내
부를 잠깐 구경시켜 준 후 부근에 있는 찻집으로 그녀를 데리
고 갔다.

발레와 연극 얘기를 얼마간 나누었을 때였다. 그녀가 문득
중얼거렸다.

"이제 결혼식까지 두 달 남았네요."

약간 갈라진 목소리였다.

"음, 그렇죠."

"요즘 도모미 언니가 무척 행복해 보이더군요. 꿈만 같다고,
볼 때마다 얘기해요."

유키에의 눈길은 그녀 자신의 손을 향해 있었다. 무언가 소
중한 것을 감싸듯 두 손으로 찻잔을 쥔 채였다.

"이런 시기에는 누구나 마음이 들뜨는 법이죠. 모두가 자신
이야말로 최고의 행복을 찾았다고 믿게 되고 말이에요. 그런
데 그게 착각에 지나지 않는다는 높은 이혼율을 보면 알 수

있죠."

좀 겸연쩍은 화제라서 다카유키는 일부러 농담처럼 말했다. 그런데 유키에는 그 말을 진심으로 받아들인 듯했다.

"그렇지 않아요. 다른 사람은 몰라도 도모미 언니와 다카유키 씨는 가장 행복한 결혼 생활을 하게 될 거예요. 내가 보장해요."

그녀에게 어울리지 않을 정도로 강경한 말투였다. 다카유키가 당황스러워하자 그녀는 흥분한 자신을 부끄러워하듯 하얀 볼에 두 손을 댔다.

"미안해요. 보장이라니, 그런 건방진 말을……. 제가 굳이 그런 말을 하지 않아도 행복할 텐데."

"아닙니다. 유키에 씨가 보장해 준다면야 그보다 든든한 일이 없죠. 도모미 씨에게도 그렇게 전하겠습니다."

다카유키가 웃으면서 말하자 그녀는 또 그녀답지 않은 말투로 이렇게 말했다.

"도모미 언니에게는 말하지 마세요."

그가 눈을 동그랗게 뜨자 그녀는 아까보다 더욱 얼굴을 붉혔다.

"제가 이런 말을 했다는 걸 언니가 알면 창피하잖아요."

"그렇진 않을 텐데요. 하지만 원하지 않으신다면 우리끼리의 얘기로 끝내죠."

유키에는 찻잔에 스푼을 담그고 휘휘 저으면서 고개를 살랑살랑 끄덕였다.

"지난 크리스마스에 처음 다카유키 씨를 봤을 때, 도모미 언니가 정말 좋은 사람을 만났다고 생각했어요. 사고를 당한 것은 슬픈 일이지만 그 덕분에 다른 행복을 찾았으니 역시 운이 좋은 사람이라는 생각도……."

"유키에 씨에게도 틀림없이 행복이 찾아올 겁니다."

다카유키가 그렇게 말했지만 그녀의 얼굴에서는 미소가 사라지는 듯했다.

"난…… 틀렸어요. 별다른 재주도 없고, 도모미 언니 같은 화사함도 없고. 언니가 부러울 따름이죠."

"그녀도 그녀 나름으로 큰 고통을 짊어지고 있습니다."

"네, 그건 저도 알아요. 언니를 부러워하다니 주제넘은 일이라는 거 잘 알아요. 그래도…… 그래도 도모미 언니는 행복하겠다는 생각이 들어요."

유키에의 태도가 평소와 달라서 어찌할 바를 몰랐던 다카유키는 입을 다물고 말았다. 그러자 그녀의 한쪽 볼에 적막한 미소가 살며시 번졌다.

"미안해요. 괜한 말을 해서."

"아닙니다."

그녀는 마음을 다잡은 듯 입가에 미소를 머금더니 고개를 숙인 채 이야기를 계속했다.

"몇 번인가 발레와 연극에 데리고 가 주셨죠. 저, 정말 즐거웠어요."

"또 가도록 하죠. 연락할게요."

다카유키는 애써 밝은 목소리로 말했다. 하지만 그녀는 시선을 아래로 떨군 채 고개를 저었다.

"아니요, 이제 됐어요. 충분히 즐거웠어요. 게다가……."

"게다가?"

그녀는 몇 초 동안 다카유키의 얼굴을 바라보고는 방긋 웃었다.

"떨쳐 버리고 싶어요."

"떨쳐 버린다고요?"

"네. 하지만 다카유키 씨와는 관계없는 일이에요."

그리고 그녀는 옆에 놓인 가방 안에서 조그만 종이 꾸러미를 꺼내 다카유키 앞에 놓았다.

"이거 드셔 보세요. 제가 만든 거예요."

"와, 뭔데요?"

"열어 보시면 알아요."

다카유키는 예쁜 포장지에 싸인 것을 받아 들었다. 조금만 생각해 보면 내용물을 짐작할 수 있었을 텐데 그때는 전혀 몰랐다.

"저, 다카유키 씨."

유키에가 진지한 눈빛으로 말했다.

"아무쪼록 도모미 언니를 행복하게 해 주세요."

"네, 그거야, 뭐."

"정말, 정말, 언니가 슬퍼하는 일은 없도록 해 주세요."

"그녀를 행복하게 하겠습니다. 슬프게 하지 않을 겁니다."

다카유키는 유키에의 눈을 바라보며 대답했다. 그녀도 그의 눈을 똑바로 바라보았다.

"약속할 수 있나요, 배신하지 않을 거라고?"

"약속하죠."

유키에는 할 말을 다 했다는 듯, 그 후로는 무슨 말을 건네도 듣는 둥 마는 둥이었다. 다카유키는 찻집 앞에서 그녀와 헤어졌다. 집으로 돌아와 포장지를 뜯어 보니 안에는 직접 만든 초콜릿이 들어 있었다. '밸런타인데이는 지났지만.' 이라는 메모와 함께.

그 순간 다카유키의 뇌리에 번뜩이는 게 있었다. 동시에 지금까지의 일이 단편적으로 되살아났다. 유키에가 때로 자신에게 보인 친절함과 수줍음, 그런 것들이 퍼즐처럼 딱딱 맞아떨어지면서 하나의 형태를 만들어 냈다.

그리고 그제야 다카유키는 유키에의 본심을 깨달았다. 그녀는 자신에게 호감을 품고 있었다. 그런데 포기해야 한다는 생각에, 그 마음을 떨쳐 버리려 오늘 그를 찾아온 것이다.

다카유키는 초콜릿을 한 입 베어 물었다. 단것을 별로 좋아하지 않았지만 이걸 도모미에게 줄 수는 없으니 혼자 먹을 수밖에 없었다.

초콜릿은 달콤하고, 그리고 조금은 씁쓸했다.

그 후로 유키에와 단둘이 만난 적은 없었다. 아니, 얼굴을 마주하는 일 자체가 거의 없어졌다. 도모미는 여전히 연극이나 콘서트를 같이 보러 가자고 하는 모양이었지만 유키에가 갖은 이유를 대면서 거절하는 듯했다.

그런데 그 무렵 유키에의 행동을 생각하면 게이코의 추리와 어긋나는 점이 있다. 가령 유키에가 다카유키를 사랑했다고 해도, 그녀는 그를 포기하려 한 것이 명백하다. 그런 그녀가 도모미를 죽이면서까지 자신의 사랑을 이루려고 했을까. 더구나 도모미가 죽은 후에도 다카유키를 대하는 그녀의 태도는 별반 달라지지 않았다.

다카유키가 그런 생각을 하고 있는데 시모조 레이코가 다가와 그의 옆에 앉았다.

"도모미 씨 생각을 하고 있나요? 아니면 유키에 씨?"

예리한 여자군, 하고 다카유키는 생각했다.

"양쪽 다입니다. 당연하지 않나요? 다른 사람들도 모두 그녀들을 생각하고 있을 겁니다."

"네, 그렇겠죠. 하지만 저는 거기에 대해서는 아무것도 모르니까 다른 생각을 할 수밖에 없군요."

"다른 생각?"

"SOS와 정전 작전이 실패로 돌아간 것 말이에요."

그녀가 목소리를 낮추어 말했다. 아아, 하고 다카유키는 이해했다.

"누가 저지하고 있는 거죠. 그 누군가가 유키에 씨를 살해한 범인일지도 모르고."

"아마 그렇겠죠. 하지만 그게 누구인지 지목하는 것은 간단하지가 않아요. 생각해 보면 누구든 가능하겠다는 느낌이 들거든요."

"내가 아는 건 레이코 씨는 아니라는 것 정도입니다."

"그렇게 말해 주시니 고맙네요. 하지만 어떤 일에든 착각은 금물이죠."

시모조 레이코가 여유 있는 표정으로 말했다. 역시 묘한 여자다.

"그런데 다카유키 씨에게 묻고 싶은 게 있어요."

"뭐죠? 내가 말씀드릴 수 있는 일이라면……."

"아마 아실 거예요. 필 케이스 얘기니까."

"필 케이스?"

다카유키는 살짝 긴장했다. 갑자기 대화의 방향이 달라졌기 때문이다. 가슴이 술렁거렸다.

"사모님은 도모미 씨의 시신을 인수하러 갔을 때 필 케이스 안에 하얀 캡슐 두 개가 분명히 들어 있었다고 하셨어요. 다카유키 씨도 아는 사실인가요?"

"네, 알고 있습니다."

도쿄로 돌아오는 길에 휴게소에 들렀을 때 유품을 보았다고 다카유키는 대답했다.

"그럼 다카유키 씨가 본 것은 나중이네요."

"네, 뭐, 그런 셈이죠."

"미안하지만 시신을 인수하러 갔을 당시의 상황을 최대한 자세하게 설명해 주실 수 있을까요?"

시모조 레이코는 입술에 미소를 머금은 채 빈틈없는 눈초리로 다카유키를 보았다.

2

숨이 막힐 정도의 답답함 속에서 시간이 흘렀다. 다카유키는 지난 이삼 일 동안의 일을 기억해 내는 것조차 곤란할 지경이었다. 너무도 많은 일이 벌어졌기 때문이다. 게다가 나갈 수도 없는 공간에 갇혀 있는 터라 시간 감각이 완전히 갈피를 잃고 말았다. 오늘도 딱히 뭘 한 것도 없는데 해가 기울어 가고 있다.

저녁때가 되자 진이 각자의 방을 조사하겠다고 엄포를 놓았다. 유키에의 일기장에서 찢겨 나간 페이지를 찾으려는 것이었다. 그것을 가져간 사람이 누구인지, 또는 거기에 무슨 내용이 적혀 있는지를 알면 범인도 밝힐 수 있을 것이라고 여기는 듯했다. 그로서는 범인을 모르는 채 눌러 있기가 찜찜할 것이다.

하지만 없어진 페이지를 찾을 가능성은 많지 않을 것이라고 다카유키는 생각했다. 범인이 그렇게 쉽게 찾을 수 있는 곳에 감추었을 것 같지 않았다. 어쩌면 잘게 찢어서 변기에 흘려 버렸을 수도 있다.

그리고 그가 예상한 대로 한 시간쯤 지나 지친 얼굴로 진이 나타났다.

"수확이 없는 모양이군."

도시아키가 말했다.

진은 의자에 털퍼덕 앉았다.

"이제 남은 것은 몸 검사를 하는 것뿐이야. 하지만 본인이 아직도 소중하게 간직하고 있을 리 없겠지."

"이제 방으로 돌아가도 괜찮을까요?"

아쓰코가 물었다.

"좋으실 대로. 좀 어질러져 있지만."

그러나 아무도 일어서려 하지 않았다. 다른 사람의 행동을 살피는 눈치였다. 사실은 혼자 있고 싶은데, 자신이 없는 사이에 어떤 대화가 오갈지 모르니 자리를 뜰 수 없다는 분위기였다.

진과 다구는 여전히 총을 겨누고 있었다. 커튼은 꼭꼭 닫힌 채였다. 이제는 경찰도 순찰을 돌지 않는 듯했다.

분위기의 무거움이 최고조에 달했다고 여겨졌을 때였다. 느닷없이 전화벨이 울렸다. 전원이 몸을 움찔했다.

진이 벌떡 일어서더니 아쓰코에게 총구를 겨눴다.

"받아. 몇 번이나 말하지만 허튼짓은 하지 말고."

"나도 알아요."

아쓰코도 이런 상황에 많이 익숙해졌는지, 긴장은 해도 겁먹은 기색은 아니었다.

전화벨이 계속 울렸다. 그런데 수화기를 들기 직전에 벨 소리가 멈췄다.

"뭐야, 잘못 걸려 온 전화인가."

아쓰코의 입에서 그런 말이 흘러나왔다.

곧바로 다시 벨이 울리기 시작했다. 그녀가 손을 뻗었다. 그러자 진이 아쓰코를 제지했다.

"잠깐만. 6시가 넘었군."

그가 시계를 보면서 그렇게 중얼거렸다.

"좋아, 여기 그대로 있어. 전화는 내가 받는다. 경우에 따라서는 바로 바꿔 줄 수도 있으니까 준비하고."

그가 장갑 낀 손으로 수화기를 들더니 신중한 동작으로 귀에 가져다 댔다. 그가 왜 그렇게 행동하는지 알 수가 없었다.

"여보세요."

낮은 목소리로 대답한 진은 긴장한 얼굴로 상대의 목소리를 기다렸다. 약 2초 후, 그의 얼굴이 환해졌다.

"후지, 어떻게 된 거야, 대체?"

그 말에 다구의 표정도 누그러졌다. 후지라는 동료에게 걸려 온 전화인 듯했다. 인질들의 얼굴에 새로운 긴장감이 어렸다.

"어, 실은 이쪽에도 문제가 생겼어. 진짜 말도 안 되는 일이 벌어졌다고."

진은 은신하려던 집에 사람이 있었다는 것, 그곳에서 살인 사건이 발생했다는 것 등을 대충 설명했다. 상대가 상당히 놀라고 당황했다는 것을 진의 말투로 알 수 있었다.

"어떻게 할 방법이 없다니까. 순찰 도는 경찰이 또 언제 올지 모르고, 이 별장을 나갈 수도 없어. 무슨 좋은 수가 없을까?"

진이 매달리듯이 말했다. 그 말투에서 후지라는 인물에 대한 신뢰감이 엿보였다.

"음…… 알았어. 그럼, 손은 안 댔지. ……아, 역시 그 방법 밖에 없겠군. 오케이, 준비해 놓지."

5분 정도 지나 전화를 끊은 진이 다카유키 쪽으로 몸을 돌렸다.

"당신네들에게는 좋은 소식이군. 드디어 우리의 출발 시간이 정해졌다. 내일 동트기 전."

"동트기 전이라니?"

노부히코가 외쳤다.

"그럼 아직도 열두 시간 가까이 남아 있지 않나. 그때까지 이런 짓을 계속하고 있어야 한단 말인가?"

"어쩔 수 없잖아. 사람들 눈에 띄면 곤란하니까."

"그래도 동트기 전까지 기다릴 건 없잖나. 밤이 깊어지면 바로 출발해도 되지 않느냐 말이야."

"파트너가 후지라고 했나?"

도시아키가 말했다.

"왜 그렇게 늦게 오는 거야. 좀 더 빨리 오라고 하지."

"그럴 수 없으니까 이 고생인 거 아니야."

"그럴 수 없다니, 왜?"

도시아키의 질문에 진은 대답할 듯이 하다가 문득 무언가를 깨달은 표정으로 입을 다물며 고개를 저었다.

"당신네들과는 관계없는 일이야."

"그러고 보니,"

시모조 레이코가 끼어들었다.

"이쪽에서 그 후지라는 인물에게 연락할 수는 없다고 했죠? 그렇다면 그 후지라는 사람이 상당히 특수한 상황에 처해 있다는 얘기가 되겠군요."

진은 성큼성큼 그녀 앞으로 걸어가 예쁘게 생긴 코 앞에다 대고 권총을 좌우로 흔들었다.

"하고 싶은 말이 뭐야?"

그러나 그녀는 그 정도 위협에 기가 죽을 여자가 아니었다. 레이코가 태연하게 말했다.

"내 생각에 후지라는 인물은 경찰의 감시가 삼엄한 곳에 있지 않을까 싶네요. 그래서 밤이 되지 않으면 자유롭게 행동할 수 없는 거겠죠."

"그렇군, 알겠어."

도시아키가 갑자기 손뼉을 짝 쳤다.

"후지라는 놈, 은행 내부 사람이야. 그리고 네놈들의 길잡이 노릇을 했겠지. 하지만 경찰도 그렇게 바보는 아니라고. 내부에 공범이 있을 가능성을 염두에 두고 사건 후에도 관계자를 감시하고 있을 게 틀림없어. 그 감시망이 완화되어 빠져나올 기회가 생길 때까지 움직일 수 없는 거겠지."

다구가 도시아키 앞으로 가서 라이플을 들이댔다. 몹시 낭패한 기색이었다. 다구의 표정에서 도시아키의 추측이 빗나가지 않았다는 것을 알 수 있었다.

"그렇군."

노부히코가 한숨을 쉬었다.

"은행 내부에 공범이 있었어."

진은 혀를 끌끌 차면서 '그렇게 당황하는 꼴을 보이다니'하는 눈초리로 다구를 노려보았다. 다구는 그 눈빛을 어떻게 해석했는지 열심히 고개를 끄덕였다.

"뭐, 어때. 은행 관계자가 어디 한두 명인가. 요컨대 당신네들에게 모습을 보이지 않으면 그만인 거지."

"후지라는 건 당연히 가짜 이름이겠군."

노부히코가 묻자 진은 낄낄거리며 몸을 뒤로 젖혔다.

"당연하지. 세상에 본명으로 강도질을 하는 놈이 어디 있겠어."

진과 다구와 후지…… 대체 어떤 삼인조일까, 하고 다카유키는 생각했다. 진과 다구만 해도 그저 일확천금을 노리는 얼치기 강도 인상은 아니었다. 게다가 은행 관계자인 후지라는 인물도 가담했다고 하는데, 세 사람은 과연 어떤 계기로 모여 은행 강도를 공모하게 되었을까. 다카유키는 그것이 궁금해졌다.

"아무튼 이렇게 지내는 것도 이제 얼마 남지 않았어. 그때까지 사이좋게 지내 보자고. 도모미라는 여자를 죽인 사람이 누구인지 꼭 알아내고 싶군. 나도 관심이 생겨서 말이지."

3

두 번째로 전화벨이 울린 것은 밤 10시가 지났을 무렵이었다. 아까와 마찬가지로 세 번 벨이 울리다 멈추고 나서 다시 울렸다. 이번에는 진이 거침없이 수화기를 들었다.

"어디까지 왔지? ……응, 바로 이 근처군. ……그래. 인질은 전원 한곳에 모여 있어. 자유롭게 움직이고 있지. 지금 당장은 별다른 꿍꿍이가 없는 것 같은데."

그가 인질 쪽을 힐끔 돌아보았다.

"뭐? ……아, 그래. 하긴 그렇군. ……음, 어떻게든 해 볼게."

수화기를 내려놓은 진이 이번에는 다구에게 말했다.

"2층에 올라가서 침대 시트를 두세 장 벗겨 와."

"뭐하게?"

"가져 오라면 가져 오면 되지."

다구가 계단을 올라가는 것을 확인하고 나서 진은 다카유키 쪽으로 몸을 돌렸다.

"이제 곧 우리 파트너가 올 거다. 환영할 준비를 해야겠어."

"샴페인이라도 터뜨리겠다는 건가?"

도시아키가 말했다.

"그것도 나쁘지 않지만, 그러기 전에 해야 할 일이 있어. 파트너가 부끄럼을 많이 타는 체질이라서 말이지."

다구가 둘둘 만 시트를 안고 내려왔다. 진이 시트 한 장을 펼치더니 그 한쪽 끝을 이로 문 다음 두 손으로 좍 찢었다.

"자, 다구, 이걸 로프처럼 꼬아서 이 사람들을 묶어."

"묶어서 어쩌자는 건가?"

노부히코가 물었다.

"인질이란 원래 묶여 있어야 하는 거잖아. 지금까지는 너그럽게 봐주었지만 말이야. 하지만 안심하라고. 귀와 입까지는 막지 않을 테니까."

다구가 한 사람 한 사람의 손과 발을 묶었다. 힘껏 묶은 탓에 꼼짝도 할 수 없었다. 그리고 마지막으로 천 조각을 가지고 모두의 눈을 가렸다.

"좋았어. 이제 준비가 끝났군."

진이 만족스럽게 말하는 소리가 다카유키의 귀에 들렸다. 다른 사람들의 상태는 전혀 알 수 없었다. 이런 상황에서는 손발의 자유를 빼앗기는 것보다 시각을 잃는 쪽이 훨씬 불안감을 조성하는 법이다.

"우리를 어떻게 할 생각인가?"

이번에는 노부히코의 목소리였다.

"어떻게 하기는. 그냥 거기 꼼짝 않고 있으면 돼. 그동안 우리는 여기서 빠져나갈 거니까. 인질 한 명을 데리고 말이지. 누굴 데리고 갈까 생각 중이야."

"나를 데리고 가게나. 다른 사람들에게는 손대지 말고."

"호오, 별장 주인으로서의 책임감인가? 집어치우라고, 그런 건."

진이 장난스럽게 말했다. 그들은 아마도 아쓰코를 선택할 것이라고 다카유키는 판단했다. 젊은 여자를 데려가고 싶은 마음도 있겠지만, 상황이 이러니 다루기 쉬운 사람을 고를 것이다.

"헤드라이트 빛이야. 다가오고 있는데."

다구의 목소리가 들렸다. 조금 멀리서 들리는 것은 그가 창가에 서서 바깥을 살피고 있기 때문일 것이다. 곧이어 엔진 소리가 들렸다. 그 소리가 별장 바로 앞에서 멈추는 것 같았다.

"후지의 차야. 생각보다 빨리 왔는데."

진이 그렇게 말하고 나서 조금 있다가 현관 벨 소리가 들리고 쿵쿵거리는 발소리도 들렸다. 다구가 현관으로 나간 모양이었다.

문이 열리고 닫히는 소리에 이어 여러 사람의 발소리가 라운지 쪽으로 가까워졌다.

"아무도 본 사람은 없겠지?"

진이 묻는다.

"그렇군. 하기야 네가 그런 실수를 할 리 없겠지만."

진의 말로 미루어 후지라는 자가 말없이 고개만 끄덕인 듯했다.

이번에는 발소리 하나가 다카유키 쪽으로 다가왔다. 그리고 무언가를 점검하듯 주위를 맴돌았다. 후지의 발소리라고 다카유키는 생각했다.

"일이 아주 복잡하게 됐어. 사람이 없을 줄 알았는데 별장에 들어와 보니 이렇게 버글거리고 있더라고. 계획이 다 뒤틀리고 말았어."

진이 그렇게 투덜거리더니 다시 말투를 바꿔 변명을 늘어놓았다.

"아니, 후지의 계획을 트집 잡으려는 건 아니야. 이 인간들이 언제 별장을 사용할지는 후지 너도 몰랐을 테니까. 다만 나와 다구가 좀 당황했다는 걸 말하고 싶었을 뿐이야."

"게다가 살인 사건까지 벌어졌고."

다구의 목소리였다.

"그래, 그게 제일 큰일이지. 대체 무슨 생각들을 하는 건지 모르겠어. 이런 상황에서 사람을 죽이는 놈이 다 있다니 말이야. 전화로 얘기한 그대로야."

그리고 발소리가 다시 멀어졌다. 식당 쪽으로 가는 듯했다. 거기서 수군거리는 소리가 들려왔다.

"시신은 아직 방에 있어."

진의 목소리가 희미하게 들렸다.

"그래, 범인이 누군지는 아직 몰라. 자기들끼리 여러 가지로 얘기는 하고 있는데, 아직 아무것도…… 그래, 그렇다니까."

이 기묘한 상황에 진이 의지했던 파트너도 상당히 난감해하는 듯 꽤 오랫동안 침묵이 흘렀다.

그리고 잠시 후, 다시 수군거리는 기척이 느껴졌다.

"그래그래, 우리와는 관계없는 일이니까 한시라도 빨리 나가는 게 좋겠지."

진이 말하고 있었다.

"그렇게 되면 누구 한 명을 인질로 데려가야겠지. 누구를 데려갈까, 여자? 그래, 당연히 여자지."

다시 일행의 발소리가 다가왔다. 인질로 데려갈 만한 인물을 물색하려는 것 같다.

그때였다.

"후지라는 사람에게 할 말이 있는데."

노부히코의 목소리가 들렸다. 다카유키 바로 옆에서 누군가 가 걸음을 멈췄다.

"뭐지?"

그렇게 되물은 사람은 진이었다.

"당신을 인질로 데려가라, 뭐 그런 말이라면 해 봐야 소용없어. 우리는 이런 일에 타협하는 사람들이 아니니까."

"그런 말은 하지 않겠네. 실은 거래를 하고 싶어서 말이야."

"거래?"

"미안하지만 자네는 가만히 있었으면 좋겠네. 나는 후지라는 사람에게 말하고 있는 거야. 그 사람이 리더 같으니 말이지."

"딱히 리더가 있는 건 아닌데."

하수 취급을 받은 것이 못마땅한지 진이 언짢은 목소리로 말했다.

"그리고 후지도 다 듣고 있어. 그러니까 쓸데없는 소리 하지 말고 용건이나 말하라고."

그러자 노부히코가 잠시 틈을 두었다가 말을 꺼냈다.

"실은 인질에 대해서 거래를 하고 싶다네. 자네들, 우리 둘 중 누군가를 인질로 데려갈 속셈인 모양인데, 그건 자네들에게도 안전한 방법이 아닐 걸세. 사람들 눈에 띄기도 쉽고 민첩하게 움직이지도 못하겠지."

"그런 건 다 알고 있어."

"인질을 어디서 풀어 주느냐 하는 것도 문제일 거야. 또 물론 눈은 가리겠지만 인질이 사소한 것 하나라도 기억하고 있으면 그걸 실마리로 경찰이 자네들 냄새를 맡을 수도 있어."

"그런 우려가 있을 시에는,"

진의 목소리와 함께 무언가를 톡톡 두드리는 소리가 났다.

"우리 나름의 방법을 사용할 거야. 당신들이 걱정할 문제가
아니지."

"죽이면 그만이라는 뜻인가?"

"그건 마지막 수단이 되겠지."

"그것보다 훨씬 좋은 방법이 있네. 그래서 거래를 하자는 거
야."

"우리가 무사히 도망칠 수 있는 방법이야?"

"물론이지. 우선 여기 있는 사람들은 인질로 데려가지 않았
으면 하네."

"그럼 누구를 데려가라는 거지?"

짜증스러운 목소리였다. 하지만 노부히코는 거기에 흔들리
지 않고 낮고 침착한 목소리로 말했다.

"유키에를 데려가게."

"뭐라고?"

진뿐 아니라 도시아키와 기도도 동시에 그렇게 소리를 질렀
다. 다카유키도 하마터면 입을 열 뻔했다.

"이봐, 당신 제정신이야? 죽은 사람을 인질로 데려가서 어
쩌라는 거야. 그래 봐야 위협도 무엇도 안 될 텐데."

진이 어처구니없다는 투로 말했다.

"자네들이 인질을 데려가는 목적은 우리의 신고를 늦추려는 것 아닌가. 유키에만 데려가도 그 목적은 충분히 달성될 거야. 우선 이렇게 하지. 자네들이 데리고 간 사람은 죽은 유키에가 아니라 살아 있는 유키에야. 그런데 그녀가 자네들의 비밀을 알아 버리는 바람에 도주 중에 죽여서 시신을 유기한 것이다."

"이봐."

진이 웃음기를 띤 목소리로 말했다.

"어떻게 그런 뻔뻔한 소리를……. 살인죄까지 우리에게 덮어씌우자는 건가?"

"얘기를 끝까지 들어 봐."

노부히코가 타이르듯 말했다.

"자네도 지금까지 우리의 대화를 들었으니 잘 알 테지. 유키에를 죽인 범인은 우리 중에 있을 확률이 높네. 그런데 이 일이 세상에 알려지면 모리사키가의 신용에 오점이 남아. 나아가서 모리사키 제약의 이미지에도 큰 타격을 입게 되겠지. 따라서 우리로서는 유키에 살인 사건을 어떻게든 은밀하게 처리하고 싶네. 그러자면 자네들이 인질로 데리고 다니던 끝에 살해했다는 상황을 만드는 편이 가장 의심을 덜 받는 방법이지. 경찰에서도 믿을 거야."

"그렇게 하면 당신들이야 좋겠지만 우리에게 좋을 게 뭐가 있어?"

"과연 그럴까? 자네들이 시신을 가져가 주기만 한다면 세 사람의 안전이 확보될 때까지 경찰에 신고하지 않겠다고 약속하겠네. 무슨 소린지 알겠나? 그런 상황이라면 우리 쪽 역시 자네들이 경찰에 잡히면 곤란해."

다카유키는 노부히코의 책략에 혀를 내둘렀다. 과연 그렇게만 된다면 인질로 누군가를 보내지 않아도 되고 유키에의 죽음에 대한 진상도 묻어 버릴 수 있다. 노부히코로서는 강도에게 감금당했었다는 사실이라면 몰라도 살인 사건만큼은 절대로 세상에 알리고 싶지 않을 것이다.

진을 비롯한 강도들도 이 엉뚱한 제안에 당혹감을 느끼는 눈치였다. 아무 대답을 못한 채 눈동자를 굴리며 서로의 얼굴만 바라봤다.

그런데 방해 공작은 뜻하지 않은 방향에서 들어왔다.

"아버님, 저는 사건을 은폐하자는 데에는 반대합니다. 무슨 수를 써서든 범인을 밝혀내고 진상을 명백히 해야 한다고 생각해요."

그렇게 말한 사람은 게이코였다. 그런 그녀에게 노부히코가 말했다.

"범인이 경찰에 체포되는 것만이 해결은 아니야. 세상에는

262

감추고 우리 힘으로 다시 진상을 추적하면 되지 않겠니?"

"하지만……."

"너와 이런 풋내 나는 토론을 벌일 생각은 없다. 내게는 지켜야 할 것이 많아. 너는 이해할 수 없을지 모르지만."

두 사람 간에 그런 대화가 오가는 사이 후지와 의논을 했는지 진이 다가와서 말했다.

"나쁜 제안은 아닌데 우리 쪽으로서는 안심할 수가 없단 말이지. 도중에 당신네들이 마음이 변하지 않는다는 보장이 없잖아. 우리가 여기서 나간 후에 결국 모든 것을 공표하는 것으로 방침을 바꾸면 골치 아프단 말이야."

"그런 일은 절대 없을 걸세. 내가 보장하지."

"당신이 보장하는 것만 가지고는 믿을 수 없어. 저 여자는 반대한다잖아."

저 여자란 게이코를 두고 하는 말인 듯했다.

"그리고 말은 안 해도 당신의 방침에 반대하는 자가 또 있을 수도 있어."

"내가 책임지고 전원을 설득하겠네. 자네들을 배신하는 일은 없을 거야."

"우리에게 그 말을 믿으라는 건 무리야."

"제발 부탁일세. 나를 믿어 줘. 나로서도 살인 사건만은 세상에 알려지지 않아야 하네."

"지금이야 무슨 말이든 못하겠어."

진이 꿈쩍하지 않자 노부히코는 입을 다물고 말았다. 그래서 결국 포기했나 생각했는데 그렇지는 않았다. 잠시 후 그가 다른 얘기를 꺼냈다.

"물론 이쪽의 약점을 쥐고 있는 게 자네들에게는 필요한 일이겠지."

노부히코가 목소리를 조금 낮추어 말했다.

"그러니까 인질을 데려가겠다는 거잖아. 그게 바로 약점을 쥐는 거지."

"인질을 어디까지 데려갈 텐가. 끝까지 데리고 다닐 수는 없는 일 아니야? 결국은 자네들 손을 떠나게 될 걸세. 그 인질의 안부가 확인되는 시점에 반대로 우리가 자네들의 약점을 쥐게 되는 거지."

"약점을 쥐면 어떻게 하겠다는 건데?"

진이 비웃듯이 물었다.

"당연히 자네들에 대해서 알고 있는 모든 것을 경찰에 얘기하겠지. 자네들의 인상착의, 그리고 진, 다구, 후지라는 호칭……."

"어디 실컷 지껄여 봐. 그 정도 실마리로 경찰이 과연 뭘 할 수 있을까? 거참, 구경할 만하겠군."

진이 장난스럽게 하는 말을 무시한 채 노부히코는 이야기를 계속했다.

"동료 중 한 명이 은행의 내부 사람이라는 것까지 말해도 괜찮겠나?"

콰당, 무언가가 바닥에 부딪치는 소리가 났다. 아마도 의자일 것이다. 후지가 놀라서 일어서는 바람에 의자가 넘어지지 않았을까, 다카유키는 그렇게 상상했다.

"아니, 후지, 내가 말한 게 아니야. 이 사람들이 우리 대화를 듣고 멋대로 짐작한 것뿐이라고."

후지라는 인물이 어떤 반응을 보였는지 다카유키는 눈에 보이는 듯했다. 진이 당황하고 있다는 게 그 증거다.

그들이 다시 수군거리며 뭔가를 의논하기 시작했다. 이번에는 아까보다 한층 길게 느껴졌다.

"정말 그럴 생각이세요, 아버지?"

옆에서 도시아키가 속삭였다.

"물론이다. 너도 협조해 다오. 물론 다른 사람들도."

"어떻게 끝까지 숨겨요. 일본 경찰은 만만치가 않단 말입니다. 유키에가 이 별장에서 살해당했다는 건 금방 탄로 날 일이라고요."

"걱정 마라. 탄로 나지 않을 거다. 이런 상황에서 살인 사건이 벌어졌으리라고는 경찰도 생각지 못할 거야."

"하기야 경찰 아니라 그 누구라도 믿지 못할 얘기죠."

마침내 발소리가 다가왔다. 결론이 난 모양이다.

"어떻게 되었나, 나와 거래를 하겠나?"

노부히코가 대답을 재촉했다.

"미안하지만 그 거래에 응하지 않기로 했어."

그렇게 대답하는 진의 목소리에서 지금까지와는 달리 딱딱함이 느껴졌다.

"왜지? 거래에 응하는 게 자네들로서도 최선일 텐데."

"상황이 달라졌어. 그보다 더 확실한 길을 선택하기로 했을 뿐이야."

"확실한 길?"

"그래, 당신네들 모두를 죽이는 방법이지."

4

몇 초 동안 아무도 입을 열지 않았다. 다카유키도 그렇지만 다른 인질들도 너무 놀란 나머지 할 말을 잃은 것이다. 반면에 진은 인질들의 그런 애처로운 반응을 즐기고 있을지도 몰랐다.

"어떻게 그럴 수가…… 농담이겠지."

기도가 떨리는 목소리로 말했다.

"안됐지만 농담이 아니야. 여러 가지로 의논해 봤는데, 그게 가장 확실한 방법이라는 결론이 났거든. 너무 나쁘게 생각하지 말라고."

"죽일 필요까지는 없잖아. 너희들 얘기는 아무에게도 하지 않을게. 약속해. 제발 죽이지만은 말아 줘."

기도는 거의 울먹이면서 애원했다. 눈물을 흘리고 있을지도 몰랐다. 그가 그렇게 비참하게 구는 덕분에 다카유키와 다른 사람들은 오히려 냉정을 되찾았다.

"일곱 명을 다 죽이겠다는 말인가?"

다카유키가 물었다.

"응, 그런 얘기지."

"그게 어떤 의미인지 알기는 하나? 만에 하나 잡혔을 경우 너희 셋 다 사형이야."

대답이 들릴 때까지 잠시 틈이 있었다. 진이 후지와 의논하고 있다고 다카유키는 생각했다. 그들의 행동에 대한 결정권을 후지가 쥐고 있는 것이다.

"잡힐 리 없지."

마침내 진이 말했다.

"안 잡히기 위해서 당신네들 전부를 죽이겠다는 건데. 게다가 잡힌다고 해서 다 사형을 당하는 건 아니야. 반성의 빛을 보이면 변호사들이 잘 알아서 해 주거든."

"미쳤어."

게이코가 외쳤다.

"당신들은 인간이 아니야."

"어쩔 수 없잖아."

진이 그렇게 말했을 때 누군가가 갑자기 울음을 터뜨렸다. 아쓰코의 목소리였다. 그런데 뒤이어 찰싹! 하고 무언가를 때리는 소리가 나더니 그녀가 헉, 소리를 내며 울음을 그쳤다. 진의 목소리와는 다른 방향인 걸로 봐서 후지가 그녀의 뺨을 때린 건지도 몰랐다.

"시끄럽게 굴지 마. 후지를 화나게 하지 말라고."

진이 소리쳤다.

무슨 수를 써야겠다고 다카유키는 생각했다. 후지는 생각보다 잔인한 인간이다. 전원을 죽인다는 방침도 후지가 세웠을 것이다.

"모두 죽이겠다고 했는데, 어떻게 죽일 작정이지?"

도시아키가 물었다. 그러자 잠시 또 틈이 생겼다. 소곤거리는 진의 목소리가 들린다. 후지에게 무슨 지시를 받고 있는 듯했다.

"그런 걸 당신네들에게 말할 필요는 없지. 걱정하지 말라고. 한 명씩 죽이는 잔인한 짓은 하지 않을 테니까. 다 함께 묻어 주지."

"묻어?"

"다구, 후지 차에 휘발유가 있대. 가서 가져와."

"휘발유……, 불을 지를 생각인가?"

도시아키가 묻자 진이 헛기침을 했다. 긍정인 것이다. 아쓰코가 다시 소리 내어 울기 시작했다.

"모리사키 씨, 당신 잘못이야. 당신이 괜한 거래를 하자고 해서 일이 이렇게 된 거라고. 잠자코 있었으면 인질 한 명으로 끝날 문제였는데."

기도가 마구 악을 썼다. 죽음을 눈앞에 두자 이성을 잃은 것이다. 자신이 인질이 되는 일은 없었을 거라는 인식 때문에 속내를 고스란히 드러내 놓고 있었다.

"잠깐. 후지, 너에게 말한다. 다시 한 번 아버지가 제안한 거래를 생각해 보지 않겠나? 구미가 당기기는 할 텐데."

도시아키가 필사적으로 말했다.

"그건 이미 끝난 얘기야. 당신네들이 후지의 신원을 눈치챈 이상 살려 둘 수는 없어."

"우리가 그걸 경찰에 얘기할 거라고 생각하나? 아버지도 말했지만, 시신을 가져가는 이상 우리도 너희가 잡히지 않기를 바랄 거야. 우리 목을 스스로 조르는 짓은 하지 않는다고."

"후지는 그 말을 못 믿겠다는군. 믿을 만한 재료가 없다고 말이야."

대답은 진이 했지만 이제야 후지의 의사가 정확하게 밝혀진 것이었다.

"재료가 없으니 그 거래에 응하는 것은 우리 입장에서 도박이야. 도박이 무서운 건 아니지만, 위험성이 높은 대신 얻는 게 별로 없거든. 경찰에 늦게 신고한다는 정도로는 거래에 응할 수 없지. 그렇다면 당신네들 모두를 죽이고 여기서 나가는 편이 훨씬 간단해."

그때 다구가 돌아오는 발소리가 들렸다. 휘발유 냄새가 희미하게 코끝을 스쳤다.

"수고했어."

진이 말했다.

"후지, 어떻게 뿌리면 되지?"

다구가 물었다. 사소한 일 하나까지 지시를 받는 모양이다.

"그래, 알았어. 라운지 주위에 죽 뿌리고, 그다음에 이 사람들에게 끼얹고서 불을 붙이라는 거지?"

"그래야 확실하니까."

진이 그렇게 말한 직후 액체가 쏟아지는 소리가 났다. 동시에 휘발유 냄새가 라운지를 가득 채웠다.

"살려 줘!"

기도가 절망적으로 외쳤다.

"잠깐. 잠깐만 기다려 줘, 후지. 아직 여기 있지? 내 얘기 좀 들어 보라고."

도시아키가 다급하게 말했다.

"이미 늦었어. 포기해."

"아무튼 들어 봐. 당신은 조금 전에 얻는 게 없다고 했어. 하지만 여기서 우리 모두를 죽이는 것보다는 나을 거야. 왜냐하면 우리가 거짓말을 하는 방법도 있잖아."

순간 정적이 덮쳤다. 곧이어 진이 "다구, 중지!"라고 외쳤다.

"무슨 거짓말을 하겠다는 거지?"

진이 물었다.

"어떤 것이든. 범인은 한 사람, 키가 크고 젊은 남자였다고 할 수도 있고, 외국인이었다고 증언할 수도 있어. 아무튼 너희들 쪽에 유리하게 거짓말을 해 주지."

"잠깐 기다려 봐."

발소리가 식당 쪽으로 향했다. 도시아키의 제안이 강도들에게 검토할 만한 가치가 있었던 듯했다.

"이런 꼴을 당하고서도 그들을 비호하라는 말인가요?"

게이코의 물음에 비난하는 듯한 울림이 담겨 있었다.

"살기 위해서야. 아까 아버지도 말씀하셨지만, 풋내 나는 의견은 듣고 싶지 않다."

그러니 두말 말라는 것이었다.

이윽고 진이 돌아왔다.

"애써 의견을 제시했는데 미안하군. 지금 상황에서는 그 조건을 받아들일 수 없겠어. 이번 살인은 우리는 모르는 일이니까 말이야. 게다가 시신을 끌고 다녀 봐야 무슨 좋은 일이 있겠어."

"하지만 우리가 살인 사건을 숨기고 싶어 한다는 건 알잖나."

"그건 그렇지만, 범인이 누군지도 모르는데 약점을 쥐었다고 할 수는 없지."

도시아키는 말문이 막혔다. 그 틈을 노리듯 진이 덧붙였다.

"단, 범인을 확실하게 밝혀낸다면 생각해 보기로 하지. 그렇다고 반드시 살려 준다는 약속은 할 수 없지만 말이야. 아무튼 결과에 따라서 방침을 바꿀 수도 있다는 얘기다."

"범인을 밝혀내라니, 이런 상황에서 어떻게 그러라는 말인가?"

노부히코가 숨이 막힌 듯 갑갑한 목소리로 말했다.

"시간을 주지. 한 시간이다. 그동안 당신네들끼리 토론을 하든 대화를 하든, 범인이 누군지 밝혀내도록. 그러지 못할 경우, 아쉽지만 전원을 죽이겠다. 알겠나?"

"그럼 범인이 누군지만 알면 살려 주는 건가요?"

아쓰코가 물었다.

"결과에 따라서라고 했잖아."

"알겠어요. 그럼 고백하죠. 유키에를 죽인 건······ 나, 바로 나예요."

"뭐라고?"

"어머니, 무슨 말입니까?"

모리사키 부자가 번갈아 외쳤다.

"정말······ 정말이에요. 내가, 내가 유키에를 죽였어요."

그녀의 말이 거짓이라는 것을 다카유키는 이내 간파했다. 강도들의 마음을 바꾸기 위해 자신이 범인임을 자처한 것에 지나지 않았다. 무엇보다 유키에가 살해당했을 시간에 그녀는 줄곧 진과 함께였다.

그녀가 범인이 아니라는 것을 누구보다 잘 아는 진은 콧방귀를 뀌었다.

"거짓말하지 마시죠, 부인."

"아니야, 믿어 줘요. 내가 한 짓이야."

"그럼 묻겠는데, 뜯어낸 일기장은 어디에 있지? 그걸 말할 수 있으면 범인이라고 인정해 주지."

"그건······ 버렸어. 찢어서 화장실에."

"뭐라고 쓰여 있었는데?"

"그러니까, 저, 유키에가 도모미를 죽였다고."

"호오, 그랬어? 그러니까 복수를 했다는 얘기군. 그럼 또 묻겠는데, 그 유키에라는 여자가 당신 딸을 죽였다는 건 어떻게 알았지?"

"뭐?"

조그만 소리로 되묻고서 아쓰코는 말문이 막힌 듯 아무 말도 하지 못했다.

"거봐, 대답을 못하네. 당신 마음은 알겠는데, 나와 밤새 같이 있었으면서 어떻게 사람을 죽였다는 말이야? 속일 생각 말라고."

"나를 범인이라고 하면 되잖아요."

"그럴 수는 없지. 진상을 분명하게 밝히라고, 다들. 알겠어? 시간은 앞으로 55분밖에 남지 않았다."

5

한동안 누구도 입을 열지 않았다. 손발이 묶인 데다 앞도 보이지 않는 상태에서는 말을 한다는 행위에도 신중을 기하게 된다.

"이렇게 된 이상 어쩔 수 없지. 어떻게든 진상을 규명해 보자고. 이렇게 입을 꾹 다물고 있을 때가 아니잖아."

도시아키가 모두를 향해 말했다.

"대체 누구야? 솔직하게 말하라고!"

기도가 소리를 질러 댔다.

"이런 지경에까지 와서 숨겨 봐야 아무 의미 없잖아. 어차피 죽는다고. 그러느니 죄를 고백하는 편이 낫지. 범인을 안다고 한들 경찰에는 말하지 않기로 했으니까."

그의 말은 보이지 않는 상대, 누군지 모르는 상대를 향하고 있었다. 그리고 안타깝게도, 스스로 나서는 사람은 아무도 없었다.

"그럼 이렇게 하죠. 우선 혐의가 없는 사람부터 제외하는 거예요. 어머니는 용의선상에서 제외할 수 있겠죠."

게이코가 먼저 말문을 열었다.

"찬성입니다. 어머님은 불가능하죠."

다카유키도 동의했다.

"하지만 그 외에는 누구도 범인이 아니라고 단정할 수 없잖아."

도시아키가 말했다.

"오늘 아침의 논의에서 거의 모두에게 동기가 있다는 점이 분명해졌어."

"시모조 씨는 제외해도 되지 않을까요?"

다카유키는 그렇게 제안해 보았다. 그녀는 어느 모로 보나 외부인이라고 생각됐기 때문이다.

"아니에요. 그건 논리적이지 않아요."

반대하고 나선 사람은 다름 아닌 시모조 레이코 자신이었다.

"아까도 말했지만, 숨겨진 관계가 있을지도 모르는 일이죠. 제외를 하려거든 객관적으로 하세요."

"그렇지만 제외하기 위한 재료가 없잖아."

도시아키가 한숨을 푹 쉬었다.

"아니죠. 재료는 있어요. 차분하게 생각해 보면."

시모조 레이코가 단호하게 말했다. 그 말투가 너무도 여유롭게 들려 다카유키는 의아한 기분이 들었다. 잠시 정적이 감돌았다.

"허, 외부인인 자네 입에서 그렇게 자신만만한 말이 나올 줄은 몰랐군. 그래서 어떤 근거가 있다는 거지?"

도시아키의 말투는 거의 비난조였지만, 그 말에 기대가 담겨 있는 것도 분명했다.

"우선 이곳에 감금된 후의 일을 하나하나 짚어 보죠."

시모조 레이코는 또렷하게 들리는 낭랑한 목소리로 이야기를 시작했다.

"저도 그렇지만 다카유키 씨도 여러 가지 수단으로 이 같은 상황을 밖에 알리려고 시도했습니다."

그녀는 지면에 SOS라는 글자를 쓴 것과 타이머를 사용해 정전을 일으키려 했던 일 등을 예로 들었다.

"뭐라고? 나도 모르게 그런 짓을 했단 말이야!"

불현듯 진의 목소리가 머리 위에서 쏟아졌다. 그들은 위에서 이쪽의 대화를 듣고 있는 모양이었다.

"하지만 결국은 전부 실패로 끝났어요. 누군가가 방해했기 때문이죠."

그 방해에 대해서 설명하자 진이 이번에는 신기하게도 이렇게 말했다.

"누가 그런 방해 공작을 한 거야, 어? 분명히 말하는데, 난 아니야."

"문제는 왜 방해를 했느냐는 거예요. 그 시점에서 저는 아무 것도 눈치채지 못했어요. 그런데 유키에 씨가 살해당했다는 것을 알았을 때 비로소 그 의미를 깨달았죠."

"방해한 자가 유키에 씨를 죽인 범인이고, 전부 범행을 위한 준비였다…… 그런 말이군요."

다카유키는 자신도 줄곧 생각해 왔던 바를 말했다.

"아마 그렇겠죠. 범인은 그녀를 살해하고 그 죄를 강도범에게 덮어씌우려고 했을 거예요. 그래서 그때까지 감금 상태를 유지할 필요가 있었던 거죠."

"거기에다 시신의 발견을 늦추려는 속셈도 있었을 겁니다."

다카유키가 말했다.

"경찰의 조사가 늦어지면 늦어질수록 진상을 밝힐 수 있는 확률이 낮아지니까요."

"저도 그렇게 생각해요."

"그렇다면 범인을 좁힐 수 있는 재료가 두 가지 생긴 셈이군. 한 가지는 누가 SOS라는 글자를 지웠는가. 또 한 가지는 누가 정전 작전을 저지했는가."

논의의 실마리가 풀리자 도시아키의 목소리에 흥분감이 묻어났다.

"먼저 SOS부터 얘기하죠. 다카유키 씨는 제가 지면에 SOS라고 썼다는 사실을 누구에게 얘기했나요?"

"전 아무에게도 말하지 않았는데요."

"그렇군요. 저 역시 아무에게도 말하지 않았어요."

"그렇다면 범인은 우연히 그 글자를 봤다는 얘긴데, 화장실 창문으로 글자가 보였을지도 모르겠군."

노부히코가 혼자 중얼거리듯 말했다. 시모조 레이코는 아무 대꾸도 하지 않았다.

"다카유키 씨 외에 그런 글자를 썼다는 사실을 알았던 사람은 말씀해 주세요."

하지만 아무도 나서는 사람이 없었다.

"이런 상황에서 범인이 스스로 그런 사실을 밝힐 리 있겠어?"

도시아키가 말했다.

"그렇겠죠? 그럼 다음 질문을 하죠. 타이머 얘긴데요, 이 계획에 대해서는 여러분 모두 알고 계셨을 겁니다. 어제저녁 7시 정각에 정전이 되도록 타이머를 설치했었죠. 그런데 그 타이머가 망가져 있었습니다. 이건 그 전에 화장실에 들어간 사람이 수상한 거겠죠. 이제 묻겠습니다. 정전 계획을 알게 된 후에 화장실에 가신 분은 말씀해 주세요."

"내가 갔는데."

먼저 아쓰코가 나섰다.

"하지만 타이머는 건드리지도 않았어요. 난 기계에 대해서는 아무것도 모르는 사람이라 아예 만지지를 않아요."

"나도 갔지. 아마 6시쯤이었을 거야. 타이머를 설치한 직후로군. 물론 그 시점에는 별다른 이상이 없었어."

노부히코가 부담감이 느껴지지 않는 말투로 말했다.

"나도 갔어요."

이번에는 게이코였다.

"그 타이머가 어떤 것인지 보고 싶었어요. 저도 기계에는 약하지만, 언뜻 보기에 별 이상이 없는 것 같았는데."

"나도 화장실에 가기는 했지만 타이머의 상태는 확인하지 않았는데……."

기도의 목소리가 끝에 가서 희미하게 떨렸다.

"화장실에 간 사람은 이뿐인가? 더 있었을 텐데……."

도시아키가 그렇게 중얼거렸지만 자신 있는 말투는 아니었다. 실은 다카유키도 같은 생각이었다. 그런데 기억이 잘 나지 않았다. 기도가 화장실에 간 사실만 어렴풋이 기억에 남아 있을 뿐이었다.

"아무래도 좁혀지기 힘들 것 같군. 시간도 없는데 그 방향은 이제 접는 게 어떻겠나."

"아버지, 무슨 다른 묘안이 있으세요?"

"묘안이라고 할 정도는 아니지만, 예를 들어서 동기를 다시 한 번 검토해 보는 것도 한 방법일 것 같은데. 이미 여러 가지 가능성이 제기됐지만 어느 것이나 설득력이 부족한 것 같아서 말이야."

"어떤 부분에 설득력이 없다는 말씀이시죠?"

자신의 가설에 트집을 잡는다고 느꼈는지 게이코가 대뜸 따지고 들었다.

"딱히 어떤 부분이 그렇다기보다 전체적으로 현실적이지 못하다는 생각이 들었어. 내 생각에 살인이란 충동적으로 저지르는 것 아닐까 싶어서 말이야."

"아니죠. 충동적이었다면 그런 방해 공작이 설명되지 않습니다. 게다가 지금은 동기부터 확인할 여유가 없어요. 아무튼 시모조 씨의 얘기를 좀 더 들어 보자고요."

도시아키가 얘기의 바통을 다시 레이코에게 넘겼다.

"게이코 씨, 게이코 씨는 타이머를 얼마 동안 보고 있었나요?"

시모조가 게이코에게 물었다.

"그리 자세히 보지는 않았어요. 다만 코드가 끊어져 있지는 않았어요. 그건 분명해요."

그녀의 말을 믿는다면, 그 단계에서는 범인이 아직 화장실에 가지 않았다는 얘기다. 그렇다면……

"나는 아니야. 나는 그런 짓을 하지 않았어."

기도가 말했다.

"기도 씨, 흥분하지 마세요. 난 아직 아무 말도 하지 않았어요."

"하지만 게이코 씨 이후에 화장실에 간 사람은 나밖에 없잖아."

"기도 씨의 입장이 미묘하다는 건 알아요. 하지만 그 정도 일로는 의심하지 않습니다. 침착하세요."

앞이 보이지 않는 부자연스러움 때문인지 기도는 발정 난 개처럼 숨을 씩씩거렸다.

"자, 그럼,"

시모조 레이코는 한층 더 냉정한 목소리로 말했다.

"다음 질문을 하죠. 여러분 중 이번 여행에 수면제를 가져오신 분 있나요?"

"수면제?"

도시아키가 별 질문을 다 한다는 듯이 반문했다.

"난 조금 가져왔는데. 방에 있는 가방에 들어 있어요. 여행을 떠나면 잠이 잘 오지 않아서요."

아쓰코가 그렇게 말하자 기도도 웅얼거리듯 말했다.

"나도 가방에 들어 있어. 그런데 그게 어쨌다는 거야?"

"그건 나중에 설명하죠. 다른 사람은 없나요? 그럼 사모님, 그리고 기도 씨, 그 약을 누군가에게 주지는 않았나요?"

두 사람은 아무에게도 주지 않았다고 대답했다.

"대체 그 질문의 취지는 뭐지?"

"사장님, 설명은 나중에 하겠습니다."

'나중에'라는 말에 약간 힘이 들어간 점이 다카유키는 이상하게 마음에 걸렸다.

"탐정의 탐문 조사는 다 끝난 건가?"

시모조 레이코가 대충 얘기를 끝낸 듯하자 진이 위에서 말했다. 그리고 계단을 내려오는 발소리가 들렸다.

"얘기가 끝난 걸 보면 범인이 얼추 밝혀진 모양이군."

"자, 잠깐, 기다려. 아직 시간이 남지 않았나. 이렇게 뭐가 뭔지 모르는 상태에서 뭘 해명할 수 있겠어."

노부히코가 당황한 기색으로 말했다. 다카유키도 동감이었지만 이제 뭘 해야 하는지 도무지 알 수 없었다.

"사장님은 그렇게 말씀하는데 탐정님은 어떠신가, 시간이 더 필요한가? 30분은 더 기다릴 수 있는데."

그러나 시모조 레이코는 침착한 목소리로 대답했다.

"아니요. 이제 됐어요. 모든 걸 알았으니까요."

"알았다고?"

도시아키가 소리를 내질렀다.

"방금 나눈 대화로 범인을 알아냈다는 말인가?"

"네, 그렇습니다. 전부 제가 추리한 그대로였어요."

"좋아, 이거 흥미롭군. 그럼 이제 얘기해 봐. 누가 범인이지?"

진이 윽박질렀지만 레이코는 짐짓 딴청을 부렸다.

"그러기 전에 이 가리개만이라도 풀어 줄 수 없을까요? 아무 것도 보이지 않으니까 상황을 설명하기가 어렵네요."

"하는 수 없지. 다구, 전원의 눈가리개를 풀어 줘."

6

눈가리개를 벗겨 내자 희미한 빛에도 눈이 부셔서 다카유키는 몇 번이나 눈을 깜박거렸다. 다른 사람들도 마찬가지였다.

다카유키는 주위를 두리번거렸다. 후지의 모습이 보이지 않았기 때문이다. 도시아키도 주위를 둘러보고 있었다.

"후지는 2층에 있어. 얼굴을 보일 수 없으니까 말이지."

"본다고 해도 경찰에는 말하지 않을 거야."

도시아키가 말했다.

"그런 말을 무턱대고 믿을 수는 없지. 아무튼 빨리 시작해 보라고."

진의 재촉에 모두들 시모조 레이코를 주목했다. 그녀가 심호흡을 한 번 했다.

"제가 그 사람을 의심하게 된 계기는 예의 SOS란 글자가 지워진 것 때문이었습니다. 우선, SOS를 지울 수 있는 사람은 누구인가? 이는 화장실에서 호스로 물을 뿌리기만 하면 되는 일이니까 누구나 가능했다고 할 수 있죠. 다만 거기에는 이런 문제가 남습니다. 화장실 창문 바로 밑에 SOS 라는 글자가 쓰여 있다는 것을 그 인물이 어떻게 알았느냐 하는 것이죠. 그 사실을 아는 사람은 저와 다카유키 씨뿐이었는데 우리 둘은 아무에게도 말하지 않았거든요."

"그렇다면 창문을 내다봤다가 우연히 발견한 거겠지."

레이코의 우회적인 말투가 답답하다는 듯 진이 말했다.

"아니요. 그럴 리는 없어요. 창문 바로 아래였기 때문에 화장실 안에서는 보이지 않았을 거예요. 당신들에게 들키지 않도록 내가 그런 곳에다 썼으니까."

헉, 하고 모두들 숨을 삼키는 것처럼 보였다. 다카유키도 그

것까지는 몰랐다.

"그렇다면……."

도시아키가 그렇게 말하자 모두의 시선이 다카유키에게 쏠렸다.

"아니요, 다카유키 씨는 아니에요. 글자가 지워졌다는 걸 제게 알려 준 사람이 바로 다카유키 씨였으니까요. 만약 다카유키 씨가 지웠다면 아무 말도 안 했겠죠."

"그럼 얘기가 모순되잖아. SOS에 대해서 알고 있는 사람은 둘뿐이었다면서."

"네, 그러니까 우연히 발견한 사람이 따로 있었다는 거죠."

"어떻게 발견했단 말이야, 안에서는 보이지 않는다면서?"

진이 짜증 난 목소리로 말했다.

"네, 화장실 창문에서는 보이지 않아요. 하지만 2층 창문에서는 보였을 겁니다."

"2층?"

진의 얼굴이 일그러졌다.

"그럴 리 없지. 지금 들은 바로는 그 SOS가 어쩌고 할 때는 모두 1층에 있었잖아. 2층에 올라간 자는 한 명도 없었어."

"아니요, 딱 한 사람 있었습니다."

"누구야, 그게?"

시모조 레이코는 천천히 눈을 움직여 한 인물에게 시선을 고정했다.

"모리사키 사장님입니다."

"뭐야? 그럴 리가……."

도시아키의 눈에 핏발이 섰다. 노부히코는 아무런 표정의 변화 없이 비스듬히 아래쪽을 내려다보고 있었다.

"기억하시나요? 사장님은 사모님이 걸칠 것을 가져오고 싶다고 하셨잖아요. 아마 그때 창문으로 우연히 그 글자를 본 거겠죠."

"그렇군. 이 인간이 그때 창문으로 바깥을 내다본 거야. 틀림없어."

지금까지 잠자코 있던 다구가 불쑥 끼어들었다. 그러고 보니 그때 노부히코를 따라 같이 간 자는 다구였다.

노부히코가 천천히 고개를 들었다. 그리고 자신의 믿음직한 비서를 바라보았다.

"그 정도 일로 나를 범인 취급 하려는 건가."

"아니에요. 다만 그것이 제가 사장님을 의심하는 계기가 된 것만은 분명합니다."

"아쉽군. 자네에게 이런 의심을 사게 되다니."

노부히코는 대담한 미소를 띠고서 고개를 좌우로 흔들었다.

"저도 아쉽습니다. 하지만 타이머가 망가졌던 일까지 감안하면 사장님이 범인일 수밖에 없어요."

"무슨 뜻이지?"

다카유키가 물었다.

"아까도 확인했지만, 타이머가 설치된 후에 화장실에 간 사람은 여러 명이에요. 그렇다면 범인도 그때 타이머를 망가뜨렸을까요? 범인의 심리상 아마도 그렇지 않을 거예요."

"그건 또 왜지?"

"생각하기에 따라서 상당히 위험 부담이 따르는 일이기 때문이죠. 범인이 타이머를 망가뜨린 후 아무도 화장실에 들어가지 않으리라는 보장이 없잖아요. 그 후에 들어간 사람이 타이머가 망가졌다는 사실을 알게 되면 바로 직전에 들어간 사람이 당연히 의심을 받게 될 테니까요."

"호오, 듣고 보니 그렇군."

진이 감탄스럽다는 듯 말했다. 다구도 응응, 하면서 고개를 끄덕였다.

"몇 번이나 말하지만, 제가 들어갔을 때 타이머는 작동하고 있었어요."

게이코가 말했다.

"그러니까 범인으로서도 그 시점까지는 의심받지 않기 위해 타이머를 망가뜨릴 수 없었을 거예요. 그렇다고 설정된 시간에 정전이 되도록 놔두고 싶지도 않았을 거고요. 그래서 결국 범인은 타이머의 눈금을 조작했을 거라고 생각해요. 7시

정각인 것을 7시 20분 정도로 맞춰 놓는 식으로 말이죠. 그래서 예정된 시간이 되어도 불이 꺼지지 않았던 거고요. 모두가 이상하게 여기는 가운데 범인은 상황을 보러 가는 척하면서 화장실에 가서는 그제야 코드를 끊고 타이머를 망가뜨렸을 거예요. 그런 다음 모두에게 알린 거죠. 누군가가 타이머를 망가뜨렸다고요."

다카유키는 숨을 삼키며 노부히코를 보았다. 시모조 레이코가 말한 대로였다. 정전 계획이 실패로 돌아갔다는 것을 알았을 때 맨 먼저 화장실로 간 사람이 노부히코였다.

"어이가 없군."

노부히코가 내뱉듯이 말했다.

"무슨 근거로 그런 말을……."

"사장님이 준비한 게 한 가지 더 있습니다. 저 덩치 큰 사람에게 수면제를 먹인 것이죠."

아, 하면서 모두 다구를 보았다. 듣고 보니 또 그랬다. 전날 밤 이 남자가 곯아떨어진 것도 우연이라고 생각되지는 않았다.

"사모님이 걸칠 옷을 가지러 2층 방에 갔을 때 사모님 가방에서 수면제를 꺼내 왔을 거라고 생각합니다. 그리고 저녁때 틈을 봐서 맥주에 섞어 저 사람을 잠재웠겠죠. 그런 다음 갖가지 구실을 대면서 각자 자기 방으로 들어가 쉴 수 있도록 교섭을 한 겁니다."

"그렇군. 생각해 보니 간단한 일이야."

진이 말했다.

"다들 각자의 방으로 들어가지 않았다면 이번 살인은 일어나지 않았겠지. 그렇다면 처음 그 제안을 한 인간이 가장 수상하다는 얘긴데……."

"무슨 뚱딴지같은 소리를! 대체 증거가 어디 있단 말인가. 그리고 내가 왜 유키에를 죽이겠어?"

증거는 없다 해도 그 당황해 하는 모습이 모든 걸 말해 주고 있다고 다카유키는 생각했다. 도시아키와 아쓰코도 같은 생각인지 절망적인 눈길로 그를 바라보고 있었다.

"동기는 게이코 씨가 얘기한 그대로입니다. 유키에 씨는 도모미 씨를 고의로 살해했어요. 그래서 그 복수를 한 거죠. 사장님이 이 별장에 모두를 소집한 것도 그런 목적이었을 겁니다. 어쩌다 강도들이 나타나서 계획이 좀 변경되기는 했지만 그러한 조건까지 이용한 것이겠죠."

"말도 안 되는 소리. 도모미의 죽음이 사고였다고 믿는 내가 유키에를 의심할 리 없잖나."

"아니에요. 사장님은 알고 계셨을 겁니다. 처음 도모미 씨의 유품을 건네받은 사람이 사장님이었다고 하던데요. 그때 필 케이스가 비어 있지 않았나요?"

"비어 있었다고?"

도시아키가 아버지의 얼굴을 보았다. 노부히코의 관자놀이에 한 줄기 땀이 흘렀다.

"뭐라는 건지 도무지……."

"필 케이스는 비어 있었어요."

레이코가 다시 말을 이었다.

"하지만 사장님도 그때는 별다른 의심을 품지 않았겠죠. 그런데 그 후에 사모님이 필 케이스를 열었을 때는 약이 들어 있었어요. 그때부터 뭔가 이상하다고 생각하지 않으셨나요? 사장님이 봤을 때는 분명히 없었던 약이 담겨 있었으니까요. 사장님은 유품을 사모님에게 보이기 전에 유키에 씨에게 맡기셨어요. 그렇다면 비어 있는 필 케이스에 약을 넣은 사람은 유키에 씨라는 얘기가 되죠. 그녀는 왜 그런 짓을 했을까요?"

"도모미가 약을 먹었다는 사실을 숨기기 위해서겠죠."

게이코가 두 눈을 동그랗게 뜨고서 말했다.

"유키에 씨는 도모미의 필 케이스에 든 약을 수면제와 바꿔치기한 거예요. 그런데 그녀가 계획한 대로 도모미가 죽었을 경우 걱정되는 점이 있었겠죠. 경찰이 의심을 품고 시신을 해부하는 것. 그러니 어떻게든 약을 먹지 않은 것처럼 보이도록 필 케이스에 원래대로 약을 넣어 둔 거겠죠."

"아마 그랬을 거예요. 그리고 사장님도 결국 그 사실을 알아차린 거겠죠. 그래서 언젠가는 유키에 씨에게 복수를 할 생각이었고요."

"엉터리야, 터무니없는 소리 그만하라고!"

노부히코가 입에 거품을 물고 덤벼들 듯한 눈빛으로 시모조 레이코를 노려보았다. 사장으로서의 체면을 송두리째 내던진 그 모습에 모두의 의혹이 사실로 드러나고 있었다.

"모리사키 씨, 왜 그런 짓을……."

기도가 원망에 찬 시선으로 그를 보았다.

"여보, 당신……."

"아버지, 사실대로 말씀해 보세요."

아내와 아들이 절박한 눈으로 바라보자 노부히코도 더는 견딜 수 없었던지, 뒤로 손이 묶인 채 일어나서는 베란다를 향해 뛰어갔다. 어느 틈엔가 발을 묶은 끈은 풀려 있었다.

"어, 기다려!"

진과 다구가 쫓아갔다. 그러나 이미 때가 늦었다. 노부히코는 그 나이에 상상도 하기 어려운 민첩함으로 베란다 난간을 넘어 뛰어내렸다.

"여보!"

아쓰코가 외친 직후에 무언가가 호수에 떨어지는 소리가 들렸다.

제6막

악몽

1

진과 다구가 베란다로 나가 한참이나 호수를 내려다보더니 끝내 포기했는지 안으로 들어왔다.

"틀렸어."

진이 말했다.

"떠오르지 않아. 안됐지만 살아날 가망이 없어 보이는군."

그 순간 아쓰코가 대성통곡하기 시작했다.

"아아, 이게 무슨 일이람. 죽을 것까지는 없잖아. 뭔가 해결책이 있을지도 모르는데."

다른 사람들은 침묵을 지켰다. 그중에서도 시모조 레이코는 노부히코를 몰아붙인 책임을 느끼는지 고개를 푹 숙인 채 얼굴을 고통스럽게 찡그리고 있었다.

"다구, 사람들을 지켜봐. 후지와 의논 좀 하고 와야겠어."

그러고서 진은 계단을 올라갔다. 후지는 다카유키의 방에 있는 것 같았다.

믿을 수 없는 사건에 모두들 망연자실해 있었다. 무거운 침묵 속에서 아쓰코의 울음소리만 계속됐다.

잠시 후 2층에서 진이 내려왔다.

"당신들에게 좋은 소식이야. 모두를 죽이는 건 취소하기로 했어. 우리는 내일 동트기 전에 나갈 거야. 그때 그쪽에서 제안한 대로 여자의 시신을 가져가도록 하지. 경찰에는 인질로 데려갔다고 해. 그리고 저 남자는 우리에게서 도망치려다 베란다에서 뛰어내린 것으로 하고."

"그 외에는 경찰에 뭐라고 하지?"

도시아키가 물었다.

"우리의 인상착의에 대해서는 은행 사람들에게 목격되기도 했기 때문에 지나친 거짓말을 하면 오히려 수상하게 여길 거야. 그러니까 이렇게 말하라고. 강도들은 간사이 지방 사투리로 얘기했다. 그리고 그쪽으로 도주한다는 말을 했다. 알았나? 그렇게 하면 경찰의 움직임에 혼선이 빚어지겠지."

"알았어, 그렇게 말하지."

유키에의 살인범이 노부히코라는 것은 모리사키가 사람들로서는 반드시 은폐하고 싶은 일이었다. 강도들도 그 점의 중요성을 인식했기에 조건을 받아들이기로 했을 것이다.

"그런데 당신들 두 사람은 그렇다 치고, 나머지 사람들의 입단속도 보장해 주는 거겠지?"

진이 도시아키와 아쓰코 이외의 사람들을 둘러보며 말했다.

"걱정 마. 내가 어떻게든 협력하게 할 테니까. 날 믿어."

도시아키가 다카유키와 나머지 사람들을 보면서 대답했다.

굳이 설득하지 않아도 다카유키는 이 일을 경찰에 누설할 마음이 없었다. 게이코도 도모미의 원수를 갚았다는 점에서 노부히코에게 동정적인 듯했고, 기도는 유키에의 범행을 공표하는 일만은 피하고 싶은 눈치니 이 두 사람도 문제가 없다. 남은 사람은 시모조 레이코다. 하지만 그녀도 경찰에 진상을 밝혀 봐야 얻을 게 없었다. 상사가 살인범이라는 사실이 앞으로 그녀 인생에 어떤 영향을 미칠지 알 수 없다. 그러니 도시아키는 설득하느라 그리 애쓰지 않아도 될 것이다.

"그럼 우리는 출발할 때까지 잠시 눈을 붙이겠어. 다구, 오늘 밤은 네가 지켜야겠다."

"난 자지 말라는 거야?"

다구가 불만스럽다는 듯이 코를 벌렁거렸다.

"어젯밤에 실컷 잤잖아. 나는 여기 온 후로 거의 한숨도 못 잤다고."

"내가 잔 건 약 때문이잖아."

"무엇 때문이든 잠을 푹 잔 건 사실이잖아. 알겠어? 잘 부탁한다."

진이 양주병을 들고 계단을 올라갔다.

"이렇게 많은 사람을 혼자서 어떻게 지키라는 거야?"

다구가 그렇게 말하자 진이 계단에서 멈춰 섰다.

"묶여 있는데, 뭘."

"싫어. 화장실에도 데려가야 하고. 귀찮고 성가신 일은 이제 하기 싫다니까."

"나도 싫어. 넌더리가 난다고."

기도가 투덜거렸다.

"그래? 그럼 잠깐 기다려 봐."

후지의 방으로 들어간 진이 2, 3분 후에 다시 나왔다.

"좋아, 인질을 각자의 방에 넣은 후 밖에서 문을 못으로 박아. 두 명 이상이 같이 들어가면 또 무슨 짓을 할지 모르니까 한 명씩이다. 내일 아침에 그대로 두고 나가면 이자들이 거래를 헌신짝처럼 팽개친다 해도 경찰에 신고하기까지 시간이 걸리겠지."

"좋은 생각인데."

다구가 반가운 듯 얼굴이 환해졌다.

"단, 전원은 아니야. 한 사람은 라운지에 남겨 놓고 다구 네 놈이 지켜본다. 무슨 일이 생겼을 때 이 별장에 사람이 아무도 없으면 곤란하니까 말이야."

다구가 게이코에게 손을 뻗으려 하자 그녀가 눈살을 찌푸리며 몸을 뒤로 뺐다.

"이왕이면 인질은 남자로 하라는군, 후지가. 여자는 골치가 아프다고. 화장실에 데려가는 것도 큰일이고."

진이 계단 위에서 말했다. 다구는 불만스러운 듯했지만, 결국 게이코의 팔을 잡으려던 손을 내렸다.

"이봐, 거기! 당신이 남아야겠어."

다카유키를 보면서 진이 말했다.

"당신 방을 우리가 사용해야겠거든."

그리고 진은 사람들의 손발을 풀어 준 뒤 각자의 방으로 데리고 가 집어넣었다. 그동안 다구는 창고에서 못과 망치를 가져왔다.

"단단히 잘 박아. 몸으로 몇 번 부딪쳐도 빠지지 않게 말이야. 이삼 일 갇혀 있다고 해서 쉬이 굶어 죽진 않아. 인간이란 그렇게 생겨먹었거든. 그리고 며칠씩 연락이 없으면 회사 사람이나 친척들이 어찌 된 일인지 보러 오겠지."

모두가 방으로 들어가고 나자 진이 다시 내려왔다. 그리고 다카유키 앞에 쭈그리고 앉았다.

"미안하지만 불편하더라도 좀 참아야겠군. 오래 걸리지는 않을 거야. 우리가 나갈 때는 당신도 방에 처넣을 테니까. 손발을 풀어 주고 말이야."

"한 가지 물어봐도 되겠나?"

다카유키가 말했다.

"뭔데?"

"은행에서 얼마나 훔쳤지?"

천으로 다카유키의 눈을 가리려던 진이 동작을 멈췄다.

"그건 왜 묻지?"

"아, 궁금해서 말이야. 도대체 어느 정도의 대가를 기대하고 강도 짓이라는 도박을 하는지."

"우리가 뭐 기업도 아니고, 목표한 액수 같은 건 없어. 물론 많으면 많을수록 좋겠지만. 그렇지, 이번에 3억 정도 털었나."

"3억이라……."

그 금액의 가치가 얼마나 되는지 다카유키는 가늠할 수 없었다. 3억이나, 라고 할 수도 있을 것 같고 겨우 3억, 이라고 할 수도 있을 것 같았다.

"3억을 위해서는 사람을 죽여도 괜찮다는 건가."

"뭐, 꼭 돈 때문만은 아니지. 사람은 누구나 목숨을 걸고 승부에 나설 때가 있는 법이잖아. 그럴 때는 사람을 죽일 수도 있지. 당신은 그렇게 생각하지 않나? 그렇게 생각해 본 적 없어?"

"글쎄……."

뭐라고 대답하면 좋을지 다카유키는 생각이 나지 않았다.

그러나 곧 말을 하고 싶어도 할 수 없게 되고 말았다. 눈가리개도 모자라 입에 재갈을 물린 것이다. 그 상태에서 진이 발로 그를 걷어찼다. 볼에 닿는 바닥의 감촉이 차가웠다.

"애벌레 같은 꼴을 하게 해서 미안하지만 원망하지는 마. 조금 전에도 말했듯이 우리는 당신네들을 죽일 각오까지 했어. 그런데 누구 하나도 다치게 하지 않아서 안도의 숨을 내쉬고 있다고. 두 사람이 죽기는 했지만 그건 우리 탓이 아니잖아?"

진이 그렇게 말하더니 다카유키의 어깨를 톡톡 쳤다. 그리고 진의 발소리가 멀어졌다. 다구가 망치를 두드리는 소리만 리드미컬하게 들려왔다.

2

온몸을 꼼짝도 할 수 없게 묶인 채 다카유키는 혼자 라운지에 남게 되었다. 앞도 보이지 않고, 다만 풀벌레 소리가 희미하게 들릴 뿐이었다. 옆에서 다구가 지키고 있겠지만 그 기척이 느껴지지 않는 이상 고독하기는 마찬가지다.

대체 뭐가 어떻게 된 건지, 다카유키는 지난 이틀 동안 벌어진 일을 다시금 떠올려 보았다. 별장에 도착했을 때까지만 해도 설마 이런 사태에 연루될 줄은 꿈에도 몰랐다.

그러나 다카유키에게 충격적이었던 것은 강도들에게 감금당했다는 사실보다 유키에의 죽음과 그에 얽힌 진상, 그것이었다.

유키에가 도모미를 죽였다. 그리고 그 복수를 위해서 이번에는 노부히코가 유키에를 죽였다.

믿기지 않았다.

유키에가 필 케이스 안의 약을 바꿔치기했다고 하는데 과연 그런 일이 가능할까. 그러나 비어 있는 필 케이스에 약을 몰래 넣은 사람이 그녀라면 그럴 만한 이유가 반드시 있었을 것이다.

그런데 아무리 생각해도 유키에가 사람을 죽이는 따위의 끔찍한 짓을 저지를 것 같지 않았다. 다카유키가 모르는 어떤 사정이 있었다고밖에 생각되지 않았다.

'그날 유키에 씨가 도모미를 만난 것은 사실인 듯한데, 그렇다면……'

어떤 생각이 다카유키의 머리를 스쳤다. 그것은 도모미가 죽은 이후로 그가 계속 믿어 왔던 사실을 송두리째 뒤흔드는 일이었다. 물론 이번 사건의 의미도 전혀 달라진다.

'진정해. 다시 한 번 생각을 정리해 보자.'

스스로 자신을 다독이면서 다카유키는 기억을 차례대로 더듬었다. 그러자 불길한 상상이 점점 현실감을 띠기 시작했다. 그리고 유키에가 자신을 사랑했다는 사실이 좀 더 명확하게 마음에 와 닿았다.

겨드랑이에서 땀이 흘렀다. 오늘 밤은 전에 없이 날씨가 시원하다. 땀이 날 만한 기온이 아니었다.

손발이 묶인 상태에서 다카유키는 몇 번이나 몸을 뒤척였다. 불길한 생각이 머리에서 떠날 기미를 보이지 않았다.

그가 끙끙거리며 밤을 지새우고 있을 때였다. 갑자기 어디선가 톡, 하고 작은 물건이 떨어지는 소리가 들렸다.

이어서 나무판이 삐걱거리는 듯한 소리도 들렸다.

다카유키는 귀를 기울였다. 그러자 이번에는 유리문이 열리는 소리가 났다. 동시에 바람이 휭 불어왔다. 방향으로 보아 베란다 쪽인 듯했다.

다구가 베란다 문을 열었나? 하지만 그가 움직였다면 금방 알 수 있었을 것이다. 발소리가 유난히 크기 때문이다. 그 순간 우지끈, 바닥이 울렸다.

다카유키는 몸을 바짝 웅크렸다. 사람의 숨소리가 들렸다. 누가 옆에 있다. 그런데 다구는 아니다. 다구는 대체 어디 있는 거야.

바닥을 비비는 듯한 소리가 났다. 누군가 기어서 다가오고 있다. 누구야, 하고 물으려 했다. 그러나 입에 재갈이 물려 있어 소리가 나오지 않는다.

"으윽……."

다카유키는 신음했다. 그 순간 누군가가 그의 발목을 잡았다. 신음 소리가 목구멍에서 비명으로 바뀌었지만 거기서 더는 입 밖으로 나오지 못했다.

"조용히 해."

귓가에서 목소리가 들렸다. 다카유키는 더욱 놀라지 않을 수 없었다. 노부히코의 목소리였기 때문이다. 그가 살아 있는 것인가.

"험한 꼴을 당했군. 기다리게, 금세 풀어 줄 테니."

눈가리개가 없어진 뒤에야 실내가 캄캄하다는 것을 알 수 있었다. 그러나 계속 눈을 가리고 있었기 때문인지 윤곽이 어렴풋이 보였다.

"모리사키 씨…… 무사했군요."

노부히코가 재갈을 빼 주자 다카유키가 소곤거리는 소리로 말했다. 주변을 둘러보았지만 다구의 모습은 어디에도 없었다.

"간신히 살았네. 이래 봬도 옛날에 다이빙 선수였거든. 더 높은 곳에서 다이빙을 한 적도 있지. 지금처럼 배가 나오지 않았던 시절의 얘기지만."

노부히코는 다카유키의 손발도 풀어 주었다.

"죽기로 작정했는데 말이야. 세상사 참 어이없지?"

"왜 여기로 돌아오신 겁니까?"

"처음에는 돌아올 마음이 없었네. 죽지 못했다는 것을 알았을 때 멀리 가 버릴까도 생각했지. 과거의 나 자신을 버리고 소일거리나 하면서 살자고 말이야. 전에 그런 생활을 동경한 적이 있거든."

대기업 사장이 꿈꿀 만한 얘기다.

"그런데 곰곰이 생각해 보니까 내가 얼토당토않은 실수를 저지르지 않았나 싶은 거야."

"실수란…… 유키에 씨를 죽인 것 말씀인가요?"

"그래. 그렇다고 복수한 걸 후회한다는 얘기는 아닐세. 그건 누가 뭐라든 반드시 해야만 하는 일이었어. 다만 복수할 상대가 정말 그녀였는지 의문스럽더군."

"무슨 말씀입니까?"

"처음부터 설명을 해야 이해가 가겠지."

몸 여기저기가 아픈지 노부히코가 얼굴을 찡그리면서 말을 이었다.

"사건의 진상은 대개 시모조 양이 얘기한 그대로야. 참 대단하지? 다들 어쩔 줄 모르고 우왕좌왕하는데 혼자서만 냉정하게 머리를 굴리고 있었으니 말일세. 그녀를 비서로 발탁한 사람이 바로 나인데 내 안목이 틀리지 않았더군. 머리가 정말 잘 돌아가는 여자야. 지나치다 싶을 정도로 말이야."

"그녀는 모리사키 씨가 처음부터 복수할 목적으로 이번 여행을 계획했다고 했는데요."

"그래, 맞는 말이야."

노부히코가 진지한 표정으로 고개를 끄덕였다.

"유키에에게 의혹을 품었던 것은 아까 시모조 양이 설명한 그대로이고, 그것이 확신으로 바뀐 것은 도모미의 일기를 발견했을 때였지. 거기에는 주로 자네에 대한 우리 딸의 마음이 알알이 적혀 있었어. 아버지로서 질투가 날 정도로 말이야. 그런데 죽기 직전 날짜를 읽어 보니 유키에에게 자네를 빼앗길지도 모른다는 두려움에 떨고 있더군. 그래서 확신하게 된 거야. 유키에에게 도모미를 살해할 동기가 있었다는 사실을 말이지."

"그걸 아신 후에 곧바로 복수를 하지는 않은 거군요."

"무대 설정에 집착한 것은 아니었지만, 단순히 죽이는 것만으로는 성이 차지 않았어. 도모미가 죽은 이곳에서 유키에도 죽어 마땅하다고 생각했지."

"하지만 경찰이 움직일 수도 있고 용의자의 범위도 한정되는데 위험하다는 생각이 안 드시던가요?"

"그래서 여러 가지로 방법을 생각해 봤지. 이상적인 방법은 자살로 위장하는 거였어. 도모미를 죽인 죄로 괴로워하다가 끝내 호수에 몸을 던진다, 그게 내가 처음 쓴 시나리오였네. 그 시나리오대로 잘되지 않았을 경우에는 외부 사람의 범죄를 가장해서 죽이기로 했지. 유키에가 모두에게 사랑받은 아이라는 사실을 알면 경찰도 내부 소행이라는 생각은 하지 못할 테니까 말이야."

과연, 하고 다카유키는 고개를 끄덕였다. 과연 노부히코다. 이상적인 방안은 물론 대안까지 마련해 놓았다.

"그런데 전혀 예상치 못한 사건이 벌어진 거군요."

"그래, 전혀 예상하지 못했지."

노부히코가 씁쓸하게 웃으면서 한숨을 쉬었다.

"일이 설마 이렇게 될 줄은 꿈에도 몰랐네. 강도가 침입할 거라고는 전혀 예상하지 못했거든."

"그런데도 복수 계획을 변경하지 않으신 거군요. 아니죠, 이렇게 복잡한 상황까지 이용하려고 하신 건가요?"

"이 상황에서 사람을 죽이면 강도의 짓으로 위장할 수 있겠다고 여겼는데, 내가 제정신이 아니었지."

노부히코는 오른손으로 자신의 어깨를 주무르고는 두세 번 목을 돌렸다. 관절에서 우드득 소리가 났다.

"정작 실행하고 보니 유리할 게 전혀 없더군. 최대의 오산은 외부인의 범죄일 가능성을 깡그리 없애고 말았다는 거야. 생각해 보면 당연한 일인데, 특수한 환경에서 살인이라는 어마어마한 일을 치르려다 보니 내가 판단력을 잃었던 것 같아."

"그래도 일단 목적은 달성했잖습니까."

"일단이라……, 그렇군. 그래, 일단은."

노부히코가 우울한 표정을 지었다.

"무슨 문제라도 있는 겁니까? 복수할 상대가 따로 있었는지도 모른다는 말씀을 하셨는데요."

"바로 그거야. 유키에를 죽일 때의 얘기를 좀 해야겠군. 우선 예의 문을 잠그지 말고 기다리라는 메모 말이야. 실은 그 메모에 자네 이름을 썼어."

"제 이름을요?"

"그래. 메모를 쓴 사람이 자네라는 걸 알면 그녀가 메모에 적힌 대로 할 거라고 생각했던 거지. 그리고 그런 내 예상은 보란 듯이 적중했어. 우선 나는 밤새 문틈으로 진이라는 사내의 동향을 살폈지. 언젠가는 화장실에 갈 테니 그 틈을 노리자는 거였어. 그리고 기대한 대로 놈이 사라진 순간, 나는 내 방에서 뛰어나가 그녀의 방으로 향했지. 문이 잠겨 있지 않아서 쉽게 들어갈 수 있었어. 유키에는 자지 않고 자네를 기다리고 있더군. 그런데 느닷없이 내가 들어가니까 뜻밖이고 실망스럽다는 표정을 지었어. 그래서 그녀에게 물었지. 도모미의 필 케이스에 약을 넣었느냐고 말이야."

"그랬더니요?"

"그녀는 무슨 말인지 잘 모르는 듯했어. 그러다 몇 초 후에 알아차린 것 같더군. 그 커다란 눈을 더 크게 부릅떴으니 말이야. 그리고 말하더군. 네, 하지만 그럴 만한 사정이 있었어요, 하고 말이야. 그런데 나는 그 사정이라는 것을 듣지 않았어. 그녀의 반응으로 충분하다고 생각했으니까. 틀림없다, 이 아이가 우리 딸 도모미를 죽였다, 그렇게 확신했네. 나는 자상한 고모부의 표정을 지으면서 그녀에게 다가가 재빨리 등 뒤로 돌아가서는 주저 없이 등에 칼을 꽂았어. 그녀는 거의 아무런 소리도 내지 못했지. 고통스럽게, 그리고 슬픈 눈으로 나를 보았을 뿐."

그런데, 하고 말을 이으려던 노부히코의 얼굴이 흐려졌다.

"그녀가 고개를 힘없이 흔들면서 딱 한마디, 이렇게 말하더군. 다른 사람이에요, 하지만 죄는 같죠, 라고 말이야."

"죄는 같다?"

"그래, 분명히 그렇게 말했어. 그러니까 그녀는 필 케이스에 약을 넣은 것은 인정하지만 죽으려고 한 사람은 자신이 아니라고 말하고 싶었는지도 몰라. 그런데 난 그 시점에서는 거기까지 생각할 여유가 없었네. 사람을 죽였다는 공포감 때문에 머리가 전혀 돌아가지 않았어. 메모를 처리하고 한시바삐 그곳을 빠져나가야 한다는 생각밖에 없었지. 나는 문을 조금 열고 바깥을 살피면서 진이 아직 돌아오지 않았다는 것을 확인한 후에 그녀의 방에서 나오려고 했어. 그런데 그때 등 뒤에서 무슨 소리가 나는 거야."

노부히코가 다카유키의 눈을 바라보며 말했다.

"돌아보니 유키에가 일기장을 찢고 있더군. 그녀가 그걸 어떻게 한 줄 아나?"

다카유키는 고개를 저었다. 노부히코가 말했다.

"자기 입속에 밀어 넣었어."

"입속에요?"

"아마도 그 페이지에 무슨 일이 있어도 반드시 숨겨야 하는 내용이 적혀 있었던 거겠지. 난 그걸 빼앗고 싶었지만 그때 공교롭게도 진이 화장실에서 나오는 소리가 들리는 거야. 우물쭈물할 여유가 없었어. 그래서 곧장 내 방으로 돌아갔네. 유키에가 찢어 낸 페이지에 도모미를 죽인 사실에 대해 적지 않았을까, 그래서 사람들 눈에 띌까 봐 그런 짓을 한 게 아닐까. 난 그렇게 생각했지."

그렇군. 그녀가 입속에 넣어 버렸단 말이지. 그렇다면 발견되지 않는 것이 당연하다고 다카유키는 생각했다.

"그런데 마음을 가라앉히고 생각해 보니, 죽음을 앞둔 상태에서 그런 짓을 할 필요가 있을까 하는 의문이 든 거야. 나는 혼란스러웠네. 그리고 전혀 다른 가능성이 있다는 걸 깨닫게 되었지."

노부히코의 관자놀이가 움찔거리는 것이 보였다. 다카유키는 침을 꿀꺽 삼켰다.

"다른 가능성……이라면 어떤?"

"그녀가…… 유키에가 누군가를 보호하려 했을 가능성이지."

"아……."

"그래야 그녀가 '죄는 같다'고 한 말이 비로소 의미를 갖게 되지 않겠나? 나는 그렇게 생각했어. 자, 이제 유키에가 아닌 인물 X를 상정해 보자고. X는 도모미의 목숨을 노렸어. 그 방법으로는 수면제를 바꿔치기하면 되겠다고 생각했지. 아무것도 모르는 도모미는 그날, 약이 든 필 케이스를 목에 걸고 교회로 갔고, 돌아오는 길에 유키에를 만났어. 우연히 만났는지 사전에 만나기로 약속을 했는지는 분명하지 않네."

아마 사전에 약속을 했겠지, 하고 다카유키는 생각했다. 우연이라고 하기에는 지나치게 타이밍이 절묘하다.

"그때 도모미는 유키에 앞에서 약을 먹으려 하지 않았나 싶어. 물론 도모미는 진통제를 먹으려 한 것이지. 그런데 유키에는 그 약이 수면제라는 것을 알고 있지 않았을까? 즉, 유키에는 누군가가 도모미의 목숨을 노리고 있다는 걸 알았던 거야. 조금 더 구체적으로 말하면 그게 누구인지 짐작하고 있었던 게 아닐까 싶네."

"어떻게 짐작할 수 있었을까요?"

"분명한 것은 알 수 없지만 그게 아마."

노부히코는 잠시 말을 끊고 고개를 한 번 끄덕인 후에 다시 말을 이었다.

"유키에에게 아주 소중한 인물이었겠지. 그래서 도모미의 죽음을 알았을 때 그녀는 우선적으로 필 케이스 안에 들어 있던 약이 수면제였다는 것을 누구도 모르게 해야 한다고 생각했을 거야. 그리고 유품을 봤을 때 남몰래 약을 채워 놓았지. 그러니 죽어 가면서 '죄는 같다'고 말한 것 아니겠나."

그랬었군. 다카유키는 주먹을 꽉 쥐었다. 온몸이 뜨거워졌다. 지금까지 당치도 않은 착각을 하고 있었다.

"아무튼 내가 큰 실수를 저지르고 말았어. 이렇게 된 이상 도망 다닐 수는 없지. 경찰에 자수하겠네. 죗값을 치러야지."

"하지만 유키에 씨 살인은 강도들에게 죄를 덮어씌울 수 있잖아요. 죗값을 치르더라도 자수는 하지 않는 편이 가족을 위해서라도……."

그러나 노부히코는 고개를 저었다.

"그렇게 할 수 없네. 유키에가 도모미를 죽였다면 놈들에게 죄를 덮어씌울 수도 있겠다고 생각했지만."

"하지만 사건의 진상은 아직 모르는 거 아닙니까. 정말 유키에 씨가 도모미를 살해했는지도 모르는 일이고요."

"아니, 그렇지 않아. 냉정하게 생각해 보면 알 수 있는 일이네. 유키에는 그런 짓을 할 수 있는 성품이 아니야. 무엇보다 그 일기장 조각을 보면 알 수 있잖나. 내가 여기로 돌아온 것은 그게 가장 큰 목적이었네."

노부히코가 비틀거리며 걸음을 옮겼다. 2층으로 갈 생각인 듯했다. 다카유키가 그의 손을 붙들었다.

"이러시면 놈들에게 들킵니다."

"상관없어. 사정을 다 털어놓을 생각이네. 이 손 놓게나."

"그럴 수는 없어요."

다카유키는 천천히 고개를 저었다. 자신 안에서 무언가 거무스름한 기운이 퍼지는 것을 느꼈다.

"놓아 드릴 수 없습니다."

"뭐라고?"

노부히코가 의아하다는 표정을 짓는 것과 동시에 다카유키의 두 손이 그의 목을 조르기 시작했다.

3

도모미가 싫어진 것은 아니었다. 다만 그녀와의 결혼에 망설임을 느끼기 시작했다. 그것은 물론 그날, 그러니까 밸런타인데이 다음 날 유키에를 만났기 때문이었다. 사랑 고백이라고 할 수도 있는 그녀의 말을 들었을 때부터 도모미에 대한 다카유키의 마음이 서서히 변하기 시작했던 것이다.

유키에를 처음 만났을 때 다카유키는 그녀의 매력에 강렬하게 끌렸다. 그녀의 순수함, 솔직함, 사랑스러움이 그의 마음을 한순간에 사로잡았다.

그러나 그렇다는 것을 자각하지는 못했다. 아니, 자각하지 않으려고 애썼다는 게 맞을 것이다. 그녀에게 끌리는 자신의 마음을 모르는 척 외면한 것이다. 그런데도 도모미가 공연을 보러 같이 가자고 해서 만나게 되면 다카유키는 도모미와 단 둘이 있을 때와는 다른 설렘을 느꼈다.

그런 와중에 유키에의 마음을 알게 된 것이다. 분명하게 본 인의 입으로 말한 것은 아니었지만 그녀가 자신을 사랑하고 있다는 것을 감지할 수 있었다.

도모미를 행복하게 해 달라, 절대 슬프게 하는 일이 없도록 해 달라, 그녀는 그렇게 말했지만 다카유키의 마음은 오히려 불타올랐다. 무슨 수를 써서든 유키에와 맺어지고 싶었다. 도모미와의 관계를 청산하고 싶다고까지 생각하게 되었다.

약혼을 파기할 수 없었던 것은 아니다. 비난을 감수할 각오로 다카유키가 제 입으로 말하면 되는 일이었다. 그러나 두 가지 이유 때문에 그럴 수 없었다. 한 가지는 도모미와의 약혼을 파기한다 하더라도 유키에와 결혼하기는 어려울 것이라고 판단했기 때문이다. 주위 사람들도 용납하지 않겠지만, 유키에의 성품으로 보아 다카유키의 청혼을 받아들이지 않을 것이 분명했다. 또 한 가지는 다카유키의 회사가 노부히코의 지원 덕분에 성장했다는 점이었다. 지금 와서 노부히코를 배신한다면 앞날이 힘들어질 게 뻔했다.

해결책을 찾지 못한 채 결혼식 날짜가 다가왔다. 도모미는 결혼식 준비를 차근차근 해 나가고 있었다. 이미 뒤로 물러설 수 없는 상황이었다.

그런 때, 일과 관련해서 알고 지내는 지인에게 약을 얻었다. 수면제였다. 하얀 캡슐로, 효과가 좋다고 했다. 다카유키가 요즘 잠을 잘 못 잔다고 하자 두 알을 준 것이다.

그 약을 보았을 때 다카유키의 머리에 불길한 상상이 떠올랐다. 그 약은 도모미가 복용하는 생리통 약과 아주 흡사했다. 자세히 보면 조금 다르지만 바꿔 놓으면 모르고 그대로 먹을 것이라고 확신했다.

도모미가 마지막으로 얘기할 게 있다면서 교회로 가던 날 아침, 다카유키는 틈을 보아 필 케이스 안의 약을 바꿔치기했다. 그녀가 생리 중이라는 것은 알고 있었다.

그녀를 배웅한 후 다카유키는 후회와 불안에 휩싸였다. 그녀가 과연 그 약을 먹을까, 약을 먹고서 운전 중에 졸다가 사고를 일으킬까, 내가 이 무슨 끔찍한 짓을 한 것인가……. 하지만 그녀가 반드시 죽으리라는 보장은 없다. 어딘가에서 잠시 잠을 청할 것이다. 괜찮다, 죽지 않는다. 그렇게 생각하는 한편으로 어떻게든 일이 잘 풀려서 사고가 났으면 하는 바람도 있었다.

그런 상태였기 때문에 그날은 일이 통 손에 잡히지 않았다. 연락이 조금만 늦게 왔다면 다카유키 쪽에서 교회로 전화를 걸었을지도 모른다.

그런데 연락이 왔다. 불행하게도, 라고 해야 할 것이다. 그것은 도모미의 죽음을 알리는 연락이었다. 그 순간 두 가지 감정이 그의 가슴에 움텄다. 자신의 손을 더럽히지 않았다는 안도감, 그리고 이제 모든 일이 잘 풀릴 것이라는 기대감. 그럼에도 차를 몰고 도모미의 시신을 인수하러 가는 동안에는 그녀와의 즐거웠던 추억이 떠올랐다. 그 추억은 그의 마음을 격렬하게 뒤흔들었다. 그리고 정신을 차렸을 때, 그의 두 뺨에는 눈물이 흐르고 있었다.

도모미를 죽이고 말았다. 다카유키는 죄책감을 느끼면서 경찰서로 달려갔다. 시신을 보지 않아도 되는 것이 그나마 다행이었다. 가령 그녀의 시신에 상처 하나 없었다고 해도, 그럴수록 더욱이 똑바로 볼 수 없었을 것이다.

도쿄로 돌아오는 도중에 도모미의 유품을 볼 기회가 있었다. 필 케이스를 들여다본 것은 그녀가 역시 수면제를 먹고 죽었는지 확인하고 싶어서였다.

그런데 뜻밖이었다. 케이스 안에는 약이 들어 있었다. 하얀 캡슐 두 개. 그렇다면 도모미는 아무것도 먹지 않았다는 얘기다.

그때의 기쁨을 다카유키는 말로 표현할 수 없었다. 자신이 도모미를 죽였다고 믿고 있었는데 실제로는 그렇지 않았던 것이다. 도모미는 정말 사고로 죽은 것이다.

다카유키의 마음속에서 죄책감이 점차 엷어져 갔다. 약혼자를 죽이려 한 행위는 용서받을 수 없겠지만, 아무튼 그녀의 사인과는 무관하다. 가슴에 맺힌 응어리가 단숨에 풀렸다.

그래서 다카유키는 이 별장에 와서 게이코의 추리를 듣는 동안에도 평정을 유지할 수 있었던 것이다. 도모미가 누군가에게 살해당했을지도 모른다는 얘기에는 관심이 있었지만 그 범인은 자신이 아니라고 확신하고 있었다.

불안을 느끼기 시작한 것은 시모조 레이코의 추리를 들었을 때였다. 그녀는 유키에가 도모미의 필 케이스에 약을 채워 넣었을 것이라고 했다. 그렇다면 도모미가 그 약을 먹었다는 뜻이 된다. 그녀가 먹은 약은 어떤 약이었을까?

그리고 노부히코의 말을 들었을 때 마침내 모든 것이 명백해졌다. 교회 근처에서 도모미를 만난 유키에는 도모미의 필 케이스에 들어 있는 약이 수면제라는 사실을 알게 된 것이다. 약을 바꿔치기한 사람이 다카유키라는 사실도 아마 눈치챘을 것이다. 그래서 그녀는 도모미의 유품을 보았을 때 몰래 약을 채워 놓은 것이다. 물론 그러한 행동은 도모미를 살해한 범인인 다카유키를 보호하기 위한 것이었다.

아마도 그런 내용이 유키에의 일기장에 쓰여 있었을 것이다. 그래서 죽기 직전에 그 페이지를 어떻게든 숨겨야겠다고 생각한 것이다. 그러려면 삼키는 수밖에 없다. 아마 노부히코의 추리가 맞을 것이다.

다카유키는 노부히코의 목을 조르는 손에 힘을 주었다. 이런 일을 하고 싶지는 않았다. 그러나 노부히코가 모든 것을 명백하게 밝히면 다카유키의 범행도 표면화될 것이다. 노부히코를 죽여서 다시 한 번 베란다 너머로 던져 버리면 아무도 진상을 알 수 없다.

노부히코의 눈에 슬픈 빛이 어렸다.

"용서하십시오."

다카유키는 고개를 돌리고 두 손에 더욱 힘을 주었다.

그때 갑자기 주변 분위기가 달라졌다. 라운지 전체가 밝아진 것이다. 다카유키는 노부히코의 목에서 손을 떼고 사방을 둘러보았다. 2층 복도에 모두가 나란히 서서 그를 빤히 내려다보고 있었다.

4

무슨 일이 벌어진 것인지 다카유키는 상황을 전혀 파악할

수 없었다. 아쓰코와 도시아키와 게이코가 감정 없는 눈으로
자신을 바라보고 있었다. 발치에는 노부히코가 목이 졸린 탓
에 컥컥거리고 있다.

"여보, 괜찮아요?"

아쓰코가 계단을 내려와 노부히코 옆으로 뛰어왔다.

"음, 괜찮아. 사람이 어디 그렇게 쉽게 죽나."

숨을 고르려는 듯 어깨를 들먹거린 후 노부히코는 다카유키
를 올려다보았다.

"역시 자네가 도모미를 죽였나."

"아…… 아니요."

다카유키는 뒤로 물러나면서 나란히 선 사람들의 얼굴을 차
례대로 보았다. 머릿속이 혼란스러웠다. 자신이 놓여 있는 상
황을 이해할 수 없었다.

"솔직하게 말해요. 당신이 수면제를 넣었던 거죠? 그래서
도모미가……."

게이코가 그렇게 말하고는 입술을 깨물었다.

"아니야, 그건 아니라고."

"뭐가 아니라는 거지? 아버지까지 죽이려 한 놈이."

"그러니까 그게……, 하하하, 아니라니까요."

다카유키는 무의식중에 웃고 말았다. 전혀 우습지 않은데
머리가 어떻게 된 것일까.

"하하하, 아니라고요. 이건, 아, 사소한 사고입니다. 네, 그러니까, 문제가 생겨서…… 아무것도 아닙니다."

"숨기려 해 봐야 소용없어. 그럼 왜 아버지를 죽이려 한 거지? 어디 설명해 보라고."

"그러니까 그게……,"

다카유키는 딱딱하게 굳은 얼굴로 그들을 올려다보았다. 하얗게 얼어붙은 시선이 그를 향해 있었다. 마침내 그는 이 사태가 몹시 부자연스럽다는 것을 깨달았다.

"이게 어떻게 된 일이죠?"

다카유키가 물었다.

"여러분 모두 내가 모리사키 씨와 나눈 얘기를 들었다는 겁니까? 게다가,"

그는 진과 다구를 보았다.

"저자들까지?"

그러자 진이 입술을 실룩이더니 말했다.

"털어놓으시죠. 약을 바꿔치기한 거 맞죠? 그렇게 해서 도모미 씨를 죽인 후에 유키에 씨와 결혼하려고 했던 거죠?"

지금까지와는 전혀 다른 말투였다. 다카유키는 입을 쩍 벌렸다.

"너희들…… 너희들은 대체 누구야?"

"질문은 이쪽이 하고 있잖아."

도시아키가 말했다.

"대답해. 도모미의 필 케이스에 들어 있는 약을 바꿔치기한 거 맞지?"

"몰라, 모릅니다. 무슨 소리를 하는 건지 전혀……."

"의외로 끈질기군. 어쩔 수 없지. 다구치 씨, 부탁합니다."

도시아키가 다구치 씨라고 부른 사람은 덩치 큰 남자 다구였다. 그가 고개를 끄덕이더니 유키에의 방문을 열고서 안에 대고 "나오시죠." 하고 말했다.

천천히 방에서 나온 사람을 본 다카유키는 벌린 입을 다물지 못한 채 몸을 떨었다. 거기에 서 있는 사람은 죽은 유키에였다.

그녀는 슬픈 눈빛으로 다카유키를 보면서 말했다.

"부탁이에요. 사실대로 말하세요."

울먹이는 목소리였다. 다카유키는 그 순간 모든 것을 간파했다.

"이제 알겠나?"

노부히코가 말했다.

"지난 사흘 동안 이 별장에서 있었던 일은 모두 연극이었네. 강도들이 침입한 것도, 살인 사건도 모두 다."

"왜 그런 일을?"

"왜? 그거야 뻔하지. 자네의 살의를 증명하기 위해서였어."

"살의?"

"그래. 그러기 위해서 이렇게 대대적인 연극을 계획한 거야."

2층에 있는 사람들이 줄줄이 계단을 내려와 다카유키와 노부히코를 에워싸듯이 앉았다. 진은 권총을 갖고 있지 않았다. 다구는 시모조 레이코의 허리를 한 팔로 안고 있다.

"도모미가 사고로 죽었다는 사실을 믿을 수 없는 부모 마음이 출발점이었어. 부모라면 당연히 그렇지. 그래서 수없이 조사를 했고, 그 결과 중대한 정보를 얻을 수 있었지. 그것은 도모미의 차가 추락하기 직전 사고 지점 부근에서 일단 멈췄다는 목격자 증언이었네. 즉 도모미는 차를 일단 정지시켰다가 다시 절벽을 향해 달렸다는 뜻이지. 그러니 졸음운전이었다고 생각하기는 어려워. 어느 모로 보나 자살이지."

"자살……?"

"그래, 자살. 하지만 그 동기를 전혀 알 수 없었어. 그런데 그날 유키에가 도모미를 만났다는 얘기를 듣고서 나는 그녀에게 물었네. 도모미의 태도에 이상한 점이 없었느냐고 말이야. 유키에는 처음에 아무것도 모른다고 했지만 몇 번이나 추궁하자 결국은 말해 주었어. 필 케이스 얘기를."

다카유키는 유키에를 보았다. 그녀는 고개를 푹 숙이고 있었다. 그런 그녀에게 노부히코가 말했다.

"그 얘기를 이 자리에서 다시 한 번 해 주겠니?"

유키에는 몸을 떨며 얼굴을 들더니 희미하게 고개를 끄덕이고 나서 다카유키를 외면한 채 얘기를 시작했다.

"그날 전 도모미 언니와 교회 근처에 있는 찻집에서 만나기로 약속했어요. 도모미 언니가 먼저 연락을 해서 할 얘기가 있다고 하더군요. 왜 그런 장소에서 만나자고 하는지 그때는 전혀 몰랐어요. 만나서도 언니는 좀처럼 본론을 꺼내지 않았어요. 그러다 약을 먹어야겠다면서 필 케이스에서 약을 꺼내더군요. 무심결에 그 약을 본 저는 깜짝 놀랐어요. 그 약은 진통제가 아니었기 때문이었죠. 아주 비슷하게 생겼지만 전혀 다른 약이었어요. 제가 그 얘기를 했더니 언니가 깜짝 놀라는 얼굴을 하더니 이내 억지로 웃는 표정을 지었어요. 그리고 말하더군요. 어머나, 정말이네, 내가 잘못 넣었나 봐, 그렇게요. 언니는 결국 그 약을 먹지 않았어요. 제가 우연히 언니가 먹는 약과 똑같은 약을 갖고 있었거든요. 그래서 두 알을 언니에게 주었죠. 그런데 도모미 언니는 그때부터 얘기를 하면서도 정신이 다른 데 가 있는 것 같고 안색도 몹시 안 좋았어요. 헤어질 때 언니에게 나를 만나서 하려던 말이 뭐냐고 물었더니 아무것도 아니라고 대답했습니다."

먹지 않았다고? 도모미가 수면제를 먹지 않았다는 말인가?

"이 얘기를 들었을 때 퍼뜩 깨달았어요."

아쓰코가 입을 열었다.

"도모미는 자신의 약을 바꿔치기한 범인이 누군지 알았던 거예요. 다카유키 씨, 당신이죠?"

다카유키는 대답하지 않았다. 이미 부정해 봐야 무의미할 것이다.

"가엾은 그 아이는 이 세상에서 가장 소중하게 여기는 사람에게 살해당할 뻔했어요. 그걸 알았을 때 그 아이가 얼마나 충격을 받았을지 다카유키 씨, 당신은 아나요? 그 아이는 살아갈 희망을 잃고 스스로 목숨을 끊은 거예요."

그랬었군, 하고 다카유키는 생각했다. 이제야 모든 것을 알 것 같았다. 필 케이스에 약이 들어 있었던 것은 누가 넣었기 때문이 아니었다. 역시 그녀는 약을 먹지 않은 것이다.

"덧붙여 말하지. 거기까지 알았을 때 우리가 받은 충격도 이만저만이 아니었네. 다카유키 군, 우리는 자네를 용서할 수 없었어. 어떻게든 복수를 해야겠다고 생각했지. 그런데 대체 어떻게 진상을 증명할 수 있겠나? 증거는 어디에도 없었어. 증인도 없었고. 무엇보다 도모미의 죽음은 자살이지 자네에게 살해당한 것이 아니었네. 살해당한 것이나 다름없다고는 하지만 말이야."

"그래서 이런 연극을⋯⋯."

"우리가 알고 싶었던 것은 자네에게 살의가 있었느냐 없었느냐 하는 점이었네. 그것을 증명하기 위해서는 자네가 도모미의 죽음의 비밀을 지키기 위해 또 다른 살의를 품을지 어떨지, 그걸 지켜보는 방법밖에 없었지. 상황을 거기까지 만들어 가느라고 고생이 많았어. 연극을 아는 아내는 그렇다 치더라도 나나 도시아키의 연기는 엉망이었지."

"아닙니다, 전혀 그렇지 않아요. 훌륭한 연기력이었습니다."

누구의 목소리인가 했더니 다구가 웃음을 머금고 있었다.

"소개하지. 내가 고문으로 있는 극단의 다구치 단장님이네. 그리고 진노 군."

다구와 진이 머리를 숙였다.

"그리고 시모조 양과 기도 군. 초보자들만 있어서는 불안하니까 중요한 역할은 프로에게 맡겼네."

"그리고 두 사람 더 있습니다."

다구치가 말했다.

"경찰 역의 두 사람이요."

"그렇군. 그 두 사람이야말로 보이지 않게 큰 역할을 해 주었지. 후지 역을 하고, 전화를 걸고, 베란다에서 뛰어내린 나를 살려 내고 하느라고 말이야."

"하지만 이렇게까지 멋지게 해낼 수 있었던 것은 역시 게이코 씨의 각본이 훌륭했던 덕분이죠. 정말 멋졌습니다."

진노가 그렇게 말하자 게이코가 희미하게 미소를 지었다.

다카유키는 그런 대화를 나누는 그들을 멍하니 바라보았다.

모든 것이 현실에서 벌어진 일이라고 여겨지지 않았다. 아니, 실제로 모든 것이 허구였다. 그리고 지금 이렇게 자신이 모든 것을 잃었다는 사실만이 현실이었다.

"내가 아까 증거가 하나도 없다고 했는데,"

노부히코가 다카유키를 내려다보면서 말했다.

"자네로서는 한 가지 의문스러운 점이 있을 거야. 예의 필 케이스에 들어 있는 약 말이지. 도모미가 먹지 않았다면 자네 가 바꿔치기한 수면제가 그대로 남아 있었어야 하지. 결정적 인 증거는 될 수 없어도 물적 자료의 하나는 될 수 있을 테니 까 말이야. 우리가 왜 그걸 경찰에 제출하지 않았는지 궁금하 지 않나?"

듣고 보니 그랬다. 그 약은 어디로 갔을까. 다카유키가 고개 를 들었다.

"다른 약이었어."

노부히코가 말했다.

"수면제가 아니었다는 말이네. 안에 들어 있는 약은 진통제 였어."

"네?"

"그러니까,"

노부히코가 입술을 핥았다.

"도모미는 유키에게 받은 약을 필 케이스에 넣고 수면제를 버린 거야. 그런 상태에서 자살을 한 거네. 왜 그 아이가 그렇게까지 했는지 자네는 알겠나?"

다카유키는 고개를 저었다. 머릿속이 하얘서 생각할 기력도 없었다.

"그래, 모르겠지. 도모미는 말이야, 자네가 살인 혐의를 받지 않도록 하기 위해서 그랬던 거야. 그런 일을 당했으면서도 자네를 보호하려고 한 거지. 자네가 죽이려 했던 도모미는 그런 아이였네."

다카유키는 위가 밀려 올라오는 듯한 감각을 느꼈다. 심장의 고동이 빨라지고 귀에서 윙윙거리는 소리가 났다. 숨을 쉬기도 힘들 정도였다.

"자네의 살의를 증명하기 위한 연극은 이제 끝났네. 동시에 우리의 복수도."

노부히코가 그렇게 말하고서 모두를 향해 몸을 빙그르르 돌렸다.

"자, 이제 우리는 쉬기로 합시다. 이거 정말 피곤하군."

"큰 무대였으니까 말이죠."

진이라 불렸던 남자가 말했다.

"게이코 씨, 이걸 무대용으로 다시 쓰겠다고 한 얘기, 잊으면 안 됩니다."

"아, 아무튼 자야겠어."

모두가 계단을 올라갔다. 다카유키만이 라운지 한가운데에 앉아 있었다.

"미안하지만 자네 방은 이제 없네."

노부히코가 계단을 올라가다가 뒤돌아보며 말했다.

"자네 짐은 현관에 내다 놨네. 잠깐은 쉬었다 가도 좋지만, 동이 트기 전에는 사라져 줬으면 하네. 그리고 영원히 우리 앞에 나타나지 말게나. 알겠나?"

발소리가 멀어지고, 문이 닫히는 소리가 났다. 바로 옆에서 사람의 기척이 느껴져 다카유키는 고개를 들었다. 유키에가 서 있었다.

"왜."

그녀는 눈물을 그렁거리고 있었다.

"도모미 언니를 배신하지 말라고 그렇게 부탁했는데."

다카유키는 바닥에서 일어나 "이제 막이 내렸잖아." 하고는 걸음을 내디뎠다.

별장을 나설 때 누군가가 보고 있는 것 같아 뒤돌아보았다. 그러나 아무도 없었다. 그리고 여기 왔을 때는 분명히 있었던 현관문 위의 가면도 이미 사라지고 없었다.

해설

서랍이 많은 작가

오리하라 이치

사실 나는 『가면 산장 살인 사건』이라는 책에 관해 씁쓸한 기억이 있다. 좋으냐 싫으냐를 묻는다면 싫다고 대답할 것이다.

서두부터 이렇게 쓰면 히가시노 게이고 본인은 물론 히가시노의 팬에게 '그럼 왜 해설을 맡았느냐'는 원성을 살 수도 있겠지만, 내가 해설을 쓰기로 한 것은(물론 작가의 부탁이 있기도 했지만 그보다는) 이 작품에 적지 않은 인연을 느꼈기 때문이다.

나는 『가면 산장 살인 사건』이라는 작품을 싫어하지만, 이 작품을 히가시노 게이고의 소설 가운데 세 손가락 안에 꼽을 수 있는 걸작이라고 생각한다.

1990년 12월 하순 도쿠마 노벨스에서 이 소설이 출판되었을 때, 띠지에 '전무후무의 대반전!'이라는 문구가 있었다. 추리 소설을 쓰기보다 읽기를 좋아하는 나는 서점에서 이 책을 집어 들었다가 띠지의 그 문구를 보고 나도 모르게 사고 말았다. 그 전해인 1989년에 고단샤의 '추리 특별 전작'으로 발표된 『잠자는 숲』에서 이 작가가 서술 트릭을 사용했기 때문에, 어쩌면 『가면 산장 살인 사건』 역시 서술 트릭을 사용했을지도 모른다는 기대감이 있었기 때문이다.

그리고 그 느낌은 정확하게 맞아떨어졌다. 이 작품은 결말에 '대반전'이 마련되어 있다. 대담한 단발의 트릭이 실로 멋지게 꼴을 갖추고 있다는 의미에서 띠지의 문구에 거짓은 없다.

내 주위에서 나보다 먼저 이 작품을 읽은 사람들은 모두 입을 모아 결말이 정말 대단하다고 말했다.

그런데…….

나는 이 책을 제1막 중간까지 읽었을 때 이미 트릭을 간파하고 말았다. 그 수법을 사용하지 않을까 막연하게 생각하면서도 '설마 그럴 리 없겠지' 하고 읽다가 마지막에 가서 역시 생각했던 대로의 결말이라는 것을 알고 경악하고 말았다.

평범한 독자들은 작가의 덫에 걸려들었다는 사실을 알고 발을 동동 구르며 분해하겠지만, 나는 오히려 내가 짐작한 결말이어서 분했다.

"에이, 당했어!"라고 외치고는 책을 바닥에 내던지고 말았다. 그리고 4년 동안 이 책은 먼지에 덮인 채 방구석에 처박혀 있었다. 그러다 이번에 해설을 쓰게 되면서 다시 꺼내 들었다.

보기 흉하게 뒤틀린 책의 모습이 당시의 내 분노가 얼마나 격했는지를 말해 주고 있었다. 그리고 지금 또 그때의 분함이 생생하게 되살아난다.

그렇다. 내가 이 작품을 싫어하는 이유는 작품의 완성도 때문이 아니라 그 무렵 내가 쓰고 있던 소설과 똑같은 트릭을 사용했기 때문이다.

추리 소설의 세계에는 '누가 트릭을 먼저 사용하느냐가 관건이다'라는 말이 있다. 전례가 있는 트릭을 사용하는 경우에는 다소 응용해서 다르게 보여 줄 수도 있으니 큰 문제가 되는 것은 아니다. 하지만 내 경우는 응용의 여지가 없었다. 『가면 산장 살인 사건』과 흡사한 스토리 구성에 비슷한 전개였기 때문이다. 게다가 발표를 한다 해도 시기가 너무 근접해 있는 탓에 내 작품이 도작으로 취급될 가능성이 많았다.

따라서 3분의 1까지 쓴 작품을 나는 눈물을 삼키면서 폐기하지 않을 수 없었다. 추리 작가에게 심혈을 기울여 쓰고 있던 작품을 버리는 것만큼 괴로운 일은 없다. 편집자에게 출판 취소 통보를 받았다면 포기할 수 있겠지만 나는 그 작품에 상당히 자신을 갖고 있었다. 창자가 끊어지는 듯한 심정이라는 말을 좀처럼 사용하지 않는데 그때 내 심정이 딱 그랬다.

1991년 '비의 모임' 신년회에서였다고 기억한다. 나는 히가시노 게이고를 만나 "『가면 산장 살인 사건』을 읽었습니다." 라고 말했다. 그는 싱글거리면서 '그래서, 뭐?'라고 묻는 듯한 표정을 지었다.

"근데 그럴 수 있나? 그러면 안 되지."

내가 애매하게 말하자 그는 어안이 벙벙하다는 듯 바라보았다.

고백하건대 내가 그 트릭에 착안한 것은 어느 외국 텔레비전 드라마를 보고서였다. '이 트릭을 써먹을 수 있겠는걸. 하지만 빨리 써먹지 않으면 누가 낚아챌 거야. 특히 이노우에 유메히토나 히가시노 게이고는 요주의 인물이지.' 그렇게 우려했던 일이 현실이 된 것이다.

텔레비전 드라마도 봤고 『가면 산장 살인 사건』도 읽은 이노우에 유메히토 씨에게 "히가시노의 그 트릭, 그럴 수 있나?" 하고 묻자 그는 한마디로 "뭐 어때."라고 대답했다. 과연 대작가는 다르다고 생각했다(내가 사람이 작은 것이다).

그때가 되어서야 나도 겨우 포기할 수 있었다.

할 수 없다, 언제까지 씩씩거리고 있을 수는 없지 않은가, 하고 포기한 것이다. 추리 소설계는 빠른 자가 승리하는 세계. 살벌하다.

그래서 나는 쓰고 있던 작품을 갈가리 해체해 새로운 구상

으로 스토리를 짰다. 그것이 고단샤 문고에 들어 있는 『××
×』이다(관심 있는 분은 이 책과 비교해 보시기 바란다).

 서두가 길어졌다. 『가면 산장 살인 사건』의 내용을 간단하
게 소개하겠다.

 주인공인 가시마 다카유키의 약혼자 모리사키 도모미는 결
혼식을 할 교회에서 미팅을 갖고 돌아오는 길에 운전하던 차의
사고로 운명을 달리한다. 그로부터 몇 달이 지나 다카유키는
도모미의 아버지 노부히코의 초대로 별장으로 향한다. 그런데
그곳에서는 생각지도 못한 사건이 그를 기다리고 있었다.

 별장에는 여덟 명의 남녀가 있었다. 저녁 식사 자리에서 그
중의 한 명이 도모미의 죽음에 의문점이 있다는 얘기를 하고,
다카유키는 설명할 수 없는 불안에 휩싸인다. 그날 밤, 경찰
에 쫓기는 이인조 은행 강도가 별장에 침입해 그곳에 있는 사
람들을 감금하는 사건이 벌어진다. 그리고 끝내 별장 안에서
수수께끼의 살인 사건이 발생하는데……

 스토리는 아주 간단명료하고 전개도 복잡하지 않다. 초대된
손님과 이인조 강도의 숨 막히는 줄다리기가 속도감 있게 그
려진다. 그리고 점차 서스펜스가 고조되면서 클라이맥스에
도달했을 때 대반전이 기다리고 있는 것이다.

 독자의 주의가 '은행 강도의 손아귀에서 인질들이 어떻게

풀려날 것인가' 또는 '어떻게 은행 강도를 잡을 것인가'라는 방향으로 쏠릴 때 작가는 커다란 함정을 파 놓은 채 미소를 띠고 독자가 덫에 걸려들기를 기다린다.

이 이상 스토리를 소개하는 것은 이런 유의 추리 소설에는 치명적이므로 이 정도에서 그치겠다. 다만 독자가 그 대반전에 아연실색하리라는 점은 보장한다. 그러나 뒷맛이 아주 좋다. 대부분의 히가시노 게이고 작품에 공통되는 일종의 상쾌함이 있다.

히가시노 게이고의 서술 트릭 수법은 이미 초기의 『백마 산장 살인 사건』 전반부에서도 볼 수 있는데, 『잠자는 숲』 이후에는 이 경향이 점차 현저해진다. 그리고 『가면 산장 살인 사건』 외에도 『어느 눈 덮인 산장에서』 『회랑정 살인 사건』 등에 사용되었다. 그러나 완성도와 충격도는 이 소설이 가장 높다고 할 수 있을 것이다. 이 책의 경우, 길이가 적당한(400자 원고지 400매) 데다 무엇보다 단도직입적인 전개 방식이 결말에 준비된 의외성의 효과를 높이고 있다.

히가시노 게이고 작품에는 이 외에도 『십자 저택의 피에로』 『블루투스의 심장』 『조인 계획』 『숙명』 『변신』 『옛날에 내가 죽은 집』 『무지개를 연주하는 소년』 등이 있는데, 같은 작가의 작품인지 의심스러울 만큼 다양성을 자랑한다.

지금은 비슷한 타입의 작품을 꾸준히 써 나가는 작가 쪽이 마니아들에게 인기가 좋고 또 높게 평가되는 경향이 있지만, 나는 다음 작품이 어떤 모습일지 알 수 없는 히가시노 작품 쪽이 훨씬 재미있고 또 높게 평가되어야 마땅하다고 생각한다. 그는 여러 종류의 서랍을 다양하게 갖고 있는 작가다. 그리고 그 서랍 모두가 하나같이 매력적이다.

　히가시노 게이고는 딱딱한 본격 추리 소설에서 범죄 심리 소설과 서스펜스, SF풍의 작품에 이르기까지, 거기에다 유머도 시리어스도 쓰는 재능이 풍부한 작가다. 하지만 앞으로 그에게 바라고 싶은 것은 모든 서랍의 내용물을 다 섞어 놓은 천 매급의 대작이다. 히가시노의 팬은 그런 작품을 갈망하고 있다.